放課後レシピで謎解きを

うつむきがちな探偵と駆け抜ける少女の秘密

友井　羊

集英社文庫

目次

After-school recipes
for mystery lovers

放課後レシピで謎解きを

After-school recipes for mystery lovers

うつむきがちな探偵と
駆け抜ける少女の秘密

Natsuki

第一話　膨らまないパンを焼く

1

黒板下のチョーク入れが空だったので、あたしは教室前方にある戸棚を開けた。貝殻マークがついた箱からチョークを紅白それぞれ数本取り出して補充する。日本の学校から黒板が消えていくとニュースでやっていたけれど、うちの高校では現役だった。

四月後半の陽射《ひざ》しを受け、大きなあくびをする。面倒な日直の仕事もこれで終わりだ。ホームルームは終わったけれど、教室はまだ残った生徒で騒がしい。

男子の日直は知らない間に教室から消えていた。黒板に書いてあった名前を消したから、誰だったかもよく覚えていない。仕事を押しつけられたのは若干腹立たしいが、一人で仕事をするほうが気楽なので気にしないことにする。

クラスに話し相手がいない原因は明らかで、始業式後に絡んできた男子への対応に失敗したせいだ。

あたしは先月——高校一年の終わりに陸上部を辞めた。それなりに活躍していたため一部で話題になっていたらしい。男子が茶化すような態度で話しかけてきたのは、今思えば新二年生のクラスにあたしを馴染《なじ》ませようとする配慮だったのかもしれない。だけどそいつのニヤニヤ顔に腹が立ち、ちょっと強めの口調で言い返してしまったのだ。

その結果、あたしはクラスで孤立した。あからさまなイジメみたいな子供っぽい真似《まね》はしてこないけれど、腫れ物扱いが続いている。スタートで失敗すると取り戻すのが難しいのは、辞めた陸上競技によく似ていた。

雲が太陽を隠し、窓ガラスに姿が映る。少年のように短い髪は、部活をしていた頃と変わらない。せっかく伸ばそうと考えていたのに、美容院で以前と同じに注文してしまったせいだ。

カバンを手にして廊下に向かう。その途中、窓際の席に座る女子に声をかけた。

「落合《おちあい》も早く部活に行こうぜ」

「えっ、荏田《えだ》さん。うん、そ、そうだね」

クラスメイトの落合結《ゆい》が目を逸《そ》らしながら頷《うなず》いた。だけどカバンや机を漁《あさ》っていて、立ち上がろうとしない。どうせ一緒に歩いても会話はないのだ。先に行くことにして、教室の出入口をくぐった。

陸上部を辞めたあたしは、新しい部活をはじめるのもいいかと考えた。だけど運動部はまっぴらだし、家の手伝いの時間も取れなくなる。そこで文化部を数箇所巡った末に調理部を選んだ。

昔から料理に興味があった。食べ物は肉体を作り、パフォーマンスに直結するからだ。

調理部は週に数回、家庭科室で活動している。あたしは今日で三回目だ。家庭科室にはすでに部員たちが勢揃《せいぞろ》いしていて、全員エプロンと三角巾をつけている。内訳は三年生が二人、一年生が五人だ。

二年生は去年から在籍する二人に加え、今年から参加するあたしと落合を含めて計四人になる。総勢十一人は、文化部としてはそれなりの人数だろう。

三年の井川《いがわ》部長が手を叩《たた》くと、全員の注目が集まった。

「では昼休みの続きを進めましょう」

配付されたプリントにはパンのレシピが記されていた。シンプルな丸パンで、大きく『誰でも簡単』と銘打ってある。

発酵に時間が必要らしく、昼休みにも一旦集まって作業を進めた。入部当初は上級生が懇切丁寧に教えてくれたが、今回から新入部員も自力で進めることになっている。部長の号令に合わせ、パートナーに近づいた。

「よろしくな」

「……お願いします」

あたしより遅れて到着した落合が目を伏せて応じる。普段からおどおどしていて、クラスでも友達といる姿を見たことがない。つまりあたしと同じ余り物なわけだ。

背丈はあたしより十センチくらい低いから、だいたい百五十センチ半ばだろう。肩にかかる長さの髪は、黒色のゴムで一つにまとめられている。化粧気のなさや膝下丈のスカートなど、見た目は景色に溶け込む地味な女子生徒だ。

ただ落合には虹彩《こうさい》の色が薄いという特徴があった。

日本人の瞳の色は茶褐色が多いが、落合の虹彩はずっと薄い。光の加減で黄や金っぽくなり、勝手に琥珀色《こはくいろ》だと思っていた。

しかし落合は普段から猫背で顔を伏せているので、瞳の色に気づいている生徒はほとんどいないみたいだった。あたしも教室でぶつかった際に初めて気づいた。一緒に調理を進めていても、落合の瞳の色を見る機会はあまりない。

そこへふいに男子の声が響いた。

「ここで拾ったんだけど、部員の誰かの持ち物?」

調理部の男子は三人と少数派だ。声を上げたのは同級生だが名前は知らない。男子は青色のブックカバーをつけた文庫本を持っていた。

カバーに見覚えがあり、あたしは落合に顔を向ける。

見開かれた落合の瞳が、蛍光灯の光を受けて琥珀色に輝いた。

落合は教室でよく青色のブックカバーをつけた本を読んでいた。先ほど教室でカバンを漁っていたのは本を捜していたのだろう。

　でも落合は固まったまま唇を震わせていた。

「それ、こいつのだよ」

　代わりに返事をする。男子が気づき、落合に近寄ってきた。

「これ、君の？」

「う、うん。ありがとう」

　落合は目を合わせず、早口で応じながら受け取った。男子は何事もなく元の場所に戻る。それから落合はあたしに向けて小さく会釈をした。

「それじゃはじめるか」

　生地は常温で発酵するため、教室後ろの棚の上に置いてあった。昼休みから放課後までの時間を使って、一次発酵をさせていたのだ。

　室温三十度くらいなら一次発酵は四十分ほどらしいが、春である今日の気温は二十度前後だ。授業でどこも使わなかった家庭科室の室温はさらに低かったはずだ。そのためレシピでは昼休みから放課後まで二時間かけ、ゆっくり発酵させると解説してあった。

　それぞれ付箋が貼られてどの班のボウルかわかるようになっている。自分の班のボウルを調理台に運ぶ。あとは成形して、二次発酵させてから焼けば完成らしい。

「あれ？」

ラップを外したあたしは思わず声を出していた。レシピによると一次発酵を終えた生地は大きく膨らむらしいが、目の前の生地は明らかに小さかったのだ。

他の班のボウルを覗《のぞ》いてみると膨張具合が段違いだ。見回りをしていた井川部長も首をひねった。

「レシピ通りにやったんだよね？」

「完璧にやりましたけど」

返事をすると、井川部長の表情が一瞬強張《こわば》った。あたしの喋《しゃべ》りかたは語気が強いみたいで、無意識に相手を怖がらせることがあるらしい。

「それじゃ、続きもお願いね」

井川部長がそそくさと離れた。あたしと落合はレシピに従い、黙々とガス抜きをしてからパンを丸めていった。

このまま進めていいのか他の面々に聞くべきかと迷ったが、三年生は一年生と楽しそうに会話を交わしている。やはり新入生が可愛《かわい》いのだろう。

噂《うわさ》に尾ひれがついているのか、二年生はあたしにあまり近づいてこない。先ほどの男子が、ちらちらと様子を窺《うかが》っている。こんな風に、遠巻きにする連中ばかりだ。

仕方ないので落合と協力しながらレシピ通りに進める。

家庭科室にはオーブンが設置されていた。生地を小分けにしてから成形し、どこの班かわかるようにして天板に並べる。オーブンに入れ、部長が二次発酵のために温度や時間などを操作する。

小耳に挟んだところによると、先月卒業した洋菓子が大好きな男子生徒が、学校側に熱烈に要望して最新型のオーブンを導入させたらしい。そんなアホな高校生がいるとは思えないので、きっと単なる噂だろう。

「どうしたんだ?」

「……えっと、何でもないです」

落合が愛《いと》おしそうにオーブンを見つめていた。パンが気になるのだろうか。こんな嬉《うれ》しそうな表情は初めてだ。でも声をかけると、いつもの萎縮した顔に戻ってしまう。

十五分ほどで発酵を終え、一度天板が引き出される。

「はあっ?」

あたしは思わず声を上げていた。再発酵したパンは、今回も明らかに他の班と較《くら》べて膨らみが少なかったのだ。

「うーん、どうしてだろう」

生地を見た井川部長がつぶやいたけれど、あたしははっきりと言い切った。

「大丈夫。このまま焼いてくれ」

「えっと、うん」

井川部長が戸惑っている。また語気が強くなってしまったようだ。でもこのまま焼くべきという確信があった。井川部長がオーブンのスイッチを入れる。焼き上がるのは十数分後らしい。

しばらく待っていると誰かが入ってきた。

「おっ、ちょうど焼き上がる時間か。タイミングがよかったな」

調理部顧問の横田《よこた》先生が入ってくる。去年赴任したばかりで年齢は二十代、フランクさと清潔感から男女問わず生徒からの人気が高い。

井川部長が気安い口調で声をかけた。

「横田先生、焼き上がる直前に来ないでよ！」

「ヨコセンって食い意地張ってるよな」

他の生徒もおどけた調子で、部内の雰囲気が明るくなる。そこでオーブンが焼き上がりのブザーを鳴らした。

井川部長が開けると、焼けた小麦の芳《こう》ばしい香りが吹き出してきた。生徒たちが一斉に歓声を上げる。

しかしあたしはパンをにらみつけていた。隣で落合も落胆した表情だ。

発酵段階から予想できたのかもしれない。でも実際に目にするまで納得したくなかった。結果は一目瞭然だ。

二人で捏《こ》ねたパンは、他に較べて明らかに萎《しぼ》んでいたのだ。


平べったいパンを見た部員たちの反応は様々だった。

横田先生は「こういうこともあるさ」と爽やかに励ましてきて、井川部長は「パンの発酵は難しいから」と慰めてきた。

そこで突然「あんな簡単なのに失敗とかあり得る?」という声が耳に入った。顔を向けると女子の集団がいた。

「今言ったやつは誰だ」

発言の主がわからないので聞くと、女子たちの表情が固まった。すると横田先生が間に割って入ってきた。

「失敗で苛立《いらだ》つのはわかるが、八つ当たりは良くないぞ」

横田先生の顔に笑みが貼りついている。先ほどの嘲りへの注意はないらしい。

急に相手にする気が失《う》せる。近くにあった金属製のトングを手に取って、自分の班のパンを紙皿に載せた。トング越しに固さが伝わる。明らかにふわふわ感が足りず、失敗なのは間違いない。皿を手にして、周囲を押しのけるように調理台に戻る。

「わっ」

怒りのせいで注意が散漫になっていたらしい。近くにいた男子にぶつかってしまった。その拍子に紙皿からパンが滑り、床に落下した。

さらに男子がパンの上に倒れ込み、他の部員たちが驚きの声を上げる。男子が慌てて立ち上がるが、押し潰されたパンはぺったんこになっていた。

「わるい、わざとじゃな――」

「てめえ、ふざけんな！」

頭に血が上り、謝ってきた男子に詰め寄る。

男子が反射的に身構えるけれど、そいつに近づけなかった。誰かがあたしの制服を引っ張っていたのだ。

振り向くと落合が上着の裾をつかみ、今にも泣きそうな顔で首を横に振っていた。

冷静さを取り戻し、周囲を見渡す。部員たちは怯《おび》え、横田先生は頬を引きつらせていた。パンは床で埃《ほこり》まみれで、舌打ちしてから拾ってゴミ箱に投げ入れる。

エプロンと三角巾を外し、バッグに詰め込んだ。バッグをつかみ、何も言わずに家庭科室を出る。

早歩きで廊下を進む。昔から怒りの沸点が低いと言われてきた。でも今日の出来事は許しがたかった。

しばらく歩いてから、あたしは背後から聞こえる小さな足音に呼びかけた。

「どうしてお前がついてくる」

「へっ？」

廊下の窓ガラスに、あたしの後ろを歩く落合の姿が反射していた。

「お前まで出てくる必要はないだろ」

歩幅が違うせいか落合は駆け足だ。

「え、えっと。その、同じ班だから……」

落合はいつもの不安そうな態度だ。あたしはその場で立ち止まる。後ろを窺うと、落合が反応できずにたたらを踏んだ。

「馬鹿なのか？」

「あの、ごめんなさい」

同じ班だから、なんて理由にならない。あきれすぎて怒りが消えてしまった。感情に任せて適当に歩いたせいか正面玄関から遠ざかっていた。

校舎北側の廊下は薄暗く、空気が湿っぽい。落合はうつむいたまま口を開いた。

「……それと、あの、えっと。荏田さんに聞きたいことがあったんだ」

「何だ？」

落合から話を振ってくるのは珍しい。廊下の窓から外を見ると日が落ちかけていた。

「どう見ても発酵は失敗してたのに、どうして焼こうと思ったの？」

一次発酵でも二次発酵でも、他の班に較べて膨らみが足りなかった。失敗は目に見えていた。だけど焼き上げることを選んだのには理由があった。

「筋が通らなかったからだよ」

「……筋？」

落合がきょとんとするので、その眼前に人差し指を突きつけた。

「パン作り、基本的にお前がやったよな」

「え、えっと。そう、かな」

「そうだよ。あたしは全然わかんなくてお前に任せきりだった。落合は計量やタイミングも含めて、レシピに沿って完璧に作っていたよな」

落合がどれだけ丁寧に調理していたか、あたしは目の前で見ていた。

「和気藹々《わきあいあい》とお喋りしていた他の連中より、落合はずっと真面目に調理していた。それなのに失敗するなんて筋が通らないだろ」

「は、はあ……」

成功しなくちゃおかしい。だから生地を焼く過程まで実行した。でも落合は腑《ふ》に落ちていないらしく困惑顔だ。

「失敗するなんてあり得ないのに、好き勝手言いやがって。うちらに非はないんだ。レシピにミスがあって、上級生が他の連中にだけ正しい方法を教えたのかもしれない」

「そんなことはしてなかったと思うよ」

「だったら誰かが生地に細工をしたのかも」

「いや、さすがにそれは。料理に失敗はつきものだって部長も言っていたし……」

落合は頰を引きつらせる。でも全員に同じレシピが配られた以上、導き出される結論はそれ以外に考えられなかった。嘲るような笑みを思い出す。冗談やノリといった免罪符を振りかざし、誰かを貶《おとし》める人間は珍しくない。

「それじゃ調べてみるか」

「へっ？」

わからないなら確認すればいい。もやもやしたままの状態は昔から嫌いだ。あたしは落合の肩に手を置く。落合はしばらく固まってから、媚《こ》びるような半笑いで言った。

「もしかして、私も？」

「水臭いな。同じ班だろ」

引き寄せて肩に腕を回すと、落合は遠い目をした。走り込みをしているらしい運動部のかけ声が、窓の外から聞こえてきた。

2

朝一番に落合と教室に集合し、捜査の計画を立てることにした。雲の全くない晴れた日だが、肌寒さを感じる。落合は朝から疲れたような顔をしていたので低血圧なのかもしれない。あたしは朝練で慣れているので元気いっぱいだ。

「片っ端から聞き込みだな」

「それはやめたほうが……」

靴底をすり減らすのは捜査の基本だと刑事ドラマで見たのだが、落合は効率的に調べるべきだと主張した。

「昼休みから放課後の間に、家庭科室の鍵を借りた人を調べるのはどうかな」

「なるほど」

実験室などを使う場合、職員室で鍵を借りる必要があった。まず事務員に声をかけ、カウンターにある貸し出し名簿に名前と日時を書く。それから鍵置き場から鍵を持っていくのだ。

「一昨年《おととし》までは鍵置き場から鍵を持っていっても気づかれないくらい、管理が適当だったみたいだよ。でも事務員さんが替わって以降はチェックが厳しくなったんだって」

「変なことに詳しいな」

「えっと、人から聞いたことがあって……」

早速職員室に向かい、事務員に声をかけて名簿を見た。

「これってあの男子だよな」

名簿には昼休み以降、五時間目と六時間目の間の休み時間に、芳賀浩《はがひろし》という生徒が鍵を借りた記録が残されていた。あたしがぶつかってパンを落とす原因になった男子だ。

こいつが犯人だと直感したけど、落合は慎重に首を横に振った。

「掃除当番も鍵を借りてるよ」

この高校では授業が終わった後、ホームルームをしてから当番は掃除の時間を経て解放される。名簿の履歴によると、家庭科室は隣のクラスが掃除を担当しているらしい。

予鈴が鳴り、教室に戻ることにした。

「それじゃ次の休み時間に芳賀に話を聞くぞ」

「うう……」

落合は泣きそうな表情だ。苦手なことをさせるのは気の毒だが、意外にも捜査に慣れている様子だった。なので手伝ってもらわないと進展しない。

急ぎ足で教室に向かう。席に着いたものの、落合の姿がないことに気づく。ついてくることができなかったのか、チャイムと同時に肩で息をしながら滑り込んできた。

化学の時間を終え、同じ階にある他の教室の戸を開けた。見知らぬ生徒たちの視線が注がれるけれど特に気にしない。落合は廊下から顔だけ覗かせている。ぐるりと教室を見回し、教室の後ろにいる芳賀を発見した。

芳賀は野球のバッターのようにホウキを構えていた。顔に見覚えがあるし、細身の体形は間違いない。正面には雑巾を手に振りかぶる生徒がいた。小学生みたいだなと思いながら近づいていく。

「お前、うちらのパン生地に何かした？」

「はあ？　いきなり何だよ」

「五時間目の後の休み時間に家庭科室に行ったんだろ。何をしてたのか教えろよ」

芳賀が構えていたホウキを下ろした。

「どうしたんだ？」

芳賀の友人らしき二人が集まってくる。茶髪の垂れ目は、ボール代わりの雑巾を持っていて、もう一人の大柄の男子が守備のポジションらしい。

芳賀は友人二人に対して、困惑した態度で応えた。

「昨日の休み時間のことを聞かれてさ。ちょうどいい。あのときはこいつらにイーストによる発酵を見せてたんだ」

仲間二人が不安そうに顔を見合わせ、芳賀が昨日の出来事を説明しはじめた。

芳賀は昼休みの調理部の活動について友人に話したという。すると料理をしない二人は学校でパンを作れることに興味を示し、芳賀はイーストで発酵した生地を見せようと考えた。小麦粉の固まりが膨張する様子は、微生物の存在を実感できて面白い。芳賀たちは職員室を経由して、鍵を手に家庭科室に向かったそうだ。

「そこで自分の班の生地を二人に見せたんだ」

芳賀の説明に友人二人も頷いている。

「落合の本を拾ったのもそのときか？」

「そうだよ。掃除当番が拾うより、俺が回収したほうがいいと思ったんだ」

三人を順番に見回すと、全員が怯えた表情になった。目つきがわるいせいで、普段通りでもにらんでいると言われるのだ。

「嘘《うそ》はついてないよな」

「……ああ」

芳賀が不機嫌そうに返したので、あたしは軽く頭を下げた。

「わかった。答えてくれて感謝する。急に来て騒いでわるかったな」

用が済んだので芳賀に背中を向ける。いつの間にか出来上がっていたギャラリーをかき分け、背後にいた落合と一緒に教室を出る。自分たちの教室に戻ろうとすると、落合が涙目で訴えてきた。

「いきなり直球すぎるよ！」

「回りくどいのは面倒だろ」

　率直に聞いたほうが手っ取り早いし、あたしの性格に合っている。落合は不満そうな顔をしつつも何も言わず、チャイムが鳴ったので一緒に教室に戻った。そして億劫《おっくう》な日本史の授業を終えてから、再び落合を引き連れて隣の教室に飛び込んだ。

目についた人に、家庭科室の掃除当番を割り当てられている生徒について質問する。

するとﾞ近くにいた女子生徒を指さしてくれた。

「あれ、結ちゃん。どうしたの？」

その女子生徒は、あたしの背後に隠れる落合に声をかけた。

「徳永《とくなが》さん」

落合は安堵《あんど》の表情を浮かべた。あたしの前では一度もしたことのない顔だ。

「お前ら知り合いなの？」

「同じ中学だったの」

　顔見知りなら話が早い。あたしは徳永に掃除の時間について聞いた。

「掃除なら普段通りだったよ。後ろのロッカーの上にボウルが並んでいたから、ちょっと気をつけたけどね」

掃き掃除に拭き掃除と、誰もがやっているような掃除をしただけらしい。

「他の子にも聞いてみるからちょっと待ってね」

徳永が近くにいた女子生徒に声をかけ、二言三言会話をしてから戻ってきた。

「なぜか、黒板消しが湿っていたみたい。それとボウルが一つだけ窓際に置いてあったそうだよ」

「窓際に？」

あたしは思わず声を上げる。ボウルは家庭科室の後ろにあるロッカーの上に置くよう指示されたはずだ。次に落合が徳永に質問をした。

「あの、掃除の後は教室に戻ったの？」

「芳賀がやってきて、家庭科室を使うって言うから鍵を預けたよ。返却してまた借りるのも面倒だし」

「またあいつか」

トイレにでも行っているのか教室に芳賀の姿はなかった。

「ありがとう。すごく助かったよ」

落合が礼を告げると、徳永は笑顔で返事をした。

「よくわからないけど、結ちゃんが困っているなら喜んで協力するよ」

「あ、ありがとう」

落合が嬉しそうに口元を綻《ほころ》ばせる。教室を出てから落合の二の腕を指で突《つつ》いた。

「ちゃんと友達がいるんだな」

校内に気を許せる相手はいないのだと勝手に思っていた。落合がくすぐったそうに身《み》動《じろ》ぎする。笑顔を浮かべると瞳の色が、不思議と明るくなる気がした。

昼休みになり、家庭科室を調べることにした。捜査の基本は現場検証だ。芳賀は明らかに怪しいが、証拠がなければ追及はできない。

落合も納得したらしく、二人で職員室に向かった。手続きをして鍵を借りていると、横田先生から声をかけられた。

「荏田、ちょっといいか」

喧嘩《けんか》したまま家庭科室を飛び出したせいで、横田先生は若干気まずそうだ。落合もおろおろしている。あたしだけに用事があるらしく、落合は先に廊下へ出た。

「何の用ですか？」

「最近、落合と仲がいいよな」

用件は調理部での一件とは別のことのようだ。横田先生は普段通りの態度に戻り、腕を組みながら神妙に口を開いた。

「落合は極度のあがり症なんだ。一年のときに副担任だったんだが、消極的でなかなか友達もできなかった。上級生に親しい生徒がいたが卒業してしまって、それ以降あがり症も悪化しているみたいなんだ」

横田先生が白い歯を剝《む》き出しにして笑った。

「落合と一緒に行動してくれて嬉しいよ。調理部にも気軽に戻ってこい。お前が謝れば、あの態度もみんなすぐに水に流すさ」

謝るべきことなんて一つもない。横田先生と同じ空間にいたくなくて、返事をせずにさっさと職員室を出た。

廊下で待っていた落合と合流し、家庭科室の鍵を開けて足を踏み入れる。早速黒板消しを手に取ると、白い粉が大量についていた。多分今日の授業で使ったのだろう。

「濡《ぬ》れてないな」

「昨日のことだからね」

「そもそも濡れてたからって、意味があるのかわからんけどな」

家庭科室をくまなく探したが、不審な点は特になかった。警察なら指紋採取や特殊な薬品で捜査できるのだろうけど、高校生には目視しか方法がない。

何も発見できずに昼休みは過ぎ、午後の授業も終わった。放課後も調査をしようかと落合と相談したが、特に調べる対象が見つからない。今日は家での手伝いも急ぎではなかった。仕方がないのでファストフード店で今後の作戦を練ることにした。

揚げ油と焼けた肉の匂いのする店内は混雑していた。落合はひどく緊張した様子で注文をしていた。パイプ製の不安定な椅子に腰かけ、あたしはチーズバーガーを頬張った。

「これからどうすればいい？」

「……わからない」

騒がしい店内で落合の声は小さくて聞き取りにくい。周囲の客たちの大きな笑い声や甲高い金属音などに、落合は逐一怯えた反応を見せていた。

「その調子でよく生きてこれたな。学校に通うだけでもしんどそうだぞ」

授業中でも教師から指名されただけで真っ赤になり、何も言えなくなることがある。横田先生は極度のあがり症と話していたが、毎日この調子なら生きるのが辛《つら》いだろう。

落合はコーラをストローで吸い込んでから、恐るおそるといった素振りで口を開いた。

「……去年まではセンパイがいたから」

そういえば横田先生も、落合に上級生の知り合いがいたと話していた。続きを促すと、落合は小学校時代から憧れていたというセンパイについて教えてくれた。

二学年上のセンパイは、落合にとって理想の存在だったらしい。別の中学に進学したせいで一旦交流は途絶えたが、偶然同じ高校に通うことになった。

「本当に格好良くて、頭もすごく良くて。私はセンパイが近くにいれば自分も強くなれるように思えたんだ」

しかし卒業によって離ればなれになる。卒業式で見送りながら、落合はセンパイみたいになろうと決心したそうだ。

「センパイはお菓子作りが得意だったから、真似して料理を覚えようと思った。それで勇気を出して調理部に入ったのだけど……、私には無理だったみたい」

落合が調理部を選んだ理由はそのセンパイの影響だったのだ。あたしはチーズバーガーを口に放り込み、よく嚙《か》んでから飲み込んだ。

「料理を作るだけなら、あんな場所じゃなくてもいいだろ」

「……うん」

指についたバーガーのケチャップを舐《な》め、紙ナプキンで拭き取る。落合は取り繕うような曖昧な笑みを浮かべる。そこであたしは素晴らしいアイデアを思いついた。

「落合の家にオーブンはあるか？」

「えっと、あるけど……」

「明日の土曜日、落合の家でパンを焼こう。料理を覚えたいなら練習あるのみだ」

「へっ」

陸上部時代も上達のために練習に明け暮れていた。家の場所を聞くと案外近いことがわかった。しかも近くに大型スーパーがあるから材料も揃えられそうだ。

「えっ、えっ。本気で？」

「もちろん」

大きく頷いてから、連絡先の交換を申し出た。落合は困惑しつつもスマホを取り出し、メッセージアプリで繋《つな》がる。落合のアイコンは、表面がつるりとしたピンク色のマカロンだった。

3

落合の住まいは住宅街にある二階建ての一軒家だった。茶色い外壁は新しそうで、ガレージにミニバンが駐《と》まっている。チャイムを鳴らすと間を置かずに落合がドアを開けた。玄関に控えていたのだろうか。

落合は白色のシャツに水色のカーディガン、ベージュのロングスカートという格好だった。前髪が鬱陶しそうに目にかかっている。あたしはグレーのパーカーにジーンズという楽な服装だ。家に上がると、落合の母親が出迎えてくれた。

「いらっしゃい。どうぞゆっくりしていってください」

「お邪魔します。今日は台所をお借りします」

落合と母親は顔が似ていた。だが態度は正反対で母親は愛想が良かった。落合が早く奥に引っ込むよう文句をつける。学校では見せない内弁慶な姿に思わず噴き出すと、落合は顔を真っ赤にさせた。

二人でキッチンに足を踏み入れる。急な訪問ながら清潔で、整理整頓が行き届いていた。あたしは手に提げたスーパーのビニール袋をダイニングテーブルに置いた。

「早速はじめるか」

テーブルには先日調理部で配られたレシピのプリントが置いてあった。今日も調理部のレシピに従って作る予定だ。今回成功すれば、誰かが手を加えた証明にもなる。

エプロンをしてから、小麦粉やイーストなどを計量しながらレシピ通りに作業を進めた。あたしは今回も落合の取り組む姿勢に目を奪われた。

「落合って本当に真剣に作るよな」

「……センパイの影響かも」

噂のセンパイはお菓子を作るとき、科学的に分析しながら調理を進めていたという。お菓子作りが化学実験に似ているというのがその理由らしい。

「砂糖のカラメル化とかチョコの油脂の温度とか、洋菓子は論理的に考え、厳密に計算しないと上手に作れない。だから私も料理作りを通してセンパイみたいに考える力を養いたいって思ったんだ」

「面白いセンパイだな」

ドライイーストの入った箱に手を伸ばす。パンがイースト菌の発酵の力を借りて作られることくらいはあたしでも知っている。

火を使ったり菌を使ったり、違う物質を混ぜ合わせたり、料理は化学の実験に近いのかもしれない。落合が計量カップでぴったりに量る様は、実験を行っているように見えなくもなかった。

でも釈然としない気持ちもある。

「化学と言われると味気なく思えてくるな。料理は勘と経験の世界だと思ってた」

「正直、それもちょっとわかる。何か宇宙食みたいなものが出来上がりそうで」

落合が困ったように笑う。パン作りも二度目となれば余裕が生まれ、他愛《たわい》ないお喋りをしながらその後の作業を進めた。

今日の気温はパンを作った日と同じ二十度前後だ。一次発酵に二時間もかかるので、暇を持て余したあたしは落合に質問した。

「いつもどんな本を読んでるんだ？」

「ＳＦ小説だよ。昔から好きなんだ」

「最近暇だから、オススメを教えてくれよ」

「何冊か持ってくるね。昨日読み終わった本も面白かったんだ」

立ち上がり、台所を出ていこうとする。そこであたしは落合を呼び止めた。

「それなら部屋に行くぞ」

発酵が終わるまで時間があるのだ。すると落合は目を大きく開き、焦りながら言った。

「えっと、片付けるからちょっと待ってね」

落合が駆け足で部屋に向かう。さすがに図々《ずうずう》しかったかと後悔する。思いついたことを考えなしに口に出すのはあたしのわるい癖だった。

落合は五分くらいで戻ってきた。そこでふと表情の変化に気づく。落合はなんとなくぼんやりした様子だった。

「どうしたんだ?」

声をかけると、落合が笑顔を浮かべた。

「ううん、もう大丈夫だよ」

言葉とは裏腹に、何となく繕っているような印象を受ける。

落合に案内され、二階の部屋に入った。

「すごいな」

壁際には大きな本棚があり、小説の文庫本がたくさん並んでいた。料理の本もいくつか差してあり、スイーツのレシピ本が多いようだった。

慌てて片付けたのか机に本が何冊か積み上がっている。そのてっぺんに、家庭科室で芳賀に拾われた青色のブックカバーのかかった文庫本が置いてあった。

「初心者にはこれがオススメかな。ああ、でもこっちもいいな」

好きなものを語る落合は、今までで最も声が弾んでいた。先ほどの違和感は気のせいだろうか。落合の熱弁を聞き、特に読みやすいという一冊を借りる。

残り時間は長いので、部屋で急遽《きゅうきょ》勉強をすることになった。

昨日の授業中、週明けに小テストをやると言われたらしい。だが全く記憶になく、しかも日本史と数学の二教科だという。あたしは授業中に考えごとをして、話を聞き逃すことが多かった。落合に教えてもらって命拾いしたことになる。

落合は日本史が、あたしは数学が苦手だった。だが互いに協力した結果、意外なほど順調に進んだ。復習を終えたところでスマホのアラームが鳴り、一次発酵が終わったことを知らせてくれた。

ラップを外した時点で結果は明白だった。調理部ではほとんど変化がなかったのに、今回の生地はボウルの中で膨らんでいた。レシピに従い、ガス抜きしてから休ませて成形して二次発酵を進める。

十数分後、オーブンで行った二次発酵も見事に成功した。

パン生地をオーブンに入れ、焼き上げる。温度と時間を設定し、会話しながら待つ。ブザーが鳴り、焼き上がったことを知らせてくれる。

オーブンの扉を開けた途端、芳ばしい香りが吹き出してきた。きつね色に焼き上がったパンは一目で成功だとわかる代物だった。

「……やっぱり」

落合がつぶやいたのを、あたしは聞き逃さなかった。でもそれよりも先にパンの味が気になった。天板から皿に移し、熱々のパンを手に取る。指で割ると表面はサクッとしていて、網目状に絡まった乳白色の生地が裂けた。

顔に近づけるだけで小麦の香りが感じられ、期待を込めて口に放り込んだ。

「うまい！」

焼きたての熱さを我慢しながら噛みしめると、小麦の味が口いっぱいに広がった。噛むほどに甘みが増し、香りが鼻に抜ける。

「ほ、ほいひい」

落合も頬張りながら嬉しそうにしている。あたしはテーブルに用意してあったバターを塗って再び食べる。するとコクのある脂肪分と相まって、最高のごちそうになった。落合はいちごジャムをたっぷり載せて食べていた。

かなりの量を焼いたはずなのに、手が止まらなくて二人で平らげてしまった。

「ああ、お腹《なか》いっぱい」

深く息を吐き、満杯のお腹をさする。焼いた直後のパンは、今まで食べたどのパンよりも美味《おい》しかった。手間をかければこんなにも幸せな体験ができるのであれば、また作りたいと思えた。

ひと息ついてから、満足そうな落合を見た。出来たてパンを前に面倒な話をしたくなかったので先延ばしにしていたが、全部平らげたので聞くことにした。

「なあ、落合。お前何かに気づいただろう」

根拠はなくて、ただの勘だ。落合はあたしの指摘に顔を強張らせる。

「……そんなことないよ」

落合が口元についたパン屑《くず》を落とす。それからうつむいて、黙り込んだままになった。かすかに残っていたパンの柔らかな香りは、いつの間にかどこかに消え去っていた。


週明けの月曜、あたしは授業中に落合の横顔を眺めていた。真面目に教師の話に耳を傾けているが、瞳の色が普段より暗い気がした。

一昨日《おととい》、何も気づいていないという落合の言葉に一旦納得した。しかし帰宅してからまた気になりはじめた。

昼休み、落合が教室を出ていく。声をかけようと追いかけると、向かった先は職員室だった。様子見をしているとすぐに出てきた。後をつけたところ、家庭科室に入っていく。そのすぐ後にあたしは家庭科室の戸を開けた。

「きゃっ。え、荏田さん……？」

落合は黒板の前に立ち、黒板消しを手にしていた。

「やっぱりパンの件の真相がわかってるんだな」

落合が目を逸らす。琥珀色の瞳が淀《よど》んでいる気がして、一昨日の嘘を確信した。

「真相は突き止めたけど、明らかにするつもりはない。それがお前の判断か？」

廊下から女子の集団の会話が聞こえた。クラスメイトの男子を馬鹿にして、手を叩きながら大笑いしている。落合が小さく頷いた。

「……うん」

「わかった」

落合が決めたなら、強制する権利はない。

あたしは背を向けて家庭科室を出た。まだ女子集団がいたけれど気にせず真ん中を突っ切る。女子たちは迷惑そうにしながら左右に割れた。

その後は会話をせずに過ごした。今まで調理部以外で交流がなかったのだから元に戻っただけだ。

放課後になったので帰ろうとしたが、スマホがどこにもなかった。必死に捜すと、使わなかったはずの教科書に挟まっていた。いつ入り込んだのか全く覚えがなかったが、見つかってホッとする。

廊下に出ると落合を発見した。横田先生と向かい合い、何か話してから連れ立ってどこかに去っていく。

調理部に戻るよう説得されているのだろうか。元々暴れたのはあたしなのだから、落合まで辞める必要はない。

正面玄関で靴に履き替えて外に出る。ゴールデンウィークを目前にして、濃い緑色の雑草が力強く伸びていた。横田先生の後をついていく落合を思い返す。いつも以上に猫背で、その背中に横田先生の手のひらが添えられていた。

立ち止まると、背後を歩いていたらしい男子生徒が舌打ちして避《よ》けていった。踵《きびす》を返して家庭科室に向かう。

なぜかわからないけど、ひどくいやな予感がした。

下校する生徒たちの流れに逆らって走る。まだ鈍りきっていない両足は、すぐにあたしを家庭科室の前に運んでくれた。

戸を開けようとすると、室内から横田先生の声が聞こえてきた。

「ほら、落合。今こそ気持ちを伝えるんだ」

あたしは勢いよく戸を開ける。調理部員たちが勢揃いしていて、横田先生と落合が相対している。落合は顔が真っ赤で、両手で制服のブレザーの裾を強く握りしめていた。

「何してんだよ」

部員たちのざわめきを無視して落合に駆け寄る。落合は顔中に汗をかいていて、今にも倒れてしまいそうだ。腕に手を添えると、身体《からだ》の震えが伝わってきた。

「どういうことだ」

「荏田たちが家庭科室で会話しているのを耳にしたんだ。落合は先日の件の真相がわかったんだよな。すごいことじゃないか。これは落合にとってチャンスだぞ」

「チャンス？」

落合とあたしの会話を聞いていたらしい。横田先生は腕を組んで、したり顔で何度も頷いた。

「俺は以前から、落合の消極性が心配だったんだ。自己主張できないままでは社会で苦労する。推理を披露することは、落合にとって素晴らしい経験になるはずだ」

横田先生が優しげに目を細める。

「最初は苦しいかもしれない。実は俺も昔はあがり症だったんだぞ。落合だって絶対に、やればできるさ」

横田先生の主張に眩暈《めまい》がした。一刻も早くこの場を離れるべきだと思い、あたしは落合の腕を引っ張った。

背中を向けると、横田先生が厳しい口調で言葉を投げつけてきた。

「落合のことを考えてやれ。このままだと逃げ癖がつくぞ？」

「うるせえ。お前の下らない成功体験を他人に強要するな」

落合は呼吸も荒く、歩くのもやっとな様子だ。家庭科室を出て、戸を強く閉める。廊下をしばらく進んで家庭科室から離れると、落合は多少回復してきた。幸いなことに横田先生が追いかけてくる気配はない。

「……ご、ごめん」

「喋らなくていい」

落合はまだ苦しそうだ。服の上からでも異常な発汗がわかった。身体を支えながら、ゆっくりと保健室を目指した。

4

保健室は消毒液の匂いがした。養護教諭の姿はなく、勝手に落合をベッドに座らせた。歩いている間に落ち着いたらしく、顔色は随分と良くなっている。落合は深呼吸してから、ベッドをじっと見つめていた。

「どうした？」

「……何でもない。ただ、知り合いがよくここで寝ていたから」

落合が柔らかな笑みを浮かべる。そこでふと、保健室の眠り姫という変な噂話を思い出す。保健室のベッドでいつも寝そべっているという不思議な女子生徒がいたらしいが、それが例のセンパイなのだろうか。

養護教諭のオフィスチェアを引っ張り出して座ると、背もたれがギシリと音を立てた。落合が深呼吸をしてから、口を開いた。

「……どうして助けてくれたの？」

「言いたくなかったんだろ」

保健室の窓から校庭が見える。真実がわかったからといって、つまびらかにする必要なんてない。気づいた落合が決めることだ。

陸上部が走り込みをしていて、顧問がホイッスルを吹いていた。意識的に目を逸らし、笛の音が耳に入らないよう努めた。

「昔から、人前に出るのが怖いんだ」

「そうだろうな」

「頭が真っ白になって、怖くて仕方なくて、何も喋れなくなる」

注目されれば誰でも緊張するが、落合が他人より苦手なのは明らかだ。横田先生はあがり症だと話していたけれど、そんなありふれた言葉で説明していいレベルだとは思えなかった。落合がきつく目をつむった。

「……私にだって、真相を犯人に突きつけたい気持ちがないわけじゃない」

「そうなのか」

意外な言葉に驚くと、落合がはっきりと頷いた。

「だって努力を無駄にされたんだよ。私だって怒ってる。でも、相手に伝える場面を想像しただけで吐きそうになる。あんな大勢の前でなんて絶対に無理。思い出しただけで怖くてどうしようもなくなる」

落合が眉間に皺《しわ》を寄せ、唇を強く噛んだ。

「その苦痛と天秤《てんびん》にかけたら、黙ったままのほうがずっといい」

落合は声を震わせ、必死に涙を堪《こら》えている。あたしは腕を伸ばし、落合の頬に触れた。身体の強張りが指から伝わってくる。落合が顔を上げると、前髪に隠れていた目元が顕《あら》わになる。涙で潤んだ瞳が宝石みたいに輝いていた。

「それならあたしに言えよ」

「……え？」

「あたしには喋れてるんだし、ここで真実を言えばいい。少しは気が晴れるだろ？」

落合が何度もまばたきをしてから、急に顔を赤くして身を引いた。手のひらが落合の頬から離れる。落合が袖口で目元を拭うと、瞳のきらめきが元に戻った。

「……ありがと」

落合は笑みを浮かべて頷く。小さく息を吸ってから推理を語りはじめた。

「原因は多分、芳賀くんたちだと思う」

「あいつらか」

五時間目のあとの休み時間に、イーストによる発酵を見るために家庭科室を訪れている。生地に何かをしたのであれば最も可能性が高い。

「教室で野球ごっこをしてたよね。普段からああいう遊びをしているんだと思うんだ」

「子供っぽかったよな」

落合がくすりと笑った。だんだんリラックスしてきたみたいだ。

「パン生地の発酵を見に行ったのは事実じゃないかな。でもお友達はそれほど興味がなかったんだと思う。それで家庭科室で生地を見ている最中、暇を持て余して黒板消しでふざけだしたんだよ」

生地は発酵させるため教室の背後にある荷物置きの上に置いてあった。落合の推測では芳賀たちは適当にラップを剝がすボウルを選び、それが偶然落合とあたしの班のものになったのではないかと話した。

「どんな遊びをしていたかまではわからない。でもその際にアクシデントが起きて、黒板消しがボウルに入ったのだと思う」

「……マジか」

落合は根拠として、黒板消しが濡れていたことを挙げた。あれは付着した生地を洗い流した結果だったのだ。さらに落合が黒板消しを調べたところ、木の板部分と布部分の境目に、生地らしき痕跡が小さく残っていたらしかった。

家庭科室の黒板消しには白い粉しかついていなかった。チョークは何色かあるが、家庭科室には白いチョークしかないのだろう。

推理が正解なら、危うく黒板消しで汚れたパンを食べる羽目になっていたことになる。大量の埃やチョークの粉が入っていることを想像して吐き気がした。あたしの顔色が変わったのを見て、落合は焦ったように口を開いた。

「あの、学校で使っているチョークは貝殻が原料だから食べても害はないよ」

箱に貝殻のマークがあった気がするが、落合のフォローはあまり意味がなかった。

「それで、チョークの粉が入っていると生地はどう変化するんだ？」

「チョークの主成分は炭酸カルシウムなんだ。炭酸カルシウムは水に溶けにくいけど、少量でも溶けた場合は水溶液がアルカリ性になる。そして弱酸性で活性化するイースト菌はアルカリ性では働きが弱まるんだ」

「はあ」

「私なりに調べたんだけど、つまり炭酸カルシウムが混ざった生地は通常よりアルカリ性になるそうなの。そしてそのせいでイースト菌による発酵が遅くなるみたいなんだ」

「要するにチョークの粉のせいで発酵がうまくいかなかったってことか？」

落合がゆっくり頷く。

「チョークが混入したことで、芳賀くんたちは焦ったはずだよ。でも白い粉だから生地を混ぜ込んで誤魔化した。ただそのせいでガス抜きが行われ、生地は小さく萎んでしまうことになった。だから芳賀くんたちはボウルを窓際に置いたのだと思う」

「どういうことだ？」

家庭科室を掃除した生徒が、ボウルが一つだけ窓際に置かれていたと話していた。あれはあたしと落合のパン生地だったようだ。

「私たちのレシピでは、気温二十度強の室温で二時間の一次発酵をした。だけど途中でガス抜きが行われたとすれば、半分の時間しか発酵できなかったことになる。だから日光による熱を利用して、発酵を促進させようと考えたんじゃないかな」

イースト菌は三十度前後の気温で活発になるらしい。肌寒い春でも直射日光を浴び続ければ温度は上昇するはずだ。

芳賀はそれを知っていて、短時間で発酵させるため窓際にボウルを置いたのだと思われた。掃除を終えた徳永から鍵を受け取っているから、部活開始前にボウルを元の場所に戻すことは可能だろう。

「芳賀くんの狙い通り、適切な温度によって生地は短時間で膨らんだ。だけど他の班ほど大きくはならなかった。そして二次発酵では炭酸カルシウムの影響が顕著に出たのか、生地の膨らみが明らかに足りなくなったのだと思う」

落合が言うには他にも、あたしたちのパン生地は他より余計に発酵したから、単純にイーストの栄養分が不足して膨らまなかっただけ、という可能性も考えられるらしい。

「ただし炭酸カルシウムは水分の硬度を上げて、小麦のグルテンを強くする効果もあるみたいなの。だから一概にどれが原因か断定するのは難しいんだけどね」

「はあ」

水の硬度の違いもパン作りに影響を及ぼすらしい。グルテンが強くなるとガスを保持する力が上がり、パンが大きく膨らむ作用があるというのだ。パン作りは想像以上にややこしく、聞いているだけで頭が痛くなってくる。

「私たちのパンが膨らまないのを見て、きっと芳賀くんは自分のせいだと考えた。そして体当たりをしてパンを床に落として台無しにしたのだと思う」

「あれはわざとだったのか」

頭に血が上っていたから自分のせいだと思っていた。しかしそこを狙い、芳賀はパンの上に転ぶことで自分の過ちの証拠を消した。

「芳賀くんも罪悪感を抱いていたのかもしれない。一旦は隠滅だけで済まそうとしたけど、気が変わってチョーク入りのパンを食べさせない方法を実行したんじゃないかな」

「でも、それを証明できるのか？」

すると落合はブレザーのポケットから、冷凍用のビニールパックに入った青色のブックカバーを取り出した。落合がカバーの端を指差すと、白色の跡がついていた。

「チョークの粉で指紋がついている。芳賀くんは家庭科室でこれを拾ったから、あのときについたんだよ。決定的な証拠にはならないけど、情況証拠としては充分だと思う」

芳賀がブックカバーを拾った際に、チョークの白い粉がつくような状況だった。指紋の跡もうっすらとわかるので追及は可能だろう。加えて濡れた黒板消しやパン生地の欠片《かけら》などの証拠を積み重ねれば、心証は最悪になるはずだ。

落合が静かに息を吐いた。推理は終わったらしい。保健室に沈黙が落ち、落合がシーツを握る音が大きく聞こえた。

「よし、わかった」

あたしが突然椅子から立ち上がると、落合が身体をびくつかせた。

「芳賀に文句つけてくる」

「えええっ！」

多分今まで聞いた落合の声のなかで一番大きかった。

「でも、ここだけの話って……」

「そんなこと言ってないだろ。あたしは別に人前で話すのは苦じゃない。結果はどうあれチョーク入りのパンを食わせられるところだったんだ。これはあたしの個人的な怒りだ。文句をぶつけて、謝らせないと気が済まない」

手首をぶらぶらさせ、屈伸で足の腱《けん》を伸ばす。短距離走の前に行っていたルーティンだ。ひさしぶりに行うと気分が高まってくる。

「あ、あの」

「何だ」

全身で伸びをするあたしに、落合が声をかけてきた。止めるのかと思って振り返ると、落合はあきれ果てたような笑みを浮かべていた。

「えっと。……ほどほどにね」

校庭から陸上部のスターターのホイッスルが鳴り響いた。心に小さな火が灯《とも》る。あたしは笑みだけ返して、落合に見送られながら一歩踏み出した。


ゴールデンウィーク初日は雨だった。傘を差して駅前に向かい、待ち合わせ場所のファストフード店に入る。

店は雨のせいか湿度が高かった。カウンターで注文し、商品を受け取る。客席を見回すと遠くの席で落合が縮こまっていたので、向かいの席にトレイを置いて腰かけた。

ドリンクのストローに口をつける落合の前には、ポテトとチキンナゲット、そしてハンバーガーが二つ置いてあった。この前のパンでも思ったが、意外に大食いなのかもしれない。落合は前に見たのと似た地味なシャツにスカートという服装だ。

「呼び出してわるかったな。出かける用事はないのか？」

「えっと、明後日《あさって》から家族旅行だよ」

今日はあたしから買い物をしようと誘った。書店で初心者向けのレシピ本を見繕い、それを眺めながら必要な調理器具や材料を揃えるつもりだ。あたしの母親はあまり凝った料理をしないので道具が少ないのだ。

あの後、調理部に乗り込んで芳賀に文句をつけた。その際の立ち回りは自分としては物足りなかったが、芳賀が半泣きになり、横田先生が持て余した結果、あたしは学年主任に叱られるくらいで済んだ。

結局あたしと落合は調理部を辞めることにした。

芳賀とその友人は罪を認め、あたしに謝った上で落合にも頭を下げたいと言ってきた。黒板消しには大量のチョークの粉がついていて、ボウルも真っ白になったという。誤魔化すため生地に混ぜ込もうと言い出し、実行したのは友人二人だったそうだ。

芳賀は食べ物を粗末にしたことを気に病んでいたと、反省した様子で話した。調理部だけあってより強く罪悪感を抱いていたようだ。

だが落合に確認したところ「別にいい」と返ってきた。面と向かって謝罪されることが苦痛なのだろう。

落合は許しているが謝罪は望んでいないと伝えると、芳賀たちは複雑な表情を浮かべた。謝る機会を失ったことで、罪悪感を持て余すことになるためだと思われた。でも芳賀たちの問題であって、被害者側が考慮する必要はない。

「前にセンパイから、社交不安障害のことを教わったことがあるんだ」

ハンバーガーを食べながら、落合がふいに話しはじめた。

社交不安障害は社会不安障害とも言われ、世間での認知度は低いらしい。あがり症や緊張しがちな人は多く、苦労しつつも対処して学校や社会で生活している。しかし一部に、個人の努力では克服できないほどの緊張や不安に襲われる人がいる。そういった人たちが社交不安障害と呼ばれるらしかった。

社交不安障害の人たちは専門家によるカウンセリングや投薬などといった治療行為を施されないと、潤滑な社会生活を送ることが難しい。国内外でも研究がはじまったばかりなのだそうだ。

「自分の状態に名前がつけば、対処する方法も捜せる。もしも違ったとしても、私に適した方法を見つけるための指針になる。だから可能性を示してくれたセンパイには感謝しているんだ」

落合は特に中学時代、他人と関わることに強い恐怖と不安を感じていたそうだ。親に相談して、検査を受けたこともあるという。医師からはしばらく様子を見ましょうと告げられたらしい。

進学後は例のセンパイや友人たちがいたおかげか、不安は治まっていたそうだ。だが二年生になってから以前のような状態に戻ってしまったという。

落合はハンバーガーを食べ終えてから、ポテトを摘《つま》んだ。

「原因は色々なことが複合しているみたい。元々の体質もあるみたいだけど、脳内物質であるセロトニンの分泌不足が大きく関わっているみたいなんだ」

あたしはオレンジの炭酸をすすった後に口を開いた。

「よくわからんけど、つまり社交不安障害の人には落ち度がないわけだな」

「……へ?」

「化学には詳しくないけど、物質がそこにあるかないかによって変化が起きて結果が違ってくるんだよな」

今回は炭酸カルシウムの有無によってアルカリ性か酸性かに変化し、イースト菌の発酵に影響を及ぼした可能性がある。

「脳にセロトニンが出ないせいで緊張しまくるんだろ？　それは本人の意思とは関係ない化学現象なわけだ。落合がその不安障害なのかわからないけど、適切な対処法が見つかるといいな」

落合が限界まで目を見開く。本当の宝石みたいで、思わず手を伸ばしたくなる。でも実際に触ったらただの目潰しになるのでやめておく。代わりに落合のトレイに置いてあるポテトを摘んで口に放り込んだ。

「つーかせっかく仲良くなったんだし、いい加減苗字《みようじ》はやめるか」

あたしは続いてナゲットを勝手に食べ、飲み込んでから口を開いた。

「そろそろ本屋に行くぞ、結」

「え、その、うん」

結は目を見開いたまま頷いた。そして残り少ないポテトを大急ぎで食べはじめる。結の顔は赤くなっていたけど、緊張とは違うように感じられた。

残りを平らげてから、二人で立ち上がる。ゴミを処分してから窓の外を見ると、雨は小降りになっているみたいだった。出入口に向かって歩いていると、背後から結が話しかけてきた。

「あの……」

振り向くと結は申し訳なさそうな上目遣いで訊《たず》ねてきた。

「……下の名前、何だっけ」

思わず変な声が出そうになるが、クラスであたしを下の名前で呼ぶ人はいないのだ。知らないとしても無理はない。あたしが結の名前を知っていたのは、瞳の色が気になって勝手に覚えていただけなのだ。

「知らないのかよ。あたしの名前は」

口に出そうとして、信じられないことにつっかえてしまう。ただの自己紹介が妙に恥ずかしい。

歩きながら小さく咳払《せきばら》いをすると、目の前で自動ドアが開いた。

雨はまだ降っているようだけど、雲間から太陽の光が差し込んでいた。気を取り直し、自分の名前を言うために大きく息を吸い込んだ。

Yui

第二話　足りないさくらんぼを数える

1

桜の木は葉が茂り、若々しい緑が陽光で透けていた。枝にいくつか小さな実が生《な》っているけれど、一昨日の大雨のせいか足下にたくさん落ちている。

私は昼休みの校庭を一人で歩き、座れる場所を探していた。教室はグループ分けができあがっていて、少し席を外した隙にクラスメイトが椅子を占領していた。

私には今、一緒にランチを食べる友達がいない。

一年生のときはクラスに中学からの友達がいたし、親しい先輩たちも在学していた。だけど二年の進級で別のクラスになって、友達には別のグループができた。二つ上の先輩たちは卒業してしまった。一学年上の先輩は現在三年生で、志望校の難易度が高いらしく受験勉強で物凄《ものすご》く忙しそうだった。

ただ最近、クラスメイトの荏田夏希《なつき》さんとは少しだけ喋るようになった。

調理部に入ったことをきっかけに交流が生まれたけれど、潑剌《はつらつ》とした性格の元陸上部の女子は私とは住む領域が違っている。そのため荏田さんとの距離をつかみかねていた。

「ふざけんな！」

校舎の隅にさしかかったところで、聞き覚えのある声が聞こえた。いやな予感がする。回れ右をしかけた私は、学校中に響くかと思うくらいの大きな声で呼びかけられた。

「おお、結。いいところに来た！」

顔を向けると案の定、荏田夏希さんが手を振っていた。そばに男女二名の生徒がいて、どちらも戸惑いの表情を浮かべている。手招きに逆らえず早足で近づく。

「えっと、どうしたのかな。荏田さ、えっと夏希さ……夏希ちゃん」

夏希さんににらまれて、私は二度も言い換える。

先日の事件の後、夏希さんは私を苗字の落合ではなく、下の名前で呼ぶようになった。流れで私も相手を名前で呼ぶことになったのだが、「夏希さん」と言ったらめちゃくちゃ文句をぶつけられた。仕方なく『ちゃん付け』にしたものの、心の中では違和感が残っている。正直、夏希さんが一番しっくりきている。

「聞いてくれよ。こいつらがあたしをさくらんぼ泥棒扱いしやがったんだ」

「違うって。俺たちはただ話を聞きたかっただけだ」

夏希さんの鼻息は荒く、そばにいる男女は困り顔だ。

私は人と相対するのが苦手だった。今だって関わり合いたくないけれど、詰め寄ってくる夏希さんから逃げられる気がしない。

「あの、一旦落ち着いて。詳しく話を聞かせてもらっていいかな」

「……そうだよな。わかった」

夏希さんの荒々しい気配が落ち着いていく。二人が安堵の表情を浮かべた。私なんかでもクッションくらいの役割は果たせるらしい。

夏希さんによると二人は写真部の部員らしく、男子生徒が説明を引き継いだ。

「写真部の部室からさくらんぼが盗まれたんだ」

部長である三年生の渡利《わたり》さんは痩せ形で、カメラのレンズを思い出させるまん丸な目をしていた。

隣にいる黒縁眼鏡の女子生徒は草村《くさむら》と名乗った。艶やかなボブカットの二年生で、レンズの奥の目が鋭かった。

昨日、写真部の部室には大量のさくらんぼが置いてあったという。部員の人数分が用意され、みんなで分けて食べるのを楽しみにしていたそうだ。

だが放課後に食べようとしたら、数が足りないことが発覚した。しかも部室にはさくらんぼの柄が数本落ちていたというのだ。

「全員平等に分ける予定が、不公平が生じてしまったわけだ。細かいと思われるかもしれないが、つまみ食いなら捨て置けない。それで聞き込みをした結果、荏田さんが補講の時間に部室の窓近くで目撃されていたんだ」

私たちの高校はそれなりの進学校で、放課後には盛んに補講が行われている。どのコマに出席するかは生徒の裁量に任されている。

もちろん自宅学習や塾、予備校が自分に合うと考える生徒は出席する必要がない。だけど学内では私を含めて、多くの生徒が補講に参加していた。

昨日の補講と同時刻、夏希さんは部室の窓のそばで居眠りしていたらしい。

部室のある校舎は高校の敷地の奥に位置している。窓の外は校舎裏に当たり、そこには以前使われていた焼却炉が残されていた。

夏希さんはコンクリートの地面の上で、バッグを枕にして寝ていたという。背中が砂や埃まみれになるだろうけれど気にしない性分のようだ。

渡利部長が不審そうな目つきを夏希さんに向けた。

「俺たちは荏田さんに、何か目撃していないか聞いただけだ。それで事情を説明したら、犯人扱いするのかって急に怒り出したんだ」

「お前らがあたしに犯人を見るような目を向けたせいだろ」

夏希さんが不機嫌そうに舌打ちした。

「あの、どうしてそんな場所で寝ていたの？」

話を聞いて真っ先に浮かんだ疑問だった。わざわざ校舎の裏で寝るなんて不自然だ。するると夏希さんは素直に答えてくれた。

「中間テストが終わったばかりだろ。あの勉強で力尽きて、まだ調子が戻らないんだ。そのせいで五限終わりに眠くなってな。あたしは六限にいなかっただろ？　あそこは死角で見つかりにくいし、日当たりも良好だから最高の昼寝スポットなんだ」

「えっと、うん。そうだったね」

昨日の六限、夏希さんがいなかったかどうか覚えていない。

「あの、それで、夏希ちゃんは何か見たの？」

「それなら見たぞ」

「はっ？」

「見たの？」

不意打ちの返事に、渡利部長と草村さんが目を丸くする。

「起きた後、立ち上がったら部室の中が見えたんだよ。カーテンが開いていたからな。そうしたら廊下のほうにある天井近くの窓が動いた気がしたんだ」

廊下側のガラス窓の上部に小さな窓が設置されている。正式名称は高窓だったはずだ。

夏希さんは帰宅する生徒の喧噪《けんそう》で目覚めたらしく、スマホの時計で確認したところ六限終了後である午後三時四十分だったらしい。

渡利部長が草村さんに訊ねる。

「天井近くの窓は前から壊れていたよな」

「サッシが歪《ゆが》んでいるのか最後まで閉まらず、常に隙間ができています。壊れていることは丸わかりですね。ただ出入りするには高すぎるし、狭いので難しいでしょう」

高窓から侵入し、脱出するのはさすがに目立つだろう。写真部の二人に向けて夏希さんが低い声で言った。

「まずは内部を疑うべきじゃないか？」

「もう全員への聞き取りは終わったよ。その時間だと写真部全員が補講に出ていて、アリバイが成立しているんだ」

「そうなのか」

夏希さんが唇を尖《とが》らせると、草村さんが小さく手を挙げた。

「外に続く窓は鍵が締まっていませんでした。昨日、部員がかけ忘れたせいです。その事実には気がついていましたか？」

「気づくわけないだろ」

夏希さんの語気が強くなる。部室の窓は開いていて、誰でも出入りが可能だったのだ。

草村さんが淡々とした口調で質問を続ける。

「さくらんぼは部室の、ある場所に置いてありました。荏田さんが窓から室内を見た際にも目に入ったはずです。どこか覚えていますか？」

「覚えてねえよ。疑うなら証拠を持ってこい」

草村さんの態度からは、夏希さんを容疑者だと決めつけている印象を受けた。腹を立てるのも無理はないかもしれない。私が緊迫した空気に萎縮していると、渡利部長が焦った様子で一歩前に出た。

「ご協力感謝するよ。不快に思わせてしまったなら申し訳ない。他にも気になることが見つかったら、また話を聞かせてくれよ」

「勝手にしろ」

夏希さんがそっぽを向くと、写真部の二人は会釈をしてから去っていった。草村さんは最後まで、夏希さんに疑惑の眼差《まなざ》しを向けていた。

私は胸に手を当て、深く息を吐く。見知らぬ人と相対するだけでも苦痛なのに、さらに揉《も》め事に巻き込まれたのだ。逃げ出したい衝動に耐えた自分を褒めてあげたい。すると夏希さんが近くの外壁を蹴った。

「あの草村ってやつ、絶対にあたしが犯人だと疑ってやがる」

窓の無施錠は写真部員の過失であり、壊れたままの高窓は高校側の怠慢だ。一番わるいのは盗んだ犯人だが、夏希さんを疑うのは迷惑極まりない。

「本気で腹が立つな」

苛立ちが収まらないのか、夏希さんは小さなコンクリート片を蹴った。破片は勢いよく飛び、遠くにある植え込みに消える。夏希さんが拳を握りしめた。

「こうなったらあたしらが先に犯人を捕まえよう。草村の鼻も明かせるし、濡《ぬ》れ衣《ぎぬ》も晴らせて一石二鳥だ」

「えっと、……え？」

私と夏希さんで、さくらんぼ泥棒を捜すという意味だろうか。夏希さんが調べるのは理解できる。だけどなぜ私が行動を共にする必要があるのだ。

「そうと決まれば行動だ。もうすぐ昼休みも終わる。ほら、急ぐぞ」

「あの、その、うん」

駆け出す夏希さんを反射的に追いかける。断られないと確信しているような強引さに逆らえない。元陸上部の夏希さんの足は速くて、引き離されないだけで精一杯だった。

2

行き先は職員室だった。夏希さんは乱暴にドアを開け、手近にいた教師に写真部の顧問は誰かと訊ねた。私は息が上がっていて、何とか呼吸を整えながらついていく。

私なら職員室に入る時点で躊躇《ちゅうちょ》するし、目に入った大人に話しかけることなんてできない。目当ての顧問が見つかったらしく、夏希さんが大股で奥に突き進んだ。

「鎧塚《よろいづか》先生ですね。ちょっといいですか」

写真部の顧問である鎧塚先生は、自席でプリントの束をまとめていた。授業を受けたことのない先生だ。年齢は三十半ばくらいだろう。焦げ茶色でセミロングの髪をした、ふっくらした面差しの女性だ。

面を上げてから、夏希さんの顔を不思議そうに覗き込む。

「えっと、あなたは？」

「二年の荏田夏希です。写真部の連中に、さくらんぼ盗難を疑われました。その件で話を聞かせてほしいんです」

鎧塚先生が手を止めて驚いているので、私は慌てながら言った。

「あのですね、ちょっとした行き違いで、私たちも犯人捜しに協力したいと思っているんです。詳しくお話をお聞かせ願えますか。あの、えっと、同じく二年の落合結です」

鎧塚先生は困惑顔をしつつも、私と夏希さんを交互に見た。

「感謝するわ。さくらんぼの件は私の責任もあるから」

鎧塚先生はプリントを丁寧に置き、事件について教えてくれた。

まずは、写真部の部室にさくらんぼが置かれた経緯からだ。

先日、県内の高校生を対象にした写真のコンクールが開催された。我が校の写真部は毎年欠かさず応募していて、今年は部員の半数が大小様々な賞を取ることができたという。そういえば少し前の全校集会で、校長がそんなことを話していた気がする。

「昨年の春に写真部のエースが引退してから、しばらく結果を出せないでいたんだ。だからひさしぶりの受賞は顧問としても喜びはひとしおだった。それでみんなにご褒美をあげたくて、親戚が作っているさくらんぼをあげる約束をしたんだ」

鎧塚先生の血縁者に、さくらんぼ農家の人がいるらしい。毎年、傷や規格外などで出荷できなかった分をもらっているという。

「昨日、私の家に念願のさくらんぼが届いたの。だけど急な用事で早朝から学校に呼び出されて、うっかり家に忘れちゃったんだ」

自宅は学校から三キロくらいの距離にあるという。

鎧塚先生の受け持ちの授業には、写真部の生徒が数人いるらしい。さくらんぼが届く日を事前に伝えていたため、きらきらした瞳で「楽しみにしている」と言われたという。

鎧塚先生は自宅に戻ろうとしたが、細かな用事が続いて手が離せなかった。自宅には鎧塚先生の母親がいたけれど、こちらも家を空けられない事情があった。

「そこで仕方なく、一年の杉野《すぎの》秀充《ひでみつ》くんにお願いしたの」

一年生の杉野くんは鎧塚先生の又従弟《またいとこ》で、鎧塚先生の自宅も知っているらしい。鎧塚先生は自転車通学の杉野くんに、昼休みにさくらんぼを取ってきてくれるよう頼んだ。

杉野くんは快く引き受け、自転車で鎧塚宅に向かったという。

この高校は私立だからなのか、昼休みの外出に寛容だった。先生にひと声かけて外に出て、コンビニで昼ごはんを買ってくる生徒は珍しくない。

杉野くんは無事に任務を果たしたという。運んできたさくらんぼは杉野くんが部室に置き、残りは先生が職員室の面々に配ったらしかった。

「その部室に置いたさくらんぼが足りなかったんだな」

夏希さんは敬語を使わなかったが、鎧塚先生は構わないで頷いた。

「部員十二名に各六粒のはずだったのに、八粒足りなかったんだ」

「一人あたり五、六粒あったなら充分じゃないですか」

さくらんぼならあっという間に食べ終える量だ。写真部の人たちが聞き込みまでするのは大げさに思えた。すると鎧塚先生が苦笑いを浮かべた。

「親戚が作るさくらんぼは高級品で、市場に出れば一粒百円以上することもあるの。だから喧嘩にならないよう、事前に配分をきっちり決めていたんだ。でもそのせいで、部員たちは犯人捜しで盛り上がっているみたいなのよね」

一粒百五十円とするなら、一人当たり六粒九百円だ。八粒の損失なら千二百円相当で、文庫本が二冊買える計算になる。

半端な分は部員間のじゃんけんによる争奪戦になり、八名が一粒少なくなってしまった。鎧塚先生によると、渡利部長と草村さんは敗者だったそうだ。

「食べ物の恨みは恐ろしいわ。ただ部長は何より、部室から物が盗まれた事実が気がかりらしいの。草村さんは推理小説が好きで、自ら調査に立候補したみたいね」

他の部員は調査に反対はしていないが、手を貸すほど乗り気ではないらしい。草村さんの取り調べの鋭さは、推理小説の影響だったのかもしれない。

事情を聞き終えると、夏希さんが鎧塚先生に質問をぶつけた。

「昨日の放課後は何をしていたんですか？」

教師への不躾《ぶしつけ》な質問に、私は背筋が冷たくなるのを感じた。だけど鎧塚先生は気にしない様子で、顎に人差し指を当てた。

「私は補講を担当して、終わって三十分くらいは生徒の質問に答えていたかな」

アリバイとしては完璧だ。予鈴が昼休みの終わりを告げる。私は慌てながら、思いついた疑問を口にした。

「えっと、あの。杉野くんの数え間違いではないでしょうか」

部室に置かれたさくらんぼの数が最初から足りなければ、盗難自体がなかったことになる。すると鎧塚先生が首を横に振った。

「本人に確認したけど、間違いなく数えたと断言していたよ。犯人が食べ散らかしたのか、さくらんぼの柄が部室にいくつか落ちていたしね。気になるなら杉野くんにも聞いてみて」

鎧塚先生は杉野くんのクラスと、所属する部活動を教えてくれる。部活名を聞いた私は夏希さんと顔を見合わせる。

「放課後に聞き込みして、すれ違いになったら家庭科室だな」

「……うう」

時間がないので、急いで教室に帰る。廊下は生徒たちが足早に行き交っていた。

夏希さんは気にしていない様子だが、私は気分が重かった。杉野くんは調理部だったのだ。つまり私たちとも面識があることになる。ただし所属期間が短いせいで、名前を聞いても全く思い出せなかった。


放課後、夏希さんは一年生の教室で杉野くんの名を大声で呼んだ。それだけで後ろにいる私は心臓の鼓動が速まる。

ざわめきのなか、一人の男子生徒が歩み出てくる。さらさら髪の小柄な子で、瞳の大きさが子犬を思い出させた。

突然現れた上級生女子に、一年生たちが興味深そうな視線を向けてくる。だけど杉野くんは気にする素振りも見せない。

さくらんぼの件だと告げると、笑顔で応対してくれた。

「保子《やすこ》さん……、しまった。校内だと鎧塚先生ですね。家には幼い頃から何度も行ったことがありますよ。さくらんぼは我が家にも毎年、農家の親戚から送られてきます」

鎧塚先生の説明通り、杉野くんは昨日の昼休みにさくらんぼを取りに行ったそうだ。高校から鎧塚先生の家まで自転車で片道十五分ほどかかるらしい。

杉野くんは鎧塚先生の家で段ボールを受け取り、自転車の前かごにすっぽり収めた。帰りは揺らさないよう注意したせいで、往路より時間がかかったそうだ。

「駐輪場に自転車を置いて校舎に向かうと、正面玄関で鎧塚先生と鉢合わせしました。そうしたら、さくらんぼを部室に置くよう頼まれて鍵を受け取りました。その時点で昼休みの残り時間が少なかったんで焦りましたよ」

鎧塚先生は手が離せず、部室にさくらんぼを運ぶのが難しかったという。常温保存が可能なので、部室に保管しても問題はなかった。

杉野くんは指示通り、【部員の人数×六粒】を数えてから折りたたみテーブルの上に置いたという。残りはビニール袋に入れ、職員室に戻っていた鎧塚先生に渡したそうだ。ビニール袋は気を遣った鎧塚先生の母親が段ボールに入れてくれたものらしい。

「職員室を出た時点で、昼休み終了の直前で焦りました。窓の鍵が無施錠だったことには全然気がつきませんでした」

杉野くんは昼ごはんを食べられず、五限目の後にお弁当をかき込んだそうだ。

夏希さんが杉野くんに質問する。

「時間が足らなくて、焦って数え間違えたんじゃないか？」

「むしろ慎重に数えたせいで、昼食に間に合わなかったんです。それにいくら時間がないからって、あんな簡単な計算を間違えるわけないじゃないですか」

「まあ、小学校レベルの計算だからな。八粒も間違えるわけないか」

夏希さんがそう言った直後、杉野くんの微笑《ほほえ》みが曇った気がした。だけどすぐに元の表情に戻っていた。

「昨日の放課後は何してたんだ？」

「調理部の課題がハヤシライスだったので、ホームルームが終わってすぐ家庭科室に向かいました。そこで玉ねぎを炒《いた》めていました」

「誰か一緒にいたのか？」

「昔から単純作業が好きなので、一人で黙々と集中していました。でも調理部の誰かなら証明してくれるかもしれません」

そこに男子の集団が騒ぎながら歩いてきた。仲間内でふざけあい、一人が杉野くんの肩にぶつかる。杉野くんのバッグが落下し、中身が床に散らばった。

「ちゃんと前見て歩け！」

夏希さんの叱責が廊下に響き、突然の大声に私は硬直する。男子たちは怯えの表情を浮かべ、「す、すみません」と頭を下げてから一目散に逃げていった。

「拾うのくらい手伝え！」

夏希さんが叫ぶけれど、男子たちは階段を勢いよく下りていく。杉野くんがしゃがんで中身をバッグに戻している。

手伝おうと腰を屈《かが》めると、一枚のプリントが目に入った。

調理部で配られたレシピのようで、カスタードプリンの作り方が書かれてあった。どこかから引き写したのか、三人前の分量が記されている。杉野くんの班は人数が違うのか、手書きの分量の再計算の式がプリントの隅を埋め尽くしていた。

「ありがとうございました」

杉野くんがプリントを奪うようにつかみ、バッグに突っ込んだ。他人の持ち物を見つめたのは失礼だったと反省する。しかし化学実験のようにお菓子を作る姿勢に懐かしさを覚え、目が離せなかったのだ。

杉野くんの肩を夏希さんが軽く叩いた。

「ありがとう。参考になった」

夏希さんが背を向け、すぐに立ち去る。杉野くんに丁寧に礼を述べ、急いで夏希さんを追いかけた。夏希さんはもう遠くにいて、走って追いついた私は息が切れてしまう。

「まだどこかに行くの？」

「調理部の部員に話を聞くんだよ」

「やっぱり……」

調理部を辞めてから二週間しか経《た》っていない。顔を合わせたくない人もいる。だけど夏希さんは真《ま》っ直《す》ぐ前を向いていて、足取りに私みたいな重さは感じられなかった。

夏希さんは三年生の教室のある階で、手近な女子生徒に調理部の部長の居場所を訊ねた。幸いクラスを知っていて、向かう途中の廊下で鉢合わせした。

「あの、おひさしぶりです、井川部長」

「二人とも元気そうだね。三年の教室に何の用かな」

小さく頭を下げると、井川部長は曖昧な笑みを浮かべた。結局、馴染む前に調理部を辞めた。だけど井川部長は部を去る前と変わらず、優しく接してくれた。

「聞きたいことがあるんだ」

夏希さんがさくらんぼの件を説明すると、井川部長はすでに把握していた。写真部の二人が私たち同様、杉野くんのアリバイについて聞きに訪れたらしい。

「事情はわかった。知っていることなら何でも話すよ」

井川部長は快く応じてくれた。

昨日、調理部の生徒の大半は補講に出席していた。部活はその後に行われる予定で、補講に出ていない生徒は帰宅するか、または校内で時間を潰していた。そのなかで唯一、真面目な性格の杉野くんだけは一人で先に調理部に来ていたという。

「自分でも言っていたけど、あの子は単純作業が好きらしいの。それでハヤシライスの玉ねぎを一人で炒めていたらしいんだ。あの根気は料理人向きだと思うんだよね」

　杉野くんは午後三時十五分の授業終了後、すぐに家庭科室に向かったらしい。手洗いを済ませ、手早く玉ねぎを切り終えた。部員全員の分で、玉ねぎは五個もあったらしい。補講開始時刻である午後三時半のチャイムが鳴ったくらいから玉ねぎを炒めはじめたらしかった。

　そして午後三時五十分に調理部の一年生が家庭科室にやってきた。補講には出席せず、友人と教室でお喋りをしていたそうだ。それ以降、杉野くんはその一年生と一緒に家庭科室にいたらしい。

「その一年生からあとで聞いたんだけど、玉ねぎがしっかり炒められていたって感心していたんだ。私もスマホの画像で見たけど、あのカラメルの色なら三十分近くは炒めないと出ないからね」

　写真はその一年生が撮影したらしく、井川部長がスマホを見せてくれる。鍋のなかに焦げ茶色になった玉ねぎらしきものが入っていた。

「杉野くんがつきっきりで炒めていたのは間違いない。そう説明したら、写真部の二人は納得して帰っていったんだ」

　井川部長の料理に関する発言は自信に満ちていた。説明が正しければ、杉野くんは家庭科室から離れられなかったことになる。夏希さんが居眠りから目覚めた時刻、黙々と玉ねぎを炒めていたはずなのだ。

「あの、いいでしょうか」

疑問を抱き、小さく手を挙げた。夏希さんと井川部長に視線を向けられ、困惑しながら何とか口を開く。

「あの、その、ハヤシライスの味は、どうでしたか。えっとですね、正直に教えてもらえると嬉しいです」

井川部長が困った表情になる。

「痛い質問をするね。正直、苦みが少しだけ気になったんだ。玉ねぎの色を変えるために火を強くしすぎたのかもしれない。本来は弱火でじっくり炒めるべきだから」

「その苦みは本当に、焦げの苦みでしたか」

「どうだったかな。言われてみれば違ったかも。でもどうしてそんな質問を？」

井川部長が不思議そうに首を傾《かし》げる。期待通りの答えだったけれど、確証がないので返事に窮する。

「え、えっと」

冷や汗が噴き出し、体温がすっと下がった。何か返事をしなくちゃ。でも頭が真っ白になって何も考えられなくなる。

誰でも同じように緊張するから。

あまり会わない親戚から、そう励まされたことがある。

だけど信じられなかった。今にも倒れそうになる恐怖を、誰しもが毎日のように感じているのだろうか。不安に打ち克《か》てない私は、簡単なこともできない情けない人間なのだろうか。

「質問は終わりです。ご協力ありがとうございました！」

夏希さんが大きな声を出して頭を下げる。言葉の最後は「あざーっした」に聞こえた。立ち竦《すく》む私の手を夏希さんが握りしめる。指の先まで冷えていたせいで、夏希さんの手を熱いくらいに感じた。

強引に引っ張られ、私はよろけながら歩き出した。

「調理部、いつでも戻ってきてね」

背後から呼びかけられ、金縛りが解けたみたいに身体が動きはじめた。振り向くと井川部長が心配そうな眼差しを向けている。

私は手を握られたまま、井川部長に頭を下げた。

しばらく歩いてから、夏希さんは繋いだ手を何も言わずに離した。体温が移ったのか指先は温まっていた。正面玄関でローファーに履き替える。夏希さんはスニーカーに足を突っ込んでから、爪先で床を何度か蹴った。

「何かわかったんだな」

井川部長への態度から見当をつけたのだろう。

「犯人かわからないけど、杉野くんのアリバイなら簡単に崩れる」

校舎の外に出ると、薄灰色の空が広がっていた。

花壇の周りで男子生徒の集団が立ち止まり、進路をふさいでいた。迂回《うかい》しようとしたけれど、夏希さんが「邪魔」と告げただけで道が開いた。

正門までの短い距離で、簡単に推理を説明する。しかし夏希さんは眉根を寄せ、私の肩に腕を回した。

「よくわからんから実験して見せてくれ。たいした材料は必要ないよな。というわけで今からまた結の家に向かうぞ」

「え、ええっ！」

私なりの叫び声を上げるけれど、地声の大きな夏希さんと同じくらいの声量にしかならない。抵抗するための言葉を探す。だけど何を言っても無駄な気がして、観念した私は頷くしかなかった。

3

スーパーで必要な材料を購入する。両親の帰りが遅いので自宅には誰もいなかった。手洗いを済ませ、制服の上からエプロンをつける。夏希さんにも渡したけれど面倒だと断られた。

　まな板と包丁を準備し、まずは玉ねぎの皮を剝く。それからみじん切りにして、サラダ油を引いた鍋に投入する。玉ねぎのせいで涙がにじんできた。

「弱火でゆっくり加熱してもらっていいかな」

「……ん、ああ」

　夏希さんはなぜか曖昧に返事をしながら、じっと私の顔を見つめていた。

「え、えと、何？」

「涙で潤んでる目を見てた」

「……見ないでいいよ」

　顔を背け、別の玉ねぎのみじん切りに取りかかる。

「ケチだなあ」

　夏希さんが不貞腐《ふてくさ》れたように唇を尖らせ、玉ねぎを炒めはじめた。私はスマホのストップウォッチ機能を作動させる。

　私の両目は虹彩の色が薄い。小学生の頃に外国人みたいだとからかわれたことがあって、そのせいで人と目を合わせることが苦手になった。

自分の目の色が好きではなかった。だけど夏希さんはなぜか気に入っているらしい。そのためクラスでも地味な私の存在を認識していたそうなのだ。

油で熱された玉ねぎの甘い香りが漂ってくる。

二個目の玉ねぎを刻み終え、別の鍋に入れた。

「つまらん。飽きた」

夏希さんが手を止め、木べらを鍋の上に置いた。それから勝手に冷蔵庫を開けはじめる。前から思っていたが本当に落ち着きがない。

「まだ五分も経っていないんだけど……」

「退屈すぎるんだよ。これを三十分も続けるなんて正気じゃない」

夏希さんが忙《せわ》しなく足踏みをする。地道な作業が苦手のようだ。二つ目の鍋に今回の実験の要である白い粉を加える。

それから最初の鍋の隣にあるコンロに置き、点火して弱火に調節する。ストップウォッチを確認し、最初の鍋を火にかけてからちょうど五分後に合わせる。

「わかった。それじゃこっちの鍋をお願いするね」

「かったるいなあ」

夏希さんが二つ目の鍋の前に立ち、私は炒め途中の玉ねぎを引き受ける。夏希さんは刻んだばかりの玉ねぎをフライ返しで炒めはじめた。

変化は数分で訪れた。夏希さんの鍋の玉ねぎがすぐに色づきはじめたのだ。さらに繊維が崩れて溶けてきた。一番目より変化が速いため、夏希さんは楽しそうにフライ返しを動かしている。

五分後、それぞれの玉ねぎの色は同じくらいの濃さになった。最初の玉ねぎが十分、後の玉ねぎは五分炒めた状態で同じ色になったことになる。

「何が起きてるんだ」

「井川部長は飴色《あめいろ》の玉ねぎについて、カラメルという言葉を使ったよね。だけどあれは正確な表現じゃないんだ」

夏希さんが興味深そうに鍋を覗き込む。

「カラメルってお菓子のキャララメルとかプリンの苦い部分だよな。炒めた玉ねぎは甘くなるし、カラメルで正解なんじゃないか？」

「糖分によるカラメル化も起きているよ。だけど同時に生じているメイラード反応のほうが重要なんだ」

「はあ」

メイラード反応とはタンパク質と糖を含む物質が、加熱などによって起こす現象である。茶褐色に変化し、芳ばしい風味を生み出すのだ。

「こんがり焼けたステーキや、パンの表面の香ばしさもメイラード反応のおかげなんだよ。そして飴色玉ねぎもタンパク質と糖が反応した結果、美味しくなっているんだ」

「なるほど、だから茶色いものは全部旨《うま》いんだな」

夏希さんが大雑把にまとめたけれど、実際間違ってはいない。

とんかつの衣やデミグラスソース。焙煎《ばいせん》されたコーヒー。さらにいえば醤油《しょうゆ》や味噌《みそ》の色合いも、発酵によって引き起こされるメイラード反応によって形成されている。つまりメイラード反応によって生まれる茶色い料理はたいてい美味しいのである。

夏希さんが玉ねぎを炒めながら訊ねてくる。

「どうして私のほうが、何とか反応が速いんだ？」

「メイラード反応はアルカリ性で促進されるの。だからアルカリ性の重曹を投入したことで褐色に変化したんだよ。重曹は料理に色々使うから、家庭科室には常に用意されていたはずだよ」

二つ目の鍋に入れたのは食用の重曹だ。塩や砂糖、重曹など安価で保存の利く材料は、調理部で共有していたのを覚えている。

「またアルカリ性か」

夏希さんがうんざりした顔で言う。私と夏希さんが調理部を辞めることになった膨らまないパン事件も、アルカリ性と酸性の違いによって生じる化学変化が関わっていた。

ただ、あの件があったから、料理の化学についてあらためて調べた。そのおかげで今回の可能性にも気づけたのだ。

「ちなみにアルカリ性は植物のペクチンを破壊するから、重曹を入れるとトロトロになるんだ」

「頭が痛くなってくるから、新しい単語を教えないでくれ！」

夏希さんが頭を抱える。ペクチンは植物の細胞壁に含まれる成分で、アルカリ性の状態で加熱すると分解される性質があるのだ。ちなみに加熱しすぎで焦げて黒くなるのは炭化なので、また別の作用になる。

十五分ほどで両方のコンロの火を止める。重曹なしは玉ねぎの外皮くらいの色で、重曹ありは栗《くり》の固い皮くらいに変わっていた。二つの鍋からそれぞれ小皿に移し、スプーンで味見をする。

「重曹なしのが旨い気がする。重曹ありのほうは見た目こそ本格的でも、変な苦みが鬱陶しいな。食感が柔らかいのは好み次第かな」

「そうだね」

小皿をシンクに置く。夏希さんの言う通り、重曹の苦みを邪魔に感じた。さらに重曹入りはメイラード反応が進んでいるはずなのに、不思議なことに見た目ほどコクが出たように感じなかった。

理論的にはメイラード反応が進むことで、より美味しくなるはずだ。しかし実際は不思議と味気ない。昔ながらの方法には様々な要因が絡み合い、化学はまだ全容の解明に至っていないのかもしれない。

「ただし実験結果からは、杉野くんのアリバイが崩せただけなんだ。犯人とは断定できないし、何より杉野くんにはさくらんぼをつまみ食いする動機が誰よりもないんだ」

「なるほど、その通りだな」

杉野くんは鎧塚先生の親戚なので、さくらんぼを送ってもらえる立場なのだ。リスクを冒してまで盗み出す必要はない。夏希さんが台所の時計に目を遣《や》った。

「実験は面白かったよ。じゃあもう帰るわ」

「えっ。あの……、うん。わかった」

夏希さんが玄関に向かい、私は家を出るのを見送る。帰ると言い出してから一分も経っていなかった。夏希さんが勢いよくドアを閉める音が玄関に響いた。

夏希さんの突然の行動に私はあっけに取られる。不快な思いでもさせたのかとも考えたけれど、心当たりは全くなかった。

夏希さんは多分、帰ろうと思って実行しただけなのだ。

誰かと関わると、いつも不安でいっぱいになる。相手の言葉に裏があるように感じ、わるく思われた気がして息苦しくなるのだ。

だけど夏希さん相手だと、その心配があまり必要ないのかもしれない。

キッチンに戻ると、二つの鍋に色の違う炒め玉ねぎがあった。二つを混ぜてから水を注ぎ、顆粒《かりゅう》のコンソメや胡椒《こしょう》を加えて煮立たせる。ほんの数分の調理だけで、オニオンスープが完成した。

スープ皿に注ぎ、スプーンですくって口に運ぶ。重曹の苦みは紛れ、玉ねぎの甘みとメイラード反応が生み出す濃密なコクを舌に感じた。胡椒が味を引き締め、ブイヨンが全体を下支えしている。

すぐにオニオンスープができるから食べていかない？

その一言はずっと頭の中にあったけど、夏希さんが立ち去るのが早すぎて告げることができなかった。重曹で変化したと思われる玉ねぎが、舌の上でとろりと溶けた。

翌日、夏希さんは遅刻寸前で教室に現れた。五月も後半なのに、まるで冬に戻ったみたいに寒かった。息が白くならないのが不思議なくらいだ。

夏希さんは授業の合間の休み時間にも、教室を飛び出ていった。そして次の授業がはじまるチャイムと同時に戻ってくる。走っていたらしく肌はうっすらと汗ばんでいた。昼休みにも夏希さんはどこかに消えた。

昼食を終えて校内をふらふらとしていた私は、中庭で写真部の渡利部長に遭遇した。友達らしき男子生徒と楽しげにバレーボールで遊んでいたのだ。さくらんぼの件を調べるのはあきらめたのだろうか。元々それほど大きな出来事ではないのだ。手がかりが見つからなければ、自然と忘れ去られる程度の事柄なのだろう。

だけど写真部二年の草村さんと廊下ですれ違ったとき、相手から嫌悪感を含んだ目でにらまれた。

夏希さんと一緒に調査をしていたことは、顧問の鎧塚先生から耳に入っているはずだ。草村さんが夏希さんを疑っている以上、私は犯人の仲間になるのだろう。

すぐに忘れる人もいれば、ネガティブな感情を抱き続ける人もいる。無実なら気にしなければいいだけなのかもしれない。しかし勘違いにしろ疑われている事実は辛かった。疑惑を晴らすには、夏希さんの冤罪《えんざい》を証明するしかない。

放課後、教科書をカバンに詰めていると、夏希さんが机の前に立った。

「杉野のことを調べてきた」

「えっ」

夏希さんが肩から下げたリュックは、使い古したせいか生地がくたびれている。教科書を持ち帰る私のカバンと違い、見た目からして中身が軽そうだった。

「朝から動き回っていたのは調査のため？」

「杉野には動機がないから、調べれば何かわかるかと思ったんだ」

夏希さんが前の席の椅子に座り、私の机にひじを置いた。教室には生徒がたくさん残っていて、私たちの会話は騒がしい雑談に紛れた。

「杉野は真面目で大人しい生徒っていう評判だった。それと自宅も出身中学もかなり遠くて、通学に時間がかかるらしい。同じ中学出身の生徒もここにはいないみたいだな」

「大変そうだね」

うちの高校はそれなりの進学校ではあるが、探せば同水準かそれ以上の高校は杉野くんの家の近くにあるように思えた。

さらに夏希さんは成績まで調べていた。全体的にテストの点は高く、優秀な生徒という評価らしい。しかし数学や物理などの成績はわるく、学年でも下のほうらしかった。

「典型的な文系なんだね」

「かといって理数系に興味がないわけじゃないみたいだな。入学後の進路相談では理数系への進学を希望したらしい。だがテスト結果を見た先生から文系を勧められて、今のところ保留中なんだとさ」

「随分詳しく調べたんだね」

夏希さんの調査能力に、私は驚くばかりだった。

「このあたりは鎧塚先生が情報源だな。親戚だから心配しているんだろ。あとみんなで遊ぶときは気前がいいところがあるとか、クラスのやつらが話していたな」

友達でカラオケやファミレスに行く際に、誰かがまとめてお金を払うことがある。以前その役割を杉野くんが任された際、一人当たり千円と少し払うことになったという。

だけど杉野くんは「一人千円でいいよ」と言い、端数は自分で補塡したそうなのだ。杉野くんと遊びに行くと、たまにそういうことがあるのだそうだ。私はある可能性に思い当たる。

「……そういうことか」

「何か気づいたのか？」

夏希さんが身を乗り出し、私は思わず仰《の》け反《ぞ》る。教室からは生徒の大半が姿を消していた。窓の外では日が傾き、徐々に暗くなりはじめていた。

「それは……」

「どうして黙るんだ」

夏希さんが訝《いぶか》しそうに問いかけてくる。だけど私は答えられない。

推測が合っているとは限らない。何より正解でも、間違いでも、不用意に口にするべき内容ではなかった。

「あたしは盗みを疑われているんだぞ」

うつむくと、夏希さんの手が目に入った。握りしめた拳が小さく震えている。見たくなくて目を閉じると、夏希さんが乱暴に立ち上がる気配がした。

「もういい」

薄目を開けると、椅子が後ろへ倒れそうになっていた。何度か揺れて持ちこたえる。教室のドアが大きな音を立てて閉まり、すぐに辺りは静かになった。

4

自室のベッドでうつぶせになり、スマートフォンをいじる。無料のゲームをたまにやるけれど、あとは動画を見るのと親との連絡くらいにしか使っていなかった。

放課後からずっと、夏希さんのことを考えていた。

いつも真っ直ぐ突き進む夏希さんは、他人からわるく思われても、気に留めないのではないかと思っていた。でもそれは勘違いだったのかもしれない。

先日、夏希さんとメッセージアプリのIDを交換した。『よろしく』という言葉だけ送られてきて、私も一言だけで返した。メッセージを頻繁に送る性格ではないのか、それ以来やり取りはない。

仰向《あおむ》けになると、蛍光灯をまぶしく感じた。スマホを持ち上げ、蛍光灯の光を隠す。

私は夏希さんのことを何も知らない。

なぜ陸上部を辞めたのか。一年生のとき、どう過ごしていたのか。友達は他にいるのか。どんな本が好きなのか。どんな食べ物が好きなのか、嫌いなのか。

教室を去る直前の「もういい」という言葉は、私には涙声に聞こえた。その事実に、とても悲しい気持ちになる。

誰かの感情の動きに、心が揺さぶられるのはひさしぶりだった。

ふと、センパイのことを思い出した。

昨年度に卒業した、大好きなセンパイ。完璧な人に思えたけど、計り知れないくらいの辛さを抱えて生きていた。吃音《きつおん》に苦しみながらも懸命に立ち向かい、多くの人と絆《きずな》を育んでいた。

センパイはたくさんの人を助けていた。そして同時に、色々な人に助けられていた。たった一年しかそばにいられなかったけれど、ああなりたいとずっと思っていた。

再びうつぶせになり、メッセージアプリを立ち上げる。登録されている数少ない相手から、夏希さん宛にメッセージを送った。

『放課後は何も言わなくてごめん。相談したいことがあるんだ』

返事には時間がかかるか、もしくは無視されると思っていた。しかし数秒で既読になり、すぐにメッセージが届いた。

『こっちこそいきなりキレてごめん。相談って何だ？』

この速さだと、相手もスマホを手にしていたのだろう。深呼吸してから推理を送信する。そして最後に『どうするべきか一緒に考えてほしいんだ』と付け加えた。

返事はすぐに届いた。

『とりあえず杉野を問い詰めよう。悩むのは真偽を確かめてからだ』

本人に直接問い質《ただ》す選択は私のなかになかった。だけど夏希さんと一緒なら抵抗感が薄れる気がするのが不思議だった。『わかった』と返事をしてから、枕に顔をうずめる。夏希さんの潔さに、私は自然と頬が緩んでいた。


翌日の放課後、私たちは杉野くんを呼び出した。校舎裏に人の気配はなく、桜の葉が風に揺れてざわめきを奏でる。日が沈みかけ、辺りは薄暗くなっていた。昨日から関東を覆う季節外れの寒気は、未《いま》だに上空に留《とど》まっていた。

「さくらんぼの件で聞きたいことがあるんだ」

「何でしょうか」

一昨日に続いて二度目だが、杉野くんは柔らかな笑顔で応対してくれる。近くにベンチがあるけれど、誰も腰を下ろさない。

「あたしは午後三時四十分ごろ、写真部の部室の高窓を誰かが開けた場面を目撃している。それは杉野の仕業だったんじゃないか？」

段取りは事前に打ち合わせ済みで、私は夏希さんの隣で黙っている。誰かを言葉で追及するなんて、想像するだけで眩暈がした。私にはは絶対にできない。すると杉野くんが普段通りの微笑みで答えた。

「僕は放課後からずっと玉ねぎを炒め続けていました。それは井川部長が証言してくれるはずですよ」

「重曹を使えば、アリバイは崩れる」

杉野くんが息を呑《の》む。微笑みが怯えの表情に変わり、私は推理の正解を確信する。

「ハヤシライスは少しだけ苦かったらしいな。調理部の連中に重曹のありなしでハヤシライスを食べ較べてもらうか。苦みの正体が重曹か焦げなのか、案外あっさり判別がつくんじゃないか」

実際は味見をしても、部員たちが見抜けるか保証はない。デミグラスソースの濃厚さが覆い隠し、細かな苦みを感じ分けるのは困難だろう。井川部長は人一倍、舌が鋭敏なのだと思われた。

杉野くんが再び笑みを浮かべるが、どこか強張っている。

「さくらんぼを栽培したのは僕の親戚なんですよ。好きなだけ食べられるのに、わざわざつまみ食いなんてするわけないですよね」

想定通りの反論だった。夏希さんの目配せに頷き返す。すると夏希さんが杉野くんに人差し指を向けた。

「やったのは偽装工作だけだろ。校庭に落ちているソメイヨシノの実の柄を拾って、廊下側の高窓を開けて部室に投げ入れたんだ」

　高校の敷地内にはソメイヨシノの樹木が何本も植えられている。事件の起きた三日前は大雨のせいで枝や葉が地面に大量に落ちていた。

　ソメイヨシノにも果実は生る。食用には適さないけれど、柄だけならさくらんぼに似ている。部室に落とすことで誤認させるのは難しくないだろう。

「さくらんぼをつまみ食いした犯人は最初からいなかった。部室に置かれた時点で、最初から数が足りなかったんだ」

「僕はちゃんと数えた！」

　杉野くんの叫びに、夏希さんが固まる。突然の展開を前に対応に困っている様子だ。

　真相を見抜いたのは私なのだ。だから本来なら指摘も私がするべきだと思った。仕方なく下腹に力を込め、一歩前に踏み出した。

「あの、間違っていたらごめん。それに、もし当たっていても、絶対に誰にも言わないと約束する。杉野くんは、その、……ディスカリキュアなんじゃないかな」

　杉野くんが泣きそうな顔になり、脱力したようにベンチに腰を下ろした。

　遠くから野球部のかけ声が聞こえる。夏希さんが口を開きかけたので手で制した。何も言わずに待っていると、杉野くんが黙ったまま小さく頷いた。

ディスカリキュアとは発達障害の一種だ。

発達障害には学習障害と呼ばれる区分がある。基本的に知的発達の面や聴覚や視覚に問題はないが、読み書きなどが極めて困難な状態にある。

学習障害には種類がいくつかあり、ディスレクシアが最も有名だろう。識字障害とも訳されるこの症状は、文字を読むことが非常に困難だとされている。著名な映画俳優が識字障害を告白したことで日本でも認知度が高まった。

他にも文字を書くことが苦手なディスグラフィア——書字表出障害や、音は聞こえるのに脳が情報として認識しにくい聴覚情報処理障害などがあるとされている。

そして杉野くんは数学が不得手なディスカリキュア——数学障害、もしくは算数障害と呼ばれる発達障害を抱えていたのだ。

ベンチに座りながら、杉野くんが深く息を吐いた。

「僕の場合は、それほど重くありません。特にテストでは紙に書いて計算できれば何とか対処できます。ですが昔から特に、桁が繰り上がる計算の暗算が苦手なんです」

「繰り上がりの暗算？」

夏希さんの問いに杉野くんが力なく頷く。

学習障害は人によって程度や症状が異なる。杉野くんのように筆算ならできる人もいるだろうし、勉強しても対応できないケースもあるのだろう。そして杉野くんは繰り上がりの暗算が困難なのだという。

「鎧塚先生から、部員十二名に六粒ずつのさくらんぼを部室に置くよう指示されました。その時点で昼休みの終了が迫っていました。それで頭のなかで計算したんだけど、あとから筆算して間違っているって気づいて青ざめました」

杉野くんは私たちの調査の際に、『あんな簡単な計算を間違えるわけない』と言っていた。つまり鎧塚先生に言われたのは、計算が必要な指示だったことになる。

「間違いに気づいたときは本当に焦りました。普段ならスマホでこっそり計算するのですが、あのときは急ぎだったから教室に忘れてしまったんです」

杉野くんは支払いの計算の際に、参加者に小銭を求めないことがあった。あれは突然計算を求められ、とっさに端数は要《い》らないと口走った結果らしい。大まかな人数分だけ勘で徴収したのだという。その結果少ない金額を集めることになり、杉野くんは損をする羽目になった。

調理部で配られたレシピにも、分量計算のための筆算がたくさんメモしてあった。あれは暗算で失敗しないための対策だったのだ。

「失敗に気づいた時点で、放課後が迫っていました。そこで重曹のトリックを思いつき、アリバイを確保してから写真部の部室で工作をしたんです」

普段であれば計算機や筆算で対応できる。だけど細かな失敗が日常に紛れ込んでしまうのは苦痛だろう。

そこでふと疑問が浮かんだ。

「重曹を入れるとメイラード反応が促進されるなんてよく知っていたね」

「理系科目は好きなんです。調理部に入ってから、料理と化学について勉強しました」

杉野くんが目を伏せる。

「六粒ずつ取り出すのを十二回繰り返せばできたのかもしれません。実は今でも暗算に慣れようと練習していて、時間さえかければ成功率は上がってきています。それで今回もできるはずだと意地になったのが間違いでした」

鎧塚先生の話では、一時期は理数系への進学を希望していたという。だが数学の成績が芳《かんば》しくないため保留中にしている。

杉野くんは好きなもののために努力を重ねている。だけど希望する進路が本人の特性と異なることは珍しい話ではないのだろう。

「廊下側の天井近くの窓が開いていることは、最初に部室を訪れた時点で気づきました。だけど校舎裏に面した窓の鍵が無施錠だったとは知りませんでした」

杉野くんはサッシに足を引っかけて飛び跳ね、高窓からソメイヨシノの柄を放り込んだ。それだけなら数秒で済むはずだ。

夏希さんがベンチに座る杉野くんを見下ろす。

「どうしてそんなに必死に隠したんだ。単に数え間違えたと言うだけで済んだはずだろ。学習障害がばれるわけでもないし、問題も大きくならなかったじゃないか」

気持ちを立て直せたのか、顔を上げた杉野くんは笑みを浮かべていた。

「小学校中学校で授業中に当てられたとき、簡単な計算がとっさにできなくて散々馬鹿にされてきたんです。だから絶対に知られたくありませんでした。この高校を受験したのも、僕のことを誰も知らないからです」

貼りついたような笑みに、夏希さんが息を呑む。通学に時間のかかる高校を選んでまで、かつての同級生と離れたかったのだ。杉野くんは軽い調子で口にしたが、その裏にあるものに胸が痛くなった。

杉野くんがベンチから立ち上がり、深々と頭を下げた。

「僕の嘘のせいで、先輩にあらぬ疑いがかけられてしまいました。本当に申し訳ありません。今からでも写真部に事情を説明して、先輩の容疑を晴らします」

「別にいい」

「えっ」

杉野くんが目を剝く。多分私も似た顔をしていたと思う。

「そこまでして隠したかったんだろう。あたしが疑われるほうが軽い問題だ。やっていない以上、証拠なんて出てこない。このままやり過ごせばそのうち忘れられてくだろ」

夏希さんの言う通りだと思う。元々の被害がさくらんぼ数個程度なのだ。すでに写真部の部長は調査する気を失っている様子だった。だけど私は納得できないでいた。

「でも、それじゃあ」

状況が悪化することはないだろう。でも一部の人間の疑念は晴れず、悪評が澱《おり》のように底に溜《た》まるかもしれない。夏希さんが面倒そうに手のひらを振った。

「いいんだよ。死ぬほど努力してもできないことがある気持ちは、あたしも何となくわかるからな。いや、すまん。一緒にするのはさすがに失礼だったか」

「え……」

今のはどういう意味だろう。夏希さんが杉野くんの肩を軽く叩く。私の漏らした疑問の声は、遠くの運動部のかけ声にかき消された。

「それじゃ用事があるから帰るわ」

夏希さんは今回も軽やかに踵を返した。短い髪の毛が夕日を反射する。深々と頭を下げる杉野くんに背中を向け、夏希さんが正門へと駆けていった。

私は夏希さんのことを何も知らない。

すらっと長い手足がしなやかに動く。慌てて追いかけるけれど、背中はどんどん遠ざかっていった。

Natsuki

第三話　慣れないお茶会で語らう

1

　あたしは放課後の騒がしい教室で、机の中からお茶のペットボトルを取り出した。キャップを開けて口をつけると生温《なまぬる》い感触が喉を下りていく。いつ買ったものか覚えていないが、飲んだ後なので忘れることにした。

　ひと息吐くと、か細い声で呼びかけられた。

「あの、ちょっといいかな」

「どうした、結」

　高校に友達のいないあたしにとって、クラスメイトの落合結は数少ない話し相手だ。結はブレザーの上着を脱いでいて、いつものように猫背だった。

「写真部の草村さんが、私たちに用事があるみたいで」

　結は廊下を気にしている。顔を向けると、ボブカットで黒縁眼鏡の見知った顔が教室を覗き込んでいた。

　先月、写真部の部室でさくらんぼのつまみ食い事件が発生した。草村はその際に容疑者としてあたしに疑惑の目を向けた女子生徒だ。

騒動の真相は結が見抜いた。しかし事実を明るみに出さないことに決めたので、表面上は未解決のままだ。三週間以上経って、すでに風化したものだと思っていた。

リュックを背負いながら立ち上がり、結と一緒に廊下へ向かう。

「何の用だ」

草村の正面で腕を組むと、横から結が不安そうに見上げてきた。草村は気まずそうな表情で両手の指を絡ませている。

「突然ごめん。この場所は話しにくいから、移動してもらえるかな」

「別に構わないが」

人に聞かれたくない内容らしい。廊下は生徒で埋まっている。初対面のとき草村は疑惑の目を向けてきたが、今日は別人のようにしおらしい。

窓の向こうで校庭の木が雨に濡れ、葉の緑色が濃く見えた。梅雨のはじまりらしく小雨が連日降り続いている。

校舎の外れにある、専門教室が多い一画に到着する。放課後は人通りがほとんどなくなる。空気の停滞した廊下には湿気が溜まり、教室より明らかに気温が低かった。

廊下の突き当たりに、さくらんぼ事件の中心人物である一年男子の杉野秀充がいた。こちらに気づいて笑顔で手を振った。結が歩きながらつぶやく。

「どうして杉野くんが？」

「私が呼んだの」

草村が杉野に手を振り返す。杉野は今日も子犬みたいに人懐こい雰囲気だ。四人が合流してすぐ、草村があたしと結に頭を下げた。

「この前は犯人扱いしてごめん」

「ちょっと待て。事情がわからん」

突然の行動に困惑していると、杉野が柔和な笑顔で口を開いた。

「実は今日の昼休み、草村さんが僕のところに来たんです。そして先日のさくらんぼの件の真相を言い当てたんですよ」

草村は授業や部活の合間に考え続けていたらしい。そして情報を繋ぎ合わせて真実にたどり着いた。それが正しいかどうか確認するため、杉野の元を訪れたというのだ。

「草村さんは僕の数学障害を承知した上で、真実は公表しないと約束してくれました。ただそのときに、お二人が先に全部見抜いたことをうっかり喋ってしまったんです」

杉野が申し訳なさそうに頬を掻《か》く。草村があたしと目を合わせる。草村の背後にある窓に、細かな水滴がついていた。うちつけられた雨が弾《はじ》け、大きな水の固まりになって流れ落ちていく。

「ごめんなさい。勝手な思い込みで荏田さんを疑ったことを謝罪したかったの」

「気にしてねえよ」

心から悔やんでいるような表情に、あたしは肩を竦める。この前は腹を立てたが、あたしが一番つまみ食いを実行しやすかったのだ。それに今考えれば、授業をサボって校舎裏で居眠りする生徒なら、真っ先に疑われても仕方ないだろう。

「ありがとう」

草村が深く息を吐き、それから結に向き直った。突然の動きに結が怯えた表情になる。

「それに落合さんともお話がしたかったの。私よりずっと先に解決したと聞いて本当に驚いたんだ。どういうヒントを元にして、どんな道筋で推理したの？」

活《い》きいきとした顔の草村に、結が身体を引く。

草村が呼び出した真の目的は謝罪ではなく、自分より早く真相を言い当てた結と会話するためのもののような気がしてきた。さくらんぼの件でも草村が率先して調査を行ったと聞いている。推理小説好きという噂は真実だったようだ。

「それほど大したことは、別に」

草村に詰め寄られ、結が焦った様子で答える。

「謙遜しないで。あなたの推理力は誇るべきことだよ」

「用事が終わったなら帰るぞ」

結の腕を引っ張って立ち去ろうとすると、草村が背後から呼び止めた。

「待って。今回の件で、荏田さんの行動力と意志の強さ、そして落合さんの洞察力を本当にすごいと思った。勝手な言い分だけど、二人と仲良くなれたらなって考えているの。いやじゃなければだけど」

「うちらと？」

あたしは立ち止まる。面と向かって親しくなりたいなんて言われた経験は初めてだ。しかも具体的な美点まで挙げられ、むず痒《がゆ》い気持ちになる。

「まあ、あたしは構わないけど」

そっけなく言い放つ。草村の第一印象は良くなかったが、謝った以上はもうわるい感情は抱いていない。

そこで状況を見守っていた杉野が小さく挙手をした。

「そういえば今、調理部でお茶会が静かなブームなんですよ」

「お茶会？」

「家庭科準備室でお茶を持ち寄って、優雅にお茶やお菓子を楽しむんです。部員の誰かが訪れたイングリッシュアフタヌーンティーのお店の真似事なんですが」

貴族みたいな服を着たヨーロッパ系の外国人が、小指を立てて高そうなカップを摘んでいる場面が思い浮かぶ。

「なんだかガキの遊びみたいだな」

「それが一度参加したら、普段よりも話が弾んで楽しかったんですよ。形式って大事らしいです。このメンバーでゆっくりお茶でも飲んで、親交を深めるのはどうでしょう」

杉野があたしと結、草村へと順番に視線を向けた。杉野は何人かで話をするとき、必ず全員の顔を均等に観察している気がする。

「お茶会なんて楽しそう。昔からミス・マープルが好きで、イギリス式のお茶会は憧れていたの。私の家族にお茶が好きな人がいるから色々用意できるよ」

「部長に頼めば家庭科準備室を使えると思います。ティーセットや電気ケトルがあるのでお茶会にはぴったりですよ」

「結はどうする？　あたしは遅くならなければ問題ないぞ」

家の手伝いに支障が出なければ、お茶会に参加することに異論はない。

ただ人と関わることが苦手な結にとって、お茶会は苦痛かもしれない。結が断るなら顔を出さないつもりだ。結は胸に手を当て、緊張の面持ちで口を開いた。

「私も参加したい」

結の返事に草村が満面の笑みを浮かべる。

「それじゃ詳しいことは後日連絡するね」

草村がスマホを取り出し、ＳＮＳのアプリで互いの連絡先を交換する。草村はスマホをしまってから、軽い足取りで去っていく。

部活に顔を出すという杉野と階段の手前で別れ、廊下を歩きながら結に訊ねた。

「お茶会に出るんだな」

階段に差しかかると急に、帰宅する生徒の声で騒がしくなった。

「もっと勇気を出して、色んな人と関わろうと思ったんだ。年下の杉野くんも色々抱えながら、一生懸命がんばっているんだし」

結の声は小さくて、迷いがたっぷり感じられた。手すりをつかみ、不安そうな足取りで階段を下りている。

「いいんじゃないか。推理のこととか、草村とは話が合うだろ」

踊り場で足を止め、結が下りるのを待つ。一緒に階段を歩くと、いつもあたしが先に進むことになる。

「どうだろう。でも、何を作って持っていこうかな」

「何でお前がお菓子を用意するんだ？」

「お呼ばれするのだから、差し入れくらいするよ……」

結はあきれ顔で追いついてくる。校舎の外に出ると雨は止《や》んでいたが、空は灰色の雲で覆われたままだった。

「お茶会、夏希ちゃんはあまり遅くまでいられないんだね。この前の玉ねぎのときもすぐに帰ったし、何か用事があるの？」

「ちょっと家庭の事情でな」

あたしの答えに、結が黙り込んだ。踏み込むべきか迷っている様子だけれど、結に向けて片手を挙げた。

「それじゃ、また明日な」

「うん。ばいばい、夏希ちゃん」

校門前で別れ、早足で歩き出す。下校する生徒たちの多くが、透明なビニール傘を手に持っていた。歩きながら差し入れのことを考える。

手作りの食べ物なんて、結の手伝いなしでまともな味に仕上げる自信がない。先日の炒め玉ねぎで再認識したが、身体を思い切り動かさない作業は苦手なのだ。買うしかないけれど、結が手作りなら相応の物を用意するべきだろう。

「あいつ、何を作るんだろう」

結お手製のお菓子を想像するだけで、自然と足取りが軽くなる。道路にできた大きな水溜まりを、ひと息でひょいと飛び越えた。

2

家庭科準備室は、家庭科室の隣にある。以前は埃が舞う薄暗い物置だったらしいが、昨年調理部が主導して大がかりな片付けが行われたという。荷物が整理された結果、スペースが確保され、調理部が部室としても使うようになったそうだ。

準備室に入ると他の三人は全員揃っていた。家庭科準備室は六畳くらいで、中央にあるテーブルを四人で囲んで座る。

結が一番奥の席で、その向かいには草村が出入口のある廊下側を背にして座っていた。杉野が結の斜め前で、あたしはその正面、結の隣の席に着いた。

「遅れてすまん」

杉野が提案してから三日、早くもお茶会が催されることになった。あたしはテーブルにコンビニの袋を置く。コンセントに繋がれた電気ケトルがコポコポと音を立てた。

家庭科準備室の壁は棚で埋まり、段ボール箱やプラスチック容器が整然と並べられている。散らかっていた備品を細かく整理したらしい。

「部長の許可は取ったので、ゆっくり楽しみましょう」

鍵を返す手間やあたしの帰宅時間、杉野の家までの距離などを考慮し、片付けを含めてお茶会は一時間に決める。

ティーカップとソーサー、ティースプーンがテーブルに並ぶ。花柄の装飾が施されたティーセットは高級そうにも見えるが、実際の値段はわからない。角砂糖やクリームも用意されている。その横には準備室の鍵が置いてあった。

杉野がカバンからビニール袋を取り出す。

「手抜きすぎて、結先輩に申し訳ないなあ」

「私が気合いを入れすぎたせいだから。それに私なんかが作ったものより、市販品のほうが美味しいから」

結が背中を丸める。杉野の差し入れは、スーパーマーケットで売っている醬油煎餅だった。あたしはビニール袋からポテトチップスのうす塩味とのり塩味を取り出す。

「夏希先輩はポテチなんですね」

「……本当はもうちょっといいのを用意してたんだよ」

「僕はポテチ大好きですよ」

杉野が朗らかに言う。あたしは昨日、近所の高そうなパン屋でスコーンを購入した。そして絶対に忘れないよう通学カバンの横に置いたのだ。それなのに持って出るのを忘れ、しかも気づいたのは昼休みが終わった後だった。

「昔から忘れ物が多いんだ。本当に自分がいやになるよ」

自分に腹が立ち、膨れっ面で対応してしまう。提出物や宿題など、授業でも頻繁に忘れ物をしていた。気をつけているつもりだが、どうしても直らないのだ。

結が椅子の脇に置いた通学カバンから、プラスチック容器を取り出した。百円ショップで売っているような、食品を冷蔵庫にしまうときに使う密閉容器だ。サイズは長い辺が二十センチくらいだ。

先日話していた通り、結はお菓子を手作りしてきた。市販の煎餅やポテトチップスとは大違いである。

蓋を開けると、きつね色に焼き上がった貝殻形のマドレーヌが丁寧に並べられていた。どれも売り物のように形が整っている。

だけど歓声が上がった直後、結はなぜかすぐに蓋を閉めてしまった。マドレーヌの入ったプラスチック容器を、右腕で守るみたいに抱えている。

「私も色々持ってきたんだ」

続いて草村が紅茶の缶と密封式のビニール袋を置いた。缶にはダージリンやセイロンなど見知った英字が書かれている。

「紅茶以外にも、祖母お手製のハーブティーも用意したんだ」

「手作りなんて本格的だね」

結が尊敬の眼差しを向けながら、ビニール袋に手を伸ばす。リラックスやダイエットなどと書かれ、小分けにされたティーバッグが入っていた。

「家族の体調や健康を考えて、効能ごとにハーブをブレンドしてくれるんだ。ブレンド済みのお茶がたくさんあったから、いくつか見繕ってきたよ」

ハーブティーなんて普段飲まないので、種類が多いと迷ってしまう。杉野は紅茶を選び、あたしは結が選んだお手製のリラックスブレンドを一緒に飲んでみることにした。

ティーポットに紅茶の茶葉を入れ、電気ケトルからお湯を注ぐ。ハーブティーは緑茶用の急須で淹《い》れた。

草村がそれぞれの前にカップを置く。カップには薄い緑色のお茶が注《つ》がれていた。湯気から爽やかな香りが漂ってくる。早速お茶に口をつけた。

「うん、美味《うま》い気がする」

慣れ親しんだミントの匂いもするけれど、複雑すぎてよくわからない。甘さの奥にほのかな苦みも感じる。結は香りを堪能《たんのう》し、ゆっくりお茶を口に含んでから飲み込んだ。

「爽やかで素敵な香りだね。ほのかな酸味はレモングラスかな」

「正直私にも何が使われているかわからないの。でも、気に入ってくれたようで何よりだよ。きっと祖母も喜ぶと思う」

草村の口元が綻ぶ。杉野はカップに角砂糖を入れてから、笑顔で紅茶を味わっている。

あたしは結の目の前にあるプラスチック容器に手を伸ばした。

「さて、それじゃマドレーヌを」

「ちょっと待って」

草村に制止され手を止める。顔を向けると草村がスマホを掲げた。

「本場のお茶会は、しょっぱい味の料理からお菓子という順番で食べ進めるらしいんだ。

私たちも気分を盛り上げるため同じようにしない？」

　スマホの画面に三段の豪華な銀製の食器が表示されていた。ケーキスタンドという名称らしく、上から洋菓子、パンやスコーン、サンドイッチという順に盛りつけられている。イギリスのお茶会では下から食べ進める決まりだと草村が説明をした。

　結のマドレーヌを食べたいあたしは口を尖らせる。

「サンドイッチもスコーンもないんだから、気にせず食べればいいだろ」

　マドレーヌはともかく、ポテトチップスと煎餅では雰囲気など初めからない。あたしが忘れずにスコーンを持ってきていれば、賛同したかもしれないが。

　図星だったのか草村が黙り込むものの、思わぬ方角から援護が飛んできた。

「あの、せっかくだし順番に食べていこうよ」

　結が小さく挙手しながら草村に賛同する。

「いいですね。僕も英国式を真似してみたいです」

　杉野も賛成に回ったため、結局ポテトチップス、煎餅、マドレーヌという順で食べていくことになった。

　ポテトチップスの袋を、全員が食べやすいよう背の部分から破る。うす塩味のポテチは塩と油が刺激的で、いつまでも食べていたくなる。ハーブティーを飲むと、清涼感と適度な苦みが舌を洗い流してくれた。

会話はクラスメイトや授業のこと、写真部や調理部の状況など学校生活におけるありふれた内容だった。だけどあたしはひさしく交わしていなかったので新鮮に感じた。

話は思ったより弾み、ポテトチップスの袋はすぐに空になった。

あたしは醬油煎餅の袋を開ける。煎餅は硬めで歯ごたえがよく、醬油よりも米の味がはっきり感じられた。結がお茶を飲み終え、急須から注ごうとする。しかし中身は空で、草村が椅子から腰を上げた。

「新しくお茶を淹れるね。何がいいかな」

「それじゃあ、ダイエットブレンドで」

「結にダイエットなんて必要か？」

気になって質問すると、結が恥ずかしそうにうつむいて黙り込む。結はよく食べるが体形は平均的で、体重を気にするのが意外だったのだ。

草村が急須の中のティーバッグを入れ替えてからお湯を注いだ。

「このブレンドはおばあちゃんが、おじいちゃんのために作った特別製なんだよ」

草村が結のカップにお茶を注ぐ。リラックスブレンドより、草を思わせる香りが漂ってきた。それに嗅ぎ慣れた匂いも感じられる。

結がカップに口をつけ、深く息を吐いた。

「美味しい。生姜《しょうが》がメインかな。すごく温まりそうだね」

杉野が煎餅をかじりながら言った。

「ダイエットのお茶なのに美味しいんですね。前に母が痩せる目的で買ってきたギムネマ茶は苦くて、二度と飲むものかと思いましたけど」

「ハーブも色々あるからね。私も全然詳しくないから、このお茶も何が入っているか実はよく知らないんだ」

草村が苦笑いをしてから、教師の噂や流行のネット動画、駅前にできた飲食店についてなど、再び他愛ない雑談に戻る。

結が煎餅をかじると、驚いた様子で声を上げた。

「このお煎餅、醤油の味がすごく効いているね」

「そうか？」

どちらかといえば米の旨みが引き立つ味に思えたが、結が言うならそうなのだろう。煎餅も残り少なくなり、甘い味が恋しくなる。順番に食べるのも効果があるらしい。

突然、家庭科準備室のドアが開いた。

「何してるの」

女子生徒が廊下から覗き込んでいる。見覚えがある。調理部の二年生のはずだが、クラスが違うため名前は思い出せなかった。

「どうして部外者がお茶なんて飲んでるわけ？」

女子生徒があたしと結をにらんでくる。調理部を辞めた身だから、快く思わないのも無理はない。答えたのは調理部の一年生である杉野だった。

「部長の許可を得て、友人同士でお茶会の最中です。調理部の共用アカウントにも報告してありますよ。等々力《とどろき》先輩こそ、今日は部活じゃないのにどうしたんですか？」

杉野が小動物みたいな笑顔で応対すると、等々力の表情が柔らかくなる。

「自宅でお菓子作りをするために、備品を借りようと思ったんだよ。スマホは使いすぎで親に没収されて、共用アカウントは見られないんだ。部長の許可があるなら私からは何も言うことないけど」

等々力が準備室に入り、杉野の背にある壁際の棚に顔を近づけた。

「杉野、お菓子の型はどこかわかる？」

「いやあ、ちょっとわかりません」

棚に置かれた段ボール箱やプラスチック容器には中身が記入されていた。しかし『調理器具』などと漠然としていて、中身が不明なものもいくつかある。手当たり次第捜すしか見つける方法はなさそうだ。

等々力が棚の最上段にある『菓子類』と書かれた段ボール箱を、背伸びをしながら取ろうとする。等々力は小柄なので大変そうだ。杉野が手助けしようと席を立った瞬間、段ボール箱が床に落下した。

甲高い音が室内に響く。陶器が入っているなら割れていてもおかしくない。等々力が慌てて開けると、中身は泡立て器やレモン絞り器だった。

等々力が安堵の表情を浮かべる。あたしは椅子から立ち上がり、出入口の脇にある棚に近寄った。

「何を捜してるんだ？」

棚はスチール製で、段ボール箱がいくつも収納されていた。最下段にはプラスチック容器が並んでいて、手当たり次第引き出すしかなさそうだ。

「えっと、クッキーの型だけど。動物とか星とか何種類かあったはずなんだ」

「わかった」

困惑気味で答える等々力を尻目に段ボール箱を開けていく。すると杉野や草村、結も手伝いはじめた。床が段ボール箱やプラスチック容器だらけになり、誰かがいつの間にかテーブルの上にも棚の荷物を置いていた。

「……ありがとう」

等々力が決まりがわるそうに言う。最初に高圧的な態度を取った手前、感謝を告げるのが照れくさかったのだろう。

五分ほど捜して、クッキーの型は何の記載もない二つのプラスチック容器から発見された。等々力は持参していたスポーツバッグに両方を収めた。

「手伝ってくれてありがとう。お茶会ゆっくり楽しんでね」

等々力が柔らかい笑顔で部屋を後にする。席に戻り、ハーブティーを口にする。動いたせいで身体が甘いものを欲していた。

「ん？」

テーブルの上の状態に違和感を覚える。マドレーヌ入りの容器が消えていたのだ。

「結、マドレーヌはどうした」

「それならテーブルの上に、あれ？」

数分前まで結の席の近くに置いてあったはずだ。しかし今はその容器がどこにもない。

テーブルの下を覗き込む。しかし女子二名と男子一名の足があるだけで、目当ての容器は見当たらない。すると杉野が壁際の棚に近づいた。

「棚に並んでるプラスチック容器って、結先輩がマドレーヌを入れていた容器とそっくりですよね。捜索のどさくさでどこかに紛れ込んだのかも」

雑多な備品を収納するため、百円ショップで購入できるような容器が使用されていた。整理のために同じ商品をまとめて購入したのだろう。杉野の言う通り、結の持ってきた容器にそっくりだ。

「よし、捜すか」

出入口の脇にあるスチールラックの前で腰を屈める。容器を点検するが、中身はフォークやスプーン、ピーラーなどばかりだ。手分けして他の容器も確認するが、マドレーヌは発見できない。そこでもう一つの可能性に思い当たった。

「等々力を追いかけるぞ。まだ間に合うかもしれない」

杉野の腕をつかんで引っ張る。準備室にないのであれば、等々力が間違えて持ち帰ったとしか考えられない。転びそうになった杉野が何とか体勢を立て直す。

「どうして僕まで」

「同じ調理部員だろ」

等々力の顔をうろ覚えなので杉野は必要だ。スマホがあれば杉野から連絡できるかもしれないが、等々力は没収されている。

「そこまでしなくていいよ」

ドアに手をかけたところで結に呼び止められた。

「お前のマドレーヌを食べられなくちゃ全部台無しだ」

ドアを開けて廊下に飛び出す。杉野の腕から手を離し、正面玄関を目指す。下校する生徒の間をすり抜け、全速力で正面玄関に向かった。

上履きのまま外に飛び出し、校門にたどり着く。しかし生徒が多すぎて等々力の姿は見つけられない。

もう校舎を離れただろうか。ついてこられなかったのか杉野もいなかった。

あたしは思い切り息を吸い込む。

「等々力！」

生徒たちが一斉に振り向く。あたしの声は人一倍大きいため、部活のときの応援では重宝された。すると人混みをかき分け、等々力が驚き顔で近づいてきた。

「ちょっと、いきなり大声でどうしたの」

等々力が恥ずかしそうに頬を赤くしている。

遅れて杉野と草村、結も到着する。草村が「なんて大きい声なの……」とつぶやいていた。運動不足の結は肩で息をしていた。

「さっき準備室から持っていった容器を見せろ」

「どうして？」

等々力が眉間に皺を寄せる。すると杉野がにこやかな笑顔で割り込んできた。

「実は、結先輩のマドレーヌの入ったプラスチック容器が行方不明なんです。準備室中を捜しても見つからなかったので、等々力先輩が間違えて持っていったのかと思って」

杉野の声は柔らかく、等々力の警戒は一瞬でほぐれた。

「わかった。ちょっと待って」

等々力がバッグから容器を取り出し、一つ目は杉野、二つ目はあたしに渡した。同時に開けると、どちらにもクッキーをくり抜くための型が入っていた。

「違いましたね」

「そうだな。等々力、引き止めてわるかったな」

容器を受け取った等々力がバッグにしまい直す。

「気にしてないよ。マドレーヌ、見つかるといいね」

等々力が校門から外に出ていく。帰宅する生徒の流れに逆らって家庭科準備室に戻る。

玄関マットで上履きの底の汚れを拭いていると、草村が靴を履き替えながら提案した。

「もう一度、準備室を捜してみようか」

家庭科準備室の前に到着する。結が通学カバンを脇に挟み、鍵を使って準備室のドアを開けた。全員で再び棚を探す。各自が最初に確認した場所とは別の棚を調べると、すぐに杉野が声を上げた。

「あった」

全員の視線が杉野に集中する。杉野が再捜索していたのは、あたしが最初に調べた出入口の脇のスチールラックだった。杉野は蓋を開けた容器を手にしていて、中身は間違いなくマドレーヌだった。

「ちょっと待て。その場所はさっき捜したぞ」

「それより見てください」

「……は？」

容器を覗き込み、思わず声を漏らした。マドレーヌの一つが欠けていたのだ。しかも断面に歯形がつき、誰かがかじったようにしか見えなかった。

3

あたしが最後に中身を見たときは、綺麗《きれい》な形のマドレーヌが整然と並べられていた。かじりかけが入っていれば目についたはずだ。

草村が頬を上気させながら容器に顔を近づけた。

「容器が消えて、次に現れたら食べかけになっていた。これってどういうことなの？」

草村の声が上擦っている。推理小説好きの血が騒ぐのだろう。杉野が出入口の脇のスチールラックの最下段に目を向けた。

「夏希先輩が見逃したわけでもなさそうですよね」

「あたしは全部確認したぞ」

プラスチック容器の数は十個ほどだ。手早く済ませたのは事実だが、マドレーヌが入っていれば見逃さなかった。実際、杉野もすぐに発見できたのだ。草村が眉間に皺を寄せ、欠けたマドレーヌを指差す。

「問題は誰の歯形かだよね。正体不明の人間が勝手に食べて、さらに容器に戻すなんて気分がわるいわ」

衛生的に考えれば好ましい状況ではない。親しい人間であれば食べかけくらい気にならないかもしれないが、犯人がわからないと不快でしかない。

するとと結が容器を手元に引き寄せた。

「これは私が責任を持って処分するね。何をされたかわからない食べ物を、みんなの口に入れるわけにはいかないから」

「わかった。残念だけど、お願いするね」

草村が深刻そうな表情で頷き、結が暗い顔で蓋を閉めようとする。あたしはとっさに手を伸ばし、食べかけではないマドレーヌを一つ摘んだ。

「あっ」

結が声を上げたのと同時に、マドレーヌを丸ごと口に放り込む。

噛みしめるとさくっとした小麦の歯触りがあり、しっかりとした砂糖の甘さが感じられた。じゅわっとバターが舌の上に広がり、香ばしさもちょうどよい塩梅だ。

「うん、美味い。結はやっぱり料理が上手だ」

「え……？」

結が目を見開き、口を半開きにしていた。

「夏希先輩らしいですね」

杉野が愉快そうに言ってから、カップにお茶を注いだ。淡い黄緑色をしたハーブティーはダイエットブレンドだ。口をつけてから、スマホをポケットから取り出した。

「せっかくなんで僕もいただこうかな。でもそろそろ時間ですし、持ち帰らせてもらいますね」

最初に予定していたお開きの時刻が迫っていた。等々力の出現やマドレーヌの捜索で時間を取られたのだ。杉野はダイエットブレンドを飲み干してから、準備室に常備しているというビニール袋にマドレーヌを三つ入れた。

持ち帰るため袋を分けてもらうと、草村がダイエットブレンドを自分のカップに注いだ。なくなったらしく、最後の一滴が落下する。

「……やっぱり、私も持ち帰るね」

そう言ってから草村がお茶を飲み、ビニール袋にマドレーヌを入れる。結は何か言いたそうな表情のまま、草村たちの行動を目で追っていた。

家庭科室に移動し、食器類を洗って片付ける。その最中も、草村は何か手がかりはないかと家庭科室を捜索していた。

家庭科準備室から校門に向かう最中、結は暗い顔で黙り込んでいた。

作ったお菓子を誰かに隠され、盗み食いまでされたのだ。落ち込むに決まっている。

校門前で別れたときも、結は何か言いたそうな素振りを見せた。だけど結局、別れの言葉だけで去っていった。

自宅に向かう途中、あたしは踏切に引っかかった。黄色と黒の遮断機が道路を遮り、赤色の信号が明滅している。甲高い鐘の音が響き渡るが、一向に電車が来ない。苛立ちながらマドレーヌをバッグから取り出した。

かじると小麦と砂糖の甘さが口の中でほどける。よく噛んでから飲み込むと、焦がしバターの風味が心地《ここち》好く鼻を抜けていった。

車輛《しゃりょう》が大きな音を立てて通過したのに遮断機は上がらない。いつの間にか逆方向の矢印の表示が点灯していて、だんだん腹が立ってくる。

結にあんな表情をさせた犯人が許せなかった。あたしには真相を見抜く力がない。だけど情報を集めることくらいならできる。些細《ささい》なことでも調べて報告すれば、結はきっと犯人を見抜いてくれるはずだ。

翌日、普段より早く高校に到着した。一年生の教室に向かったところ、廊下で杉野を発見する。しかも草村と立ち話をしていた。

「お前ら、ちょうどよかった」

二人に昨日気になったことがないか質問すると、草村が頭を掻いた。

「実は私も杉野くんに同じことを聞いていたんだ。あなたと結ちゃんには昼休みに質問しようと思っていたの」

「それは好都合だ」

　草村も調査をする気らしい。あたしは前日に考えていた質問をすることにした。

「うちらが家庭科準備室を離れていたとき、鍵の管理はどうなっていたんだ？」

「結ちゃんが出るときに鍵をかけて、そのまま持ち歩いていたよ」

　家庭科準備室の鍵は杉野が職員室で借り受け、準備室のテーブルの上に置いていた。しかしあたしが強引に引っ張ったことで、鍵を持たずに準備室を出ることになった。あたしが飛び出してすぐ、草村と結も追いかけることに決めたらしい。

　二人は部屋を出ようとして、結がテーブルの上の鍵を手にした。草村の後に結が廊下に出て、家庭科準備室のドアを施錠したという。家庭科準備室に戻った際に、結がドアを開けていたのを思い出す。

　草村が難しい顔で顎に指を当てた。

「つまりあの日、家庭科準備室と家庭科室はまとめて大きな密室だったの」

「はあ」

　家庭科準備室と家庭科室の鍵は別だが、同じ鍵束にまとめられている。二つの部屋を行き交うための扉は施錠されていない。家庭科室のドアに内側から鍵がかかっていたのを、草村は昨日すでに調べていた。

さらに家庭科室に誰もいなかったことも確認済みだった。誰かが潜んでいたなんて想像するだけで気色わるい。

つまり結が鍵を持ち歩いていた以上、誰も入れなかったことになる。

「草村は密室とか好きだろ。犯人はわからないのか？」

密室は推理小説に出てくる題材のはずだ。

「好きなだけじゃ解けないよ。でもこの状況だと、まさか……」

草村が深刻な表情で口元に手を当てる。

「心当たりがあるのか」

「ごめん、可能性くらいは思いつくけど、この前みたいに下手な憶測で人を疑うのは避けたいんだ」

草村が首を横に振る。あたしに疑いの眼差しを向けたことを後悔しているらしい。だがあたしは引き下がらず、草村の肩に手を載せた。

「可能性でもいいから教えてくれ。あんなに美味いマドレーヌにイタズラをしたやつが絶対に許せないんだ」

「美味い？」

背後からの声にあたしは振り向く。すると杉野が意外そうな表情を浮かべていた。

「その反応は何だ」

「えっと、それは」

目を逸らした杉野に一歩詰め寄る。

「あいつのマドレーヌが美味いことの何に驚いているんだ」

杉野が首に手を当て、愛想笑いを浮かべた。

「えっと、昨日、帰りの電車でマドレーヌを食べたんです。そうしたら個人的には口に合わなかったもので」

「不味《まず》かったとでもいうのか」

「えっと、味がほとんどしなかったんです」

杉野はいつでも笑っているが、今はにやけ顔が鼻についた。

「そんなわけないだろ。おい、草村。マドレーヌは美味かったよな」

顔を向けると草村も気まずそうな表情を浮かべていた。

「ごめん、私も正直イマイチだと思った。杉野くんの言う通り、あそこまで印象の薄いマドレーヌは初めて食べた」

「お前ら舌が変だぞ」

始業のチャイムが鳴り、あたしは草村たちに背を向ける。あのまま残っていたら怒鳴り散らしていたかもしれない。

怒りを抱えたまま教室に入る。教師はまだ来ていなかったので結の席に直行した。

「マドレーヌの件で情報を集めている。結なら情報次第で解決できるだろ。昼休みには等々力のところに行くから一緒に来ないか」

結は目を見開いてから首を横に振った。

「昨日の件なら、何もしなくていいよ」

「あたしの気が済まないんだ。それとまたマドレーヌを作ってくれ。杉野と草村が、あのマドレーヌを不味いと言いやがった。あんなに美味かったのに、全然味がしないなんてふざけてる。もう一度食べさせて、今度こそ結の腕前を証明してやるんだ」

あたしは机に手を置き、結に顔を近づける。結の瞳は相変わらず虹彩の色が薄くて、蛍光灯の光で白っぽく輝いていた。

「夏希ちゃん、本当に美味しいと思っていたの？」

「だから美味かったって言っただろ」

結が真剣な表情でうつむき、口元に手を当てた。そこで担任がやってきた。あたしは自分の席に戻るが、結は何かを考え続けている様子だ。ホームルームが終わり、授業がはじまるまでの短い時間に結の席へ向かった。

「何か気づいたな」

「次の休み時間、草村さんに話を聞きに行こうと思う」

草村の教室は隣だから、授業の合間の十分休憩でも話を聞ける。

一時限目を終えた後、あたしと結は急いで教室を出た。他のクラスの手前で怯《ひる》む結に代わって草村を呼び出す。

「どうしたの」

朝の別れ方が気まずかったのか、草村の顔に警戒心が貼りついていた。隣に立つ結が聞きたいことがあると伝えると、草村の表情に期待が満ちた。

「どんな内容なの？」

「ハーブティーについて知りたかったの。おばあさんはどういう風にオリジナルブレンドを作っているの？」

「駅前のショップやネット通販でハーブを揃えて、おばあちゃんが自分で混ぜているよ。それ以外にも自宅の庭でも色々栽培しているんだ」

ローズマリーやミントなど庭で何種類も育てているらしい。草村の祖母の自宅の庭には、庭木が生い茂っているという。

「昨日のハーブティーの中身はわかる？」

「あのときも話したけど、詳細は知らないんだ。ただ、味の感じだとリラックスブレンドはミントとカモミールがメインかな。あと庭で採れたナツメの実のドライフルーツが、甘みの元だと思う。詳しくはおばあちゃんに確認しないとわからないけど」

ナツメの木には毎年たくさんの実が生り、乾燥させてお茶に入れるそうなのだ。ハーブティーといえば西洋のイメージだが、草村の祖母は漢方の食材も好んで使うらしい。ダイエットブレンドは生姜メインという以外、草村は全く把握していなかった。太り気味の草村の祖父のために配合された特別製らしい。お茶の効果が出たのか、草村の祖父は徐々に痩せてきているという。

「ただ、おじいちゃんは前から好物だった和菓子を最近控えているの。だからお茶の効果より、そっちで痩せたんだと思っているんだ。昨日のハーブティーならバッグにまだ入っているから、もしよかったら渡そうか？」

「ありがとう。すごく助かるよ」

草村が教室に戻り、ビニール袋に入ったティーバッグを持ってきた。結は大切そうに受け取り、一緒に教室に戻る。

授業の合間の休憩時間、結はスマホで何かを検索していた。そして昼休みになると教室を急ぎ足で出ていった。追いかけると図書室に入り、一心不乱に図鑑のようなものを読み耽《ふけ》っていた。

気になったが、自分では役に立てそうにないので放っておくことにした。それから一人で等々力に話を聞きに行ったが、めぼしい情報は得られなかった。

放課後になって、あたしは結に家庭科準備室に誘われた。行ってみると草村と杉野という昨日の顔ぶれが揃っていた。

「真相がわかったのか？」

昨日と同じ席に腰かける。テーブルにはティーセットが並べられていた。他の面子《メンツ》も座り、期待に満ちた表情を結に向ける。しかし注目を浴びる結は陰鬱な表情で黙り込んでいた。

胸に手を当て、何度も深呼吸する。結は緊張しやすい。それがどの程度の辛さなのか、あたしは理解し切れないでいる。だけど結が耐えがたいと感じているのであれば、無理をする必要はないのだと思う。

「しんどいなら別の方法でもいいんだぞ」

全員にＳＮＳでメッセージを送ってもいいし、あたしから草村たちに説明する方法でも問題ないはずだ。

しかし結は首を横に振り、それから深々と頭を下げた。

「ごめんなさい」

結が突然謝罪を口にする。

「マドレーヌをかじったのも隠したのも、全部私がやったことなの」

「はっ？」

結が何を言っているのか、脳がうまく認識してくれない。結の耳が真っ赤だ。杉野は困惑の表情だが、草村だけが神妙な面持ちになっていた。

4

テーブルに置かれた電気ケトルに電源の光が灯っていた。結は頭を下げ続けている。廊下を歩きながら喋る生徒の声が壁越しに聞こえた。草村がため息をついた。

「やっぱり、結ちゃんだったんだね」

「気づいていたのか」

ようやく声を絞り出すと、草村が頷いた。犯人が結だと見当をつけていたらしい。

「状況を考察すれば、実行可能なのは一人だけだったからね。それとあれから考えたのだけど、動機はマドレーヌの味だったのかな」

結が躊躇《ためら》いがちに頷く。草村は動機も見抜いていたようだ。

「実はお茶会をはじめる前から、マドレーヌがみんなの口に合うか心配だったんだ」

結は静かな口調で真実を説明しはじめた。

お茶会の前日、結は自宅でマドレーヌを作った。焼き上がった後に味見をして、完成度にも納得していたらしい。しかし実際に食べる時間が近づくにつれ、結の心には得体の知れない不安が芽生えていったという。

「自分でも思い過ごしだという自覚はある。でも何かのミスで容器に入れた分だけが失敗していたらと考えたら、不安が止まらなくなったんだ」

結があきれたように笑う。自嘲めいた表情に、あたしは少しだけいやな気分になる。

あの日、お茶会がはじまると、結の不安は増していったらしい。

草村が食べる順番を提案したとき、結はすぐに賛同した。あれはマドレーヌを食べる順番を遅らせる意図があったのだ。

お茶会でみんなと会話をしながらも、結の不安は消えなかった。

そのとき突然、ドアが開いて等々力が家庭科準備室に入ってきた。

「等々力さんが部室に来たときに気づいたの。私は部屋の一番奥にいるから、みんなが出入口に目を向けた瞬間に全員の視界から外れるんだ」

その後、等々力が段ボール箱を落とした。

そのとき、あたしはとっさに音の発生源に顔を向けた。草村と杉野も頷いているので、同じように結を視界から外したようだ。結はその隙を狙って、手早くプラスチック容器の蓋を開けてマドレーヌをかじったのだという。

「マドレーヌはびっくりするくらい味がしなくて、ショックで思わず食べかけを容器に戻しちゃったの。急いで飲み込んで、容器を足元のカバンに押し込んだんだ。あんなに不味いものを食べさせられないって思ったから」

信じられないことに、草村と杉野に続いて、結までも不味いと言った。

「とっさの行動だったから、後先なんて考えていなかった。それからすぐみんながマドレーヌが消えたことに気づいて、私は内心では本当に焦っていたんだ」

家庭科準備室を捜している最中も、結は打ち明けるべきか悩んでいたという。しかし容器を出せば、不味いマドレーヌが全員の口に入ることになる。

「失敗を笑われたり、場を白けさせたりするのが怖かったの。そう考えると、マドレーヌをみんなの前に出すことができなかった」

それから結がむず痒そうな表情であたしを見た。

「それから夏希ちゃんが、等々力さんを追いかけるために部屋を出ていったよね。その間際の言葉を聞いて、マドレーヌが見つからない限り場が収まらないと思ったんだ」

あたしは何を言ったのだろう。思い出せずにいると、杉野が人差し指を立てた。

「夏希先輩はあのとき、『お前のマドレーヌを食べられなくちゃ全部台無しだ』と啖呵《たんか》を切りましたよね。すごく格好良かったので覚えています」

単純にマドレーヌが食べたかっただけだ。杉野がにやけているので、テーブルの下で足を伸ばしてすねを蹴る。杉野が顔を強張らせ、声を出すのを堪えていた。

そこで草村が口を挟んできた。

「結ちゃんは私より後に家庭科準備室を出たよね。そして今から思うと不自然だけど、通学カバンを抱えていた」

施錠するなら、貴重品を置いたままでも問題はないはずだ。草村が推理を続ける。

「その時点でマドレーヌは通学カバンに入っていた。結ちゃんは私が廊下に先に出た隙を狙って、出入口の脇にあるスチールラックの下段に、素早くプラスチック容器を置いたんじゃないかな」

「正解だよ」

結が頷き、草村が得意げな表情になる。実行できるのは最後に教室に残った結だけで、ほんの数秒あれば可能だろう。そこで草村が不思議そうに首をひねった。

「でも、わからないことがあるの。「どうして準備室の鍵を締めたの？　あそこで締め忘れたことにしたら、見知らぬ第三者の仕業にできたのに」

「みんなの私物を放置できなかったから……」

結らしい理由に納得する。それから結が話を続けた。

「私は食べかけのマドレーヌを利用できると期待したんだ。唐突に出てきた捜し物に、正体不明の歯形が残っていれば、不審がって誰も手をつけないと考えたの」

実際に草村は最初、食べるのを避けようとしていた。

テーブルに置かれた電気ケトルが沸騰する音を立てる。結がティーポットにティーバッグを入れてから、電気ケトルを手に取った。

「でも夏希ちゃんが突然食べて、本当に驚いたんだ。しかもあんなに酷《ひど》いマドレーヌを美味しいと嘘までついてくれたと思って、すごく感動したんだよ」

「いや、嘘じゃないからな」

自分の舌の感覚は譲れない。すると結が目を細めながらポットにお湯を注いだ。

「わかってる。だって失敗していないから」

結がティーポットをゆっくり回すと、生姜を主体にした複雑な香りが立ち上った。草村が戸惑った様子で結に訊ねる。

「ちょっと待って。結ちゃんはマドレーヌの失敗を隠そうとしたんじゃないの？」

「その説明はこれからするから、もう少しだけ待ってもらえるかな」

結が首を横に振ってから、ダイエットブレンドのティーバッグをもう一つ取り出した。ルーズリーフを一枚だけテーブルに置き、ティーバッグの中身を上に出した。

「草村さんのおばあさんは、自分でハーブティーをブレンドするんだよね。そしてご自宅にはナツメの木がある。どちらも間違いないかな」

「うん、そうだけど」

草村が困惑しながら答える。ダイエットブレンドの中身は生姜の破片らしきものや、乾燥させた何かの葉っぱなどが入っていた。結が切り刻まれた葉っぱを指差した。

「昼休みを使って、ネットや図書室で調べてわかったんだ。ナツメの木の葉っぱには、甘みを感じさせなくする成分が入っているの」

「……え？」

草村が目を丸くする。結がカップにダイエットブレンドティーを注ぎ、あたしの前に差し出した。

「実験台にして申し訳ないけど、飲んでもらっていいかな。できれば舌の上でゆっくり転がすようにして。熱いから気をつけてね」

「わかった」

指示通りカップの中身を口に含み、舌の上で遊ばせた。そしてぬるくなってから飲み込むと、結が目の前に角砂糖を置いた。

「これを食べてみて」

角砂糖を口に放り込む。顎を動かすと、すぐに違和感に気づいた。

「何の味もしない」

想定していた甘みを一切感じず、じゃりじゃりした歯触りが砂を連想させた。端的に言って不快で、今すぐ口をゆすぎたくなった。

結がスマホをテーブルに置く。表示されたウェブサイトに、ナツメの葉にはジジフィンという成分が含まれると書いてあった。ジジフィンは舌の甘みの味覚受容体を塞ぎ、甘さを感じさせなくする効果があるというのだ。

ダイエットブレンドで口の中の砂糖を洗い流す。

「そういえば醬油煎餅を食べていたとき、醬油の味が効いていると話していたな」

「しょっぱい煎餅でも、お米やお醬油の甘さもあった上で味が成り立っている。でも私の舌は甘みを感じなくなっていたから、醬油の塩辛さばかりを感じたのだと思う」

杉野が納得した顔でカップに手を伸ばした。しかし口をつけずに中身を見つめた。

「僕もお開きになる少し前に飲みました。その効果が続いていたから、電車内で食べたマドレーヌの味に違和感を覚えたんですね」

「私もダイエットブレンドを飲んでたから、甘さを感じられなかったんだ。おじいちゃんが和菓子を控えるようになったのも、ナツメの葉の影響だったのか」

草村の祖父は痩せることに成功した。それは祖母が飲ませたダイエットブレンドの効果で、和菓子を食べても不味く感じるようになったためなのだろう。草村の祖母の自宅にはナツメの木があるから材料は簡単に手に入る。

「ごめん！」

草村が結に頭を下げた。額がテーブルにぶつかり、小さな音を立てる。

「おばあちゃんに詳しい効果を聞かずに、みんなに飲ませたのが原因だったんだね。私のせいで結ちゃんのマドレーヌの味を台無しにして、さらに不味いなんて言ってしまった。本当にごめんなさい」

結が困ったような表情で首を横に振る。それから瞳の端に涙をにじませた。

「ううん、わるいのは私だよ。失敗したと考えた時点で、正直に伝えるべきだった。お茶会で笑い話にすればよかったんだから」

冗談として済ませる方法もあったかもしれない。あたしが同じ状況なら素直に告げていたはずだが、今の結には難しいことなのだろう。ただ本人が望むのであれば、一歩を踏み出す努力をするのは大切だと思う。

人間には向き不向きがある。生まれつき、できることとできないこともある。そのもどかしい事実を、あたしは身を以《もっ》て経験している。

結は今回、間違ったことをした。それなら失敗を反省し、次に活かせばいいだけだ。

結はきっとそれができる。

「問題は解決したし、結にはあらためてお菓子を披露してもらわないとな。草村と杉野に本当の味を知ってもらわないと気が収まらない」

「賛成です。今度こそ手作りの焼き菓子を楽しみたいです」

「私も今度はおばあちゃんと相談して、焼き菓子に合うハーブティーを用意するよ」

全員から視線を向けられ、結は椅子に座りながらうつむく。深吸吸する音が聞こえたと思ったら、結が勢いよく顔を上げた。

「わかった。うん、がんばるね」

結が気合いを入れるように両手を握る。

あたしが腕を伸ばすと、結が困惑した表情を浮かべる。それから何かに気づいたように眉を上げ、互いの握りこぶしを軽くぶつけ合わせた。

Yui

第四話　固まらない寒天を見逃す

1

私は陳列された舞茸《まいたけ》を前に迷っていた。スーパーマーケットのようにパック詰めにされていなくて、白いプラスチック容器に載せられている。どれも肉厚で大きいけれど、決められず一番奥の商品を選んだ。

七月に入り、店先に並ぶキュウリやトマトなどの夏野菜が艶めいてきた。店員のおじさんがだみ声でミョウガがおすすめだと連呼している。

自宅の近くに大手スーパーはあるけれど、商店街の青果店のほうが新鮮だと評判だった。しかも値段もほぼ変わらない。

目的は家庭科の調理実習で使う食材だ。班での事前の話し合いで、買ってくる材料は決まっていた。同級生の口に入るのだから、なるべく良質な素材を揃えたかった。

レジに向かおうとすると、背後の女性が盛大に咳を繰り返した。それなのにマスクもしておらず、口元も手で覆っていない。

「うう……」

最近、夏風邪が流行《はや》っているらしい。素早く商品をカゴに入れ、顔を逸らして距離を取った。

調理実習で作るのは白身魚のムニエル、野菜サラダ、根菜の洋風スープ、キノコのソテー、そしてみかん入りの牛乳寒天だ。

そのなかでは個人的に牛乳寒天が楽しみだった。砂糖の甘さと寒天の歯応えのある食感が合わさると、牛乳の素朴な風味が引き立つ気がする。ゼリーのほろほろ崩れる歯触りも捨てがたいが、牛乳との相性なら寒天のほうが好みだ。

それに授業で習った寒天とゼラチンの凝固作用の違いも興味深い。植物性と動物性という成分の違いから、凝固と溶解の温度など様々な性質が異なるらしいのだ。

レジに並ぶと、目の前に見覚えのある背中があった。

「夏希ちゃん？」

「結、お前こんなとこで何してんだ」

ジャージ姿の夏希ちゃんが振り向き、目を丸くした。だけどすぐに居心地わるそうな態度で顔を背けてしまう。軽いショックを受けていると、近くに立つ夏希ちゃんより少し背の低い女性がこちらに顔を向けた。

「あら、夏希のお友達？」

目鼻立ちや輪郭が似ていて、一目で夏希ちゃんの家族だとわかった。手にしている買い物カゴには玉ねぎやブロッコリー、キウイフルーツなどが入っている。

夏希ちゃんそっくりな女性が丁寧に頭を下げた。

「はじめまして、夏希の母です。いつもこの子がお世話になっております」

「いえ、こちらこそ。えっと、クラスメイトの落合結と申します」

私も慌てて同じように頭を下げる。

「あなたが結ちゃんなのね。最近頭の良い友達ができたって、夏希が嬉しそうに話していたのよ。この子はあなたにご迷惑をかけていないかしら」

夏希ちゃんたちに会計の順番が回り、店員さんがカゴの中身の計算をはじめた。

「えっと、はい。とても良くしてもらっています」

店員さんが金額を告げ、夏希ちゃんのお母さんが代金を支払う。夏希ちゃんがふて腐れたような顔で、買い物カゴを作業台に運んだ。

家族と一緒にいるとき知り合いに遭遇すると、私も居心地がわるくなる。だから夏希ちゃんの態度は共感できた。ただ袋詰めが乱暴で、商品が傷まないかと心配になる。

レジの順番が回ってくる。店員さんが舞茸を薄いビニール袋に入れる。値段を告げられ、お財布から同じ額の小銭を渡した。

作業台に移動すると、夏希ちゃんがエコバッグに商品を詰め終えたところだった。私もエコバッグを取り出すと、夏希ちゃんのお母さんに話しかけられた。

「落合さん。夏希は高校ではどんな様子なのかしら」

「えっと、何事にも一生懸命で、私はとても励まされています」

私が返事をすると、夏希ちゃんがエコバッグを振り回すように手に提げた。

「次の店に行ってるから」

夏希ちゃんだけが先に青果店を出る。夏希ちゃんを目で追いながら、お母さんがふっと疲れたようなため息をついた。

「高校で楽しく過ごせているなら安心したわ。うちは娘が二人なのだけど、私の仕事の都合で家にいられない日もあるから」

「ごきょうだいがいるのですね」

家族について聞くのは初めてだ。夏希ちゃんのお母さんの発言は、不用意に踏み込みにくい雰囲気があった。

触れるか迷っていると、夏希ちゃんのお母さんが優しげに微笑んだ。

「そうなのよ。ヤンチャで気まぐれな妹と、しっかり者で真面目なお姉ちゃん。何かとフォローが必要な妹の面倒を、お姉ちゃんが根気強く見てくれるの。本当に感謝しているわ」

「そうなんですね」

夏希ちゃんの世話をする、優しいお姉さんの姿が思い浮かぶ。何をしでかすか予測がつかない妹の手助けは、きっと大変に違いない。

「長話をしちゃったわね。今後とも夏希と仲良くしてやってください」

「こちらこそよろしくお願いします」

お母さんが深々と頭を下げ、夏希ちゃんを追いかける。続いて店を出ると、母娘の姿は商店街の人混みに消えていた。


目覚めた瞬間から喉に違和感があった。

何度もうがいをしてみたけれど効果はなく、自宅を出る頃には怠さを感じた。しかし調理実習がある以上、材料を持っていかなければならない。高校に到着した時点で熱まである気がしてきた。

ゆっくり通学してきたため、授業開始の時刻が迫っていた。上履きに履き替え、材料を置くため家庭科室に向かう。材料は事前に家庭科室へ置くことになっているのだ。

廊下を歩いていると、背後から声をかけられた。

「落合さんだよね。おはよう」

「えっと、おはよう。等々力さん」

調理部の部員で、先日のお茶会の際に顔を合わせた等々力さんだ。等々力さんは私が手に持つエコバッグに視線を向けた。

「実習で使うやつだよね。もしかして商店街の八百屋さんかな。あそこ、安くていい品が揃っているから私もよく行くんだ」

「あの、その、偶然だね」

私たちは並んで歩く。返事をすると喉がいがらっぽくて、風邪をうつしてしまいそうで気が気でない。すると等々力さんが首を傾げた。

「顔が赤いけど大丈夫？」

「あっ。うん、平気だよ」

昔から大丈夫かと聞かれると、反射的に平気と答えてしまう。

「それならいいんだけど。ところで聞きたいんだけど、落合さんと荏田さんって調理部に戻る気はないかな」

「私と夏希ちゃんが？」

「辞めた経緯《いきさつ》だって二人には何の非もないしさ。荏田さんのことはちょっと怖いと思っていたけど、この前の件でいい子ってわかったし。杉野や部長も復帰を望んでいるんだよ。あと芳賀も反省しているから」

等々力さんが階段の前で立ち止まる。二年生の教室は上の階で、家庭科室は真っ直ぐ進んだ先にある。

「えっと、夏希ちゃんと相談してみるね」

「わかった。それじゃあね」

　等々力さんが軽やかに階段を駆け上がる。姿が見えなくなってから深く息を吐いた。

　馴染みの薄い人と接すると、やっぱり緊張してしまう。だけど最近は初対面の人との交流が増えた影響か、会話中の不安は一時期より薄らいだ気もする。

　家庭科室の鍵は開いていた。常温保存が可能な食品は、家庭科室後部のロッカーの上に置くことになっていた。

　私のすぐ後に男子生徒が入ってきた。スーパーマーケットのレジ袋を持っているから、調理実習に参加する生徒だろう。家庭科は選択制で、二つのクラスの志望者が合同で行う。そのため男子生徒のことは知らなかったのに、突然声をかけられた。

「落合さんだよね」

　私の存在を、他のクラスの男子が認識しているのは予期していなかった。驚きが顔に表れたらしく、男子が焦りの表情になった。

「唐突にごめん。俺は三組の玉置《たまき》。同じ班だけど、覚えていないか？」

「あっ、えっと。うん、覚えてる」

　前回の家庭科での話し合いの際、同じ班にいたのを思い出す。玉置くんは細身で引き締まった体形をしている。髪の毛は短く刈り込まれ、すっきりした顔立ちから爽やかそうな印象を受けた。

「実は俺、陸上部なんだ」

「陸上部?」

夏希ちゃんが昨年まで所属していた部活動だ。玉置くんが立ち止まる私を追い抜き、レジ袋をロッカーの上に置いた。他にも多くの食品が並んでいる。

「盗み聞きみたいでわるいけど、落合さんと荏田は調理部に戻るのか?」

等々力さんとの会話の最中、玉置くんは後ろにいたらしい。

「えっと、これから相談する予定です」

「実は荏田が陸上部を辞めた後、何をするか気になっていたんだ。調理部からもすぐにいなくなったって聞いたしな」

陸上部で夏希ちゃんと親しかったのだろうか。私の名前は夏希ちゃんと最近一緒にいるから知っていたのだろう。

キノコを置くため家庭科室の後ろに向かう。その途中、眩暈を感じた。足から力が抜け、危うく転びそうになる。何とか体勢を立て直したものの、エコバッグから舞茸が落ち、プラスチック容器と一緒にビニール袋から飛び出した。

「あっ」

パック詰めされていない舞茸が、剝き出しの状態で床を転がる。追いかけようにも、立っているだけでやっとだ。すると玉置くんが舞茸を拾い上げた。

「体調が良くないのか」

「えっと、それよりキノコが……」

みんなが口に入れるのに床に落としてしまった。すると玉置くんが肩を竦めた。

「落としたくらいなら、水洗いすれば平気だって」

玉置くんが調理台の水道で舞茸を洗った。水気を切り、水洗いしたプラスチック容器に戻した。それから私に手渡してくれた。

「はい、どうぞ」

「ありがとう」

水洗いの手際が慣れている気がした。舞茸を容器ごとビニール袋に戻し、ロッカーの上に置く。それから二人で家庭科室を出て、玉置くんがドアを閉めた。

「あの、夏希ちゃんと仲が良かったの？」

「まあ、それなりにな」

玉置くんが微笑みを浮かべる。

「土壇場でのあいつの集中力には憧れていたんだ。だから勝手ながら、荏田には何かに真剣に取り組んでほしいと思っているんだ。陸上が一番似合っていると思うけど、そこは本人次第だな」

私は陸上部時代の夏希ちゃんを知らない。だけど辞めた後の心配をしてくれる人がいるのは、それだけの成果があったことなのだと思う。

「それに料理の世界も奥深いし、調理部復帰もありだと思うよ。実は俺の親戚が日本料理の板前で、たまに店を手伝うんだ。茶碗蒸《ちゃわんむ》しとか煮魚とか得意なんだぜ。荏田がどれくらいの腕前なのか今日の調理実習が楽しみだよ」

玉置くんと廊下で別れ、教室に急いだ。始業のチャイムに何とか間に合う。ほんの短い距離を走っただけで、普段より汗をかいていた。

授業中も体調は悪化し、調理実習のある四時限目まで保《も》つ気がしなかった。一時限目の終了時点であきらめ、夏希ちゃんに声をかけた。

「体調がわるいから保健室に行くね」

「マジか」

夏希ちゃんが立ち上がり、鼻先が触れる距離に顔を近づけた。突然のことで身動きが取れない私の額に手のひらを当てた。

「顔も赤いし、熱もあるな」

「うつっちゃうよ！」

私は慌てて夏希ちゃんから距離を取る。肉親や医者以外で、他人とこんなに近づいたのは初めてな気がした。

「保健室まで付き添うぞ」

「ありがとう。でも平気だよ」

夏希ちゃんが私の腕を取ろうとするけど、するりと避ける。風邪がうつったら申し訳ないし、一人でも歩くことはできそうだ。見送られて教室を出て、保健室に到着する。体温は三十七度七分で、私は早退することになった。

何とか一人で帰れそうなので、支度をしようと教室に戻った。二時限目は移動教室のため、クラスはがらんとしていた。調理実習に参加できないことを残念に思う。学校で料理をする非日常感がひそかに好きだったのだ。

ふらつきながら自宅にたどり着く。家には誰もいなかった。汗で濡れた制服から寝間着に着替え、ベッドに倒れ込む。

布団にもぐっても寒気を覚える。朦朧《もうろう》とする意識のなか、強い眠気に襲われた。意識が徐々に遠くなる。寝ている最中、調理実習でトラブルが起きているなんて、想像さえしていなかった。

2

翌朝、体調は全快していた。外は晴れ模様で気温も高く、テレビでは梅雨明けが近いと話していた。学校に向かいながら、日に照らされた緑を眺めた。

教室で席に着いていると、夏希ちゃんが始業時刻になっても姿を見せなかった。いつもの遅刻かと思ったけれど、担任の先生がホームルームで夏希ちゃんの欠席を告げた。

夏希ちゃんは昨日、風邪の私に近寄った。うつした可能性があることに落ち込みながら授業を受ける。一時限目の後にお手洗いから戻ると、玉置くんが教室を覗き込んでいた。私に気づくと玉置くんが手招きをした。

「ちょっといいか」

「あ、うん。昨日は休んでごめん」

「気にしなくていいよ。体調も回復したみたいだな。キノコも使わせてもらったよ」

「あ……、それなら良かった」

家庭科室のロッカーの上にはみんなが買ってきた商品がずらりと並んでいた。買った本人が不在だと見つけるのに手間取るはずだ。だけど玉置くんは幸い、私が購入したキノコを覚えてくれていたようだ。

「ところで荏田の姿が見えないようだけど」

「体調不良でお休みだって」

答えると、玉置くんが目を伏せた。

「無駄足だったか。昨日の件が心配で様子を見に来たんだけどな」

「昨日の件？」

意味がわからず質問すると、玉置くんが教室に目を向けた。視線の先には夏希ちゃんが不在の椅子と机があった。

「早退したなら知らないよな。調理実習で色々あったんだ」

夏希ちゃんがまた何かやらかしたのだろうか。詳しく知りたいと頼むと、玉置くんは昨日の出来事を教えてくれた。

調理実習は二クラス合同で行われ、全体が五つの班に分けられる。全ての班が同じレシピを使うが、どの工程を誰が担当するかは自由に決めることができた。

ほとんどの班では、各作業を少しずつ分担していた。だけど夏希ちゃんは牛乳寒天を一人で作ることになっていたという。

「陸上部時代もだったけど、荏田は共同作業が苦手でさ。だけど一つの作業に没頭すると圧倒的な集中力を発揮する。班のメンバーは荏田の要望を受け入れて、あいつ一人で牛乳寒天を担当することになっていたんだ」

心当たりがあった。一緒に料理を作ったとき、夏希ちゃんは指示にすぐ飽きて別のことをはじめてしまう。だけど集中したときは他人からの呼びかけが耳に入らないこともあった。

「だけど荏田の牛乳寒天だけが失敗してしまったんだ」

「えっ……」

牛乳寒天はレシピ通りに作れば失敗するほうが難しいはずだ。だけど夏希ちゃんの牛乳寒天は固まらず、どろどろの状態のままだったという。

同じ班の生徒や家庭科の先生は原因を探ろうとしたという。だけど夏希ちゃんは「あたしはちゃんと作った」と苛立った様子で主張したというのだ。

夏希ちゃんのはっきりとした物言いは、周囲を萎縮させてしまうことがある。家庭科の先生は二十代前半の大人しい女性で、夏希ちゃんの剣幕に涙目になっていたらしい。結局原因はわからないまま授業は終わりとなり、食事の時間になったというのだ。

説明を終え、玉置くんがため息をついた。

「実をいうと陸上部時代も、最初は荏田と距離を取る部員がいたんだ。話していけばわるい人間じゃないとだんだんわかるんだけどな」

「夏希ちゃんは、どうして陸上部を辞めたの？」

思い切って訊ねる。大怪我《おおけが》をした様子もなく、不祥事の噂も聞いていない。本人に聞くのも躊躇いがあった。すると玉置くんが首を横に振った。

「俺もよく知らないんだ。女子陸上部にも話を聞いたけど、一年の終わりに突然辞めると宣言して、詳しい説明もないまま来なくなったらしい。復帰するように何度か説得したけど聞く耳を持たないんだよな」

休憩時間の終わりが近づき、廊下の生徒が教室に戻りはじめた。玉置くんが悲しそうな視線を夏希ちゃんの席に向ける。

「荏田は多少世話の焼けるやつだけど、試合での集中力はみんなも一目置いていた。俺は本番に弱いから、あいつの勝負強さは選手として尊敬していたんだ。本音を言うと今でも、陸上部に復帰してほしいと思っているよ」

チャイムが鳴りはじめ、玉置くんは教室に戻っていった。

私は夏希ちゃんの長所をたくさん知っている。そして陸上部にも良さを知っている人が大勢いる。そのことが嬉しかった。

それなのになぜ陸上部を辞めてしまったのだろう。本人に聞いてみたいけれど、他人の内面に踏み込むことが怖かった。席に着くと同時にチャイムが止み、二時限目の授業の先生が教室に入ってきた。


翌日、教科書を机に入れていると、夏希ちゃんが私の席に駆け寄ってきた。そして体調を心配する言葉をかける間もなく顔を近づけてきた。

「結、牛乳寒天を作るのを手伝ってくれ」

「えっと、調理実習で失敗したやつだよね」

夏希ちゃんが首をひねり、まだ誰もいない私の前の席の椅子に腰かけた。

「実習を休んだのに、どうして知っているんだ」

「玉置くんから聞いたの」

「そういえば、あいつと知り合いだったんだな」

一昨日の調理実習がはじまってすぐ、玉置くんは夏希ちゃんに話しかけたらしい。そこで私の早退やその日の作業について雑談を交わし、玉置くんは夏希ちゃんが持ってきた材料の包装を開けたりする作業を手伝っていたそうなのだ。

「別の班だからすぐに注意されて、自分の班に呼び戻されたけどな。そういや結と同じ班だったみたいだな。結の役割分担を率先して引き受けていたぞ」

「そうだったんだ」

玉置くんは夏希ちゃんが一人で牛乳寒天を作ることになった経緯に詳しかった。それは作業前に本人から聞いていたからだったのだ。私が休んだ分の作業を玉置くんが負担してくれたなら、あとでお礼を言わなければと思った。

「陸上部時代は玉置くんと仲が良かったの?」

「男子部員では一番話したかな。あたしが色々とヘマしても、あいつは笑って許してくれるんだ。本当にいいやつなんだよ」

夏希ちゃんが足を組む。スカートから伸びる足は長く引き締まっていた。

「それで本題なんだが」

夏希ちゃんがそう前置きして、昨日また牛乳寒天に挑戦したことを教えてくれた。体調不良で休んだものの、ゆっくり寝たことで夕方には元気になっていたらしい。そこで自宅にある材料で牛乳寒天を作ったそうなのだ。

「そうしたら昨日も固まらなかったんだ。レシピ通りなのに、あたしだけ失敗するなんて納得いかない」

夏希ちゃんが珍しく気弱な表情になる。難しい料理ではないため、二度も失敗したことが不思議だった。

「私にできることなら協力するよ」

「恩に着るよ！　それじゃ早速杉野に声でもかけるか。あいつに頼めば家庭科室を使わせてもらえるだろ」

「えっ、今から？」

私の驚きをよそに、夏希ちゃんが教室を飛び出していった。朝のホームルームまで時間がないけれど、夏希ちゃんの脚力なら一年生の教室まで往復しても間に合うだろう。

夏希ちゃんは案の定、ギリギリに戻ってきた。

「オーケーが出たぞ。しかも材料が揃っているから放課後にも実験できそうだ」

「今日？　えっと。う、うん。わかった」

夏希ちゃんは今日、早く帰らなくてもいい日なのだろう。こうして私たちは放課後、家庭科室に集合することになった。

3

一階の家庭科室から校庭を眺める。グラウンドではサッカー部がドリブルの練習をしていて、コーチの吹く笛の音が繰り返し響いている。

水道で手を洗っていると、準備室から杉野くんが出てきた。いつものにこにこ顔で、調理台に調理部の備品を並べる。みかんの缶詰と粉寒天、砂糖は在庫を使わせてもらえることになった。牛乳は校内の自動販売機で、二百ミリリットル入りのパックを二つ購入した。

杉野くんが材料を眺めながら首を傾げる。

「これを全部混ぜるだけですよね。失敗の余地なんてあるんですか？」

杉野くんの軽口に、二度失敗した夏希ちゃんが不機嫌そうに唇を歪める。杉野くんが気まずそうな表情を浮かべたので、私は空気を変えたくて口を開いた。

「夏希ちゃん、材料は一緒だった？」

「同じだよ。メーカーは別のやつだけどな」

牛乳や缶詰などは様々な会社が販売しているけれど、中身が大幅に異なることはないはずだ。夏希ちゃんが青を基調にデザインされた粉寒天の箱を手に取った。

「これもパッケージが違うな。あたしが使ったのは前に準備室で見たぞ。ピンク色の箱だった気がする」

先日のお茶会のことだろう。違和感を覚え、杉野くんと顔を見合わせる。杉野くんが準備室に再び入り、ピンク色の小箱を手に戻る。箱を目にした夏希ちゃんが指差した。

「それだ」

「あの、これはゼラチンなんですけど」

杉野くんが掲げたパッケージには、ゼラチンと書かれていた。

あくまで印象だが、ゼラチンは可愛らしい色合いやデザインのパッケージが多い。対して粉寒天は和菓子を思わせる寒色系の簡素なイメージがあった。

「寒天が売り切れだったんだ。同じように固めるんだから大して変わらないだろ？」

夏希ちゃんが平然と言い、私は崩れ落ちそうになる。

「全然違うよ……」

直後に私は失敗の理由を閃《ひらめ》いた。

「もしかして昨日、生のキウイを使った？」

「どうしてわかったんだ」

夏希ちゃんが目を丸くする。青果店で夏希ちゃんのお母さんと会ったとき、買い物カゴにキウイフルーツが入っていた。牛乳寒天に再チャレンジした際、夏希ちゃんは自宅にあった材料を使っている。ゼラチンは調理実習の余りを持ち帰ったのだろう。

「あたし、何かやらかしたのか？」

脱力する私に夏希ちゃんが困惑している。すると杉野くんが説明をしてくれた。

「ゼラチンと寒天はどちらも凝固作用がありますが、成分は全く違うんです。寒天は多糖類、ゼラチンはタンパク質の作用で固めます」

「調理実習の前の回の授業で習ったけど覚えていない？」

「全く記憶にない。多分他のことを考えていた」

夏希ちゃんが気まずそうに視線を逸らす。夏希ちゃんは授業中に指名されてもたまに答えられないことがあった。成績はわるくないみたいだけど、教師陣からは不真面目な生徒だと思われている節がある。私は杉野くんの説明を引き継ぐ。

「キウイにはタンパク質を分解する酵素が入っているの。加熱すると酵素の効果は消えるけれど、生の状態で加えるとゼラチンを分解してしまうんだ。だから夏希ちゃんが自宅で作ったときに固まらなかったんだと思う」

ゼラチンを固めるとき、生の果物を使ってはいけないと教科書に書いてあったはずだ。

夏希ちゃんが絞り出すようにつぶやいた。

「……全面的にあたしがわるかったんだな。授業を聞いていても何か別のことを連想すると、そっちに意識が飛んでしまうんだ。そのせいで昔から、こんな失敗ばかりだよ」

　夏希ちゃんが沈痛な面持ちでうつむく。

「ゼラチンだって早く買い物を済ませたくて、ろくに考えずに棚から取ったんだ。自業自得なのにみんなに怒鳴って、実習のあたしは最低だったわけだ」

　お母さんと一緒に買い物をしている最中、夏希ちゃんは私に遭遇した。気恥ずかしさから注意力が散漫になったのかもしれない。

　夏希ちゃんの暗い顔を見たくなかった。かける言葉を探しても見つからない。

　すると突然、夏希ちゃんが両手で自分の両頬を叩いた。小気味よく音が弾け、夏希ちゃんが顔を上げる。

「でも、だからこそあたしは失敗した原因を見つけないと気が済まないんだ。間抜けな結論だったけど、協力してくれてありがとう。クラスのみんなにも謝るよ」

　夏希ちゃんは清々《すがすが》しい表情になっていた。自分の欠点から目を逸らさず、乗り越えようと努力する。余計な心配をする必要なんてなかった。

　杉野くんが小さく手を挙げた。

「生のキウイとゼラチンで失敗したのは理解しました。だけど調理実習で使ったのは缶詰のみかんですよね」

「あ……」

「ん、そういえばそうだな」

ゼラチンだと判明した驚きで、解決したと思い込んでしまった。タンパク質分解酵素は熱で失活する。缶詰のみかんは加熱済みだからゼラチンでも固まるはずだ。つまり調理実習での失敗とは関係ないのだ。

私はあらためて、調理実習の様子を聞くことにした。

夏希ちゃんは調理中、牛乳寒天に意識を集中させていた。没頭すると他に気が回らなくなるため、作業中に他のメンバーが何をしていたか一切記憶にないらしい。

「材料を大きめのバットに入れて、粗熱を取ってから冷凍庫に入れたんだ。その後はずっと洗い物や後片付けをしてたぞ」

調理実習は授業の一コマを使って行われる。食事は授業後の昼休み、普段はお昼ご飯を食べる時間が使われた。そのため牛乳寒天を短時間で固める必要があった。そこでバットに入れて表面積を広く取り、さらに冷凍庫で冷やすことになっていた。

寒天の凝固温度は五十度と高いため、固めるだけなら時間はかからない。急激に冷やすと食感にムラができるが、冷凍庫を選択したのは時間内に確実に固めること、そしてデザートを冷たくすることを優先させた手順のようだ。私は疑問を口にする。

「ゼラチンの凝固温度は二十度以下だから、充分に冷やせなかったのかな」

温度が下がらなかった可能性は充分考えられた。そこで同じ条件で作って再現を試みることにした。

鍋に水を入れて火にかけ、粉ゼラチンを入れて溶かす。砂糖を加えて混ぜ、火を止めてから常温の牛乳を流し入れる。中身をバットに注ぎ、缶詰のみかんを加えてから濡れ布巾の上で粗熱を取った。現時点で十分もかかってない。

冷凍庫には五つのバットがあったそうだ。底に三つ、引き出し式の上部トレイに二つ並べられたという。

条件を合わせるため、新たに牛乳を購入する。牛乳寒天の溶液の入ったバットを四つ作り、当日と同じように配置する。それからゼラチンを使った牛乳ゼリーの溶液を、夏希ちゃんの証言に従って冷凍庫の底に置いた。

バットを並べているとブザーが鳴った。冷凍庫の扉を一定時間開け放しにすると、センサーが反応するようだ。つまり手の込んだ悪戯《いたずら》をしたら音が聞こえることになる。

夏希ちゃんの記憶ではブザーは一度も鳴らなかったそうだ。その時点で集中状態は解除されていたから、周囲の音にも気づけたはずだ。

冷凍庫に入れた時間は三十分らしい。待つ間に夏希ちゃんから話を聞くことにした。

「牛乳ゼリーから目を離した瞬間はあった？」

「基本的にずっとそばにいたな。……いや、一度だけ離れたか」

それはバットに注いだ牛乳ゼリーの溶液を、濡れ布巾に載せて粗熱を取っているときの出来事だった。

野菜サラダの内容は各班の裁量に任されていて、他の班でピクルスの瓶詰めを持ち込んだ生徒がいたという。だけど蓋が固くて開けられず、困っていたそうなのだ。

数人の男子が挑戦して失敗したらしい。すると突然「茬田なら開けられるんじゃ？」という声が上がった。瓶を渡された夏希ちゃんはひと息で開けることに成功した。そのやり取りの最中はバットから目を離していたという。

牛乳ゼリーには一瞬でも第三者が手を加えられる状況があった。ひとつの可能性に気づく。すると顔に出たらしく、夏希ちゃんが両目を覗き込んできた。

「何かわかったのか？」

「ごめん、まだ何もわからない」

「あたしの勘違いだったか」

反射的についた嘘を、夏希ちゃんは信じてくれた。

三十分後、牛乳ゼリーは固まっていた。牛乳寒天も全部成功している。

「どうして結だと成功するんだ！」

夏希ちゃんが髪を掻きむしる。その横で私は味見をした。スプーンですくって口に入れると、冷たさも充分だ。ゼリーはほろほろと口の上で崩れ、牛乳のシンプルなコクを砂糖の甘さが引き立てている。缶詰のみかんも郷愁を誘う味わいだ。

「美味しいよ。本音を言うと、一緒に牛乳ゼリーを食べられて良かった」

本来なら別の班だから、夏希ちゃんの料理を食べられなかった。だけど私が風邪を引き、夏希ちゃんが実習で失敗した結果、味わうことができたのだ。

「ん、そうか」

夏希ちゃんがくすぐったそうに頰を緩めた。

完成したデザートを三人で分ける。持ち帰るため、家庭科準備室でプラスチック容器を借りて移し替える。量が多いので家族と分け合う予定だ。

容器をバッグに入れ、家庭科室を後にする。

校門前で別れた時点で、太陽が沈みかけていた。西の空が青紫と黒の中間色に染まっている。私は帰路の途中で道を逸れる。そして推理の検証に必要な食材を買うため青果店を目指した。

4

牛乳寒天の実験をした翌日の昼休み、校舎裏で深呼吸をする。鼓動の音が大きくて、耳の近くに心臓が移動したように感じられた。

朝から陽射しが強く、梅雨明けを予感させるような大きな入道雲が浮かんでいた。そ

れなのに日陰になる校舎裏は湿っぽく、敷地と外を隔てるブロック塀には苔《こけ》が貼りつい
ていた。
スマホの時計に目を遣《や》ると、待ち合わせ時刻まで三分だった。時間の進みが遅く感じ
られ、先ほどから二十秒ごとに時計を確認していた。
緊張で背筋に汗が伝う。夏希ちゃんが隣にいたら心強いはずだ。だけど誰よりも夏希
ちゃんに真実を知られたくなかったから、一人で対峙《たいじ》することに決めたのだ。
「あ……」
校舎の角を曲がり、玉置くんが姿を見せる。顔に警戒がにじみ、普段より背中を丸め
ている気がした。近づくにつれ、心臓は爆発寸前になる。
「話って何？」
玉置くんは軽い調子で声をかけてきた。
今朝、玉置くんに調理実習のことで話があると声をかけた。戸惑う玉置くんに対し、
私は昼休みに校舎裏に来るよう告げてその場を去った。口に出す言葉は何度も練習した。
心臓の鼓動が止まらないけど、私は大きく息を吸い込んだ。
「夏希ちゃんの牛乳寒天が固まらなかったのは、玉置くんの仕業だよね」
「……どうしてそう思うんだ？」
玉置くんの態度は落ち着いていた。ひそかに安堵する。犯人扱いに対して、相手が激《げっ》

昂《こう》する展開も危惧していたのだ。怒鳴られたら私は、恐怖で何も言えなくなるはずだ。

「理由は、説明する」

胸に手を当てても、心臓はまだ落ち着いてくれない。過度の緊張で吐き気まで覚えるけど、私はゆっくり呼吸を繰り返す。

「まず、夏希ちゃんが調理実習に持ってきたのは、寒天じゃなくてゼラチンなんだ」

玉置くんが口元に手を当てて笑う。

「そんなの間違えるか？」

「夏希ちゃんは買い物の途中、とある事情で注意力が散漫だったんだ。加えて寒天が売り切れで、夏希ちゃんは初歩的な失敗をしてしまったの」

夏希ちゃんは確かに商品を間違えた。だけど箱には大きくゼラチンと書いてあるのだから、調理実習中に同じ班の人間が気づく可能性は高いはずだ。

だから私は早い段階で、中身の袋が箱から取り出されていたのだと考えた。

今回使ったゼラチンも寒天もスティック状のビニールで小分けに包装されている。文字は書かれているが読みにくいし、夏希ちゃんはきっと気にも留めない。どちらも透明に近い白色の粉末なので取り出せば区別は困難になる。

「玉置くんは調理実習がはじまってすぐ、夏希ちゃんと雑談したんだよね。そのとき食材の包装を開ける作業を手伝った。つまり玉置くんならゼラチンと寒天の買い間違いにいち早く気づいて、なおかつ人に気づかれないよう箱を処分することも可能だよ」

「なるほどな」

玉置くんが落ち着かない様子で、爪先で地面を何度か軽く蹴る。だけど表情にはまだ余裕があった。

「それで、俺がゼラチンに何をしたと言うんだ？」

「舞茸、だよね」

玉置くんの顔が強張り、足の動きが止まる。

「果物の酵素がゼラチンのタンパク質を分解するのは授業で習ったよね。そして教科書には載っていなかったけど、舞茸にも強力な酵素が含まれているんだ」

「牛乳に舞茸を入れたら目立つだろう。風味が特徴的だし、色も黒っぽい」

玉置くんがしかめ面で私を見る。それだけで呼吸が苦しくなって、この場から逃げ出したくなる。だけど両足に力を込めて踏ん張った。

「実験したら、酵素の溶けた水で成功したよ」

舞茸の酵素は水溶性なので、水に成分が溶け出すのだ。

私は舞茸の酵素を含んだ水と、熱してゼラチンを溶かした牛乳を用意した。容器を二つ準備し、一つには牛乳ゼリーの溶液だけ入れた。もう片方には牛乳ゼリーの溶液に、酵素の溶けた水を加えたものを注いで冷蔵庫に入れた。

「予想以上の結果に驚いたよ。舞茸を浸した水を加えたゼリーは、どれだけ冷蔵庫で冷やしても液状のままだったんだから」

酵素を含んだ水は数滴しか加えなかった。それだけでゼラチンを入れ忘れたか不安になるほど、牛乳ゼリーは全く固まらなかったのだ。

「私が舞茸を落としたとき、玉置くんが水洗いしてくれたよね。おそらくそのときの水が、舞茸を置いたプラスチックの容器に溜まっていたのだと思う」

舞茸にはヒダが多く、洗えば隙間に水が入り込む。水切りしても少量は残ると考えられた。時間が経過すれば酵素を含む水が底に溜まるはずだ。そして舞茸の酵素は少量でもゼラチンの凝固を阻害できる。

「茶碗蒸しが得意なんだよね。生の舞茸が卵の凝固を邪魔することがある。だから酵素のことを知っていたんだよね」

玉置くんは親戚の日本料理店を手伝うことがあると話していた。そこで舞茸の作用を教わる機会があっても不思議ではなかった。玉置くんがうつむいている。推理を続けるため息を吸うと、ふいに玉置くんが口を開いた。

「あのさ」

相手の一声だけで、私の言葉は喉に詰まった。

いやな想像が膨らむ。反論されるか、怒鳴られるか。推理に穴があっただろうか。充分に検討したつもりだけど、見逃しがあったかもしれない。

「あ、あの……」

一歩引き下がると、ブロック塀が背中に当たった。制服と苔が擦《こす》れる感触があった。

すると玉置くんが焦りながら近寄ってきた。

「そんなに怯えないでくれ。でも悪事を働いたのは俺だから仕方ないか。落合さんの指摘通りだよ。……俺が荏田のゼリーに手を加えたんだ」

玉置くんが認めた直後、急に膝から力が抜けた。

その場にへたり込みそうになるけれど、壁に身体を預けて踏み留まる。深呼吸を繰り返し、私は何とか気持ちを落ち着けた。


私は玉置くんと推理の答え合わせをした。

酵素を仕込んだのは、夏希ちゃんがピクルスの瓶を開けたときだった。蓋が開かないと騒ぎつつ、実際はきつく締めたという。夏希ちゃんの名前を出したのも玉置くんだった。そして瓶を開ける隙を狙い、酵素の溶けた水をバットに注いだのだそうだ。

仕掛けを考案したのは、夏希ちゃんの買い物袋にゼラチンを発見したときらしい。舞茸を水洗いしたことも思い出し、使えると考えたのだそうだ。調理実習で私の仕事を引き受けたのは、舞茸の水を確実に手に入れるためだったようだ。

私には夏希ちゃんを本気で心配しているように見えた。私の与《あずか》り知らぬところで、恨みを抱いていたのだろうか。玉置くんが強く目を閉じる。

「陸上部に戻ってほしかったんだ」

玉置くんは夏希ちゃんの動向を気にし続けていたらしい。調理部に入部しても二ヵ月で辞め、その後は活動を開始する気配もない。

「俺は荏田の才能を本気で尊敬していた。本人の意志が大事なのはわかっている。だけど陸上を続けてほしいとずっと願っていたんだ」

そんな折りに、私と等々力さんの会話が耳に入った。調理部に復帰したら、今度こそ定着するかもしれない。思い悩んだ玉置くんは、今回の仕掛けを思いついてしまう。

「理不尽な失敗をすれば、料理に対する興味が減ると思ったんだ。だけど俺が間違っていた。陰湿で卑怯《ひきょう》な行為だったと本気で後悔しているよ」

肩を落とす玉置くんは、普段より背丈が縮んでいるように見えた。その姿は心から悔やんでいるように感じられた。

「けじめはつける。荏田には正直に説明して謝罪するよ」

「その必要はないと思う」

「……どうしてだ？」

「どうしてなの？」

玉置くんが訝しげに眉根を寄せる。私が勝手に決めていいことではない。だけど私の脳裏には夏希ちゃんの笑顔が鮮明に浮かんでいた。

「玉置くんのことを、すごくいいやつだって話していたんだ。真実を知ったらきっと夏希ちゃんは辛い気持ちになる。だから言わないでほしい」

実害を被ったのは夏希ちゃんなのだ。本来なら真相を知る権利がある。隠蔽が余計なお世話なのは理解している。

「でもそれじゃ俺の気が——」

「あなたの満足なんてどうでもいい。私はただ夏希ちゃんに悲しんでほしくないの」

考えるより先に、言葉が口から出ていた。

玉置くんが息を呑む。動機が悪意から来たものなら夏希ちゃんに暴露していただろう。だけど玉置くんは悪人ではないと感じた。

辞めた事情は知らないけれど、夏希ちゃんは陸上部への復帰を今も望まれている。部に戻る選択肢もあるはずだ。もし真実を知ったら、玉置くんの存在は復帰の妨げになる。だから余計なしこりを残したくなかった。

「わかった」

玉置くんは苦い物を口に含んだときみたいな表情で頷いた。

予鈴が鳴り、私たちは正面玄関に向かう。現実感がなくて、宙に浮いたような感覚だった。あんな厳しい言葉が自分の口から飛び出たことが信じられない。

正面玄関が見えたところで、玉置くんが口を開いた。

「荏田のこと、よろしく頼む」

「え、えっと」

私が返事をする前に、玉置くんが走り去る。陸上部だけあって足が速く、追いつくのは無理そうだ。遠ざかる背中に向け、「がんばります」とつぶやいた。


放課後、帰り支度の途中で夏希ちゃんに声をかけられた。牛乳ゼリーの真相について聞かれたが、私は首を横に振った。

「ごめん。結局わからなかった」

ちゃんと嘘はつけただろうか。夏希ちゃんが難しい顔で首をひねる。

「結でも見抜けないことがあるんだな。まあ、結局成功したからいいか」

胸の痛みを感じるけれど、自分の選択を秘めることに決めたのだ。夏希ちゃんは軽そうなスポーツバッグを肩にかけ、私は教科書で重くなった通学バッグを手に持った。

色々な出来事が重なり、調理部への復帰を誘われたことを伝え忘れていた。私は興味があったけど、夏希ちゃんはどう考えるだろう。

夏希ちゃんの走る姿が好きだった。

長い手足を目一杯振り、全力で駆け抜ける姿は美しい。何よりそんなときの夏希ちゃんは満面の笑みを浮かべているのだ。

ローファーに履き替えて外に出ると、夕立が降りはじめていた。空は知らぬ間に厚い雲に覆われている。私たちはひさしの下で立ち止まった。

「やばい。傘を持ってない」

「大丈夫だよ。これを使って」

バッグから折り畳み傘を二本取り出す。梅雨の時期から念のため、バッグにしまい込んでいたのだ。我ながら心配性だと情けなくなるが、夏希ちゃんが忘れた場合に貸すのも想定していた。

「さすがは結だな。明日必ず返すよ」

夏希ちゃんが傘を受け取る。ロータリーが雨色に染まり、埃っぽい匂いが満ちている。私たちは正門までの短い距離を並んで歩いた。

できるなら二人で調理部に戻りたい。だけど陸上部が夏希ちゃんに一番相応《ふさわ》しいのはわかっている。本人の望みを知りたいけれど、正門を出る前に聞ける気がしない。遠くの雲が怖いくらいに黒色で、かすかに落雷の音が轟《とどろ》いた。

Natsuki

第五話　落ちない炭酸飲料を照らす

1

無造作に足を組み替えると、柑橘系《かんきつけい》の匂いが鼻先に漂った。大量にこぼした炭酸飲料がスカートにまで染み込んでいたらしい。

結の隣の座席を占領し、ノートを書き写しつつ教科書に線を引いた。十色のカラーペンは最初こそ色ごとに意味をもたせていたけれど、今は適当に使っている。結は自分の席で作業を見守っていた。

あたしには連想癖があった。

道を歩いていても目に入った物が記憶を刺激し、別の何かに考えが飛ぶ。そのせいで頼まれた買い物を忘れることなど日常茶飯事だ。

その癖は授業中でも顕著だった。教師の話を聞いていたはずなのに、いつの間にか別のことを考えはじめている。

今日の一限目の古文の授業でも、いつもの連想が発動した。『寄りて見るに、筒の中光りたり』という一文から、洗面所の蛍光灯が切れかかっていることを思い出した。替えを買おうと考えて、市内の家電量販店に寄らなきゃと思考が飛ぶ。

さらに前から欲しかったスピーカーのことを連想した時点で、もう教師の話は一切耳に入らない。気がついたら授業は終わっていて、机の上にあるノートは真っ白だ。日直も手早く黒板を消してしまう。

そのため直後の休み時間、慌てて結のノートを写させてもらうことになった。不真面目なあたしの頼みを、結はいやな顔ひとつせずに聞いてくれた。本当にいいやつだ。世話になりっぱなしなので、いつか借りを返さなくてはと思っている。

次の授業開始まで五分を切っている。必死に腕を動かしていると、誰かから肩を叩かれた。結かと思って顔を上げると別の顔があった。

「どうして、常磐《ときわ》がここに」

声をかけてきたのは同級生で陸上部の常磐千香《ちか》だった。

クラスは別で、部活を辞めて以来一度も喋っていない。結は見知らぬ闖入者《ちんにゅうしゃ》を前に、身を小さくして気配を消そうとしている。

「あんたが今日何時頃登校したのかと、登校前に何をしていたかを教えて」

常磐は細く鋭い眉毛ときつい目つきのせいか、黙っていても怒っていると勘違いされる。あたしも警戒心を顕わにしているが、常磐の態度にも明らかに険があった。

「どうしてそんなことを聞くんだ」

「いいから答えなさい」

　常磐の詰問口調に、結が困惑の表情で固まっている。結は両手を宙に浮かせ、止めるべきか迷っている様子だ。あたしはシャープペンシルを机に置いた。

「遅刻しそうだったから全力で走って、始業のチャイムと同時に教室に飛び込んだ」

　結が目を丸くしている。素直に答えたのが意外だったようだ。

「相変わらず遅刻常習犯なのね。というかあんた、なんで上だけ体操着なの」

　上が体操着で下がスカートというあたしの格好に、常磐が訝しげな視線を向ける。

「飲まず食わずで自宅を飛び出したせいで、途中で喉が渇いたんだ。それで通学路にある自販機でオレンジの炭酸を買って飲んだら、校門手前くらいで口元から派手にこぼしたんだよ。それで制服が濡れたから着替えたんだ」

「あんた、それマジで言ってるの？」

　常磐が愕然《がくぜん》とした表情を浮かべる。なぜ飲み物をこぼした程度で、そこまで驚かれなければならないのだ。すると黙って見守っていた結が口を挟んできた。

「あの、本当だよ。夏希ちゃんが教室に入ってきたらワイシャツがびしょ濡れで、しかもオレンジ色の染みになっていて目を疑ったから。えっと、担任の先生とクラスメイト全員が目撃者です」

　着色料と香料、甘味料で構成された無果汁のオレンジ味の炭酸飲料で、急いで一気に飲んだらむせて思いっきりこぼしたのだ。シャツが濡れた状態で注目を浴びるのはさすがに恥ずかしかった。

ホームルームの後、上だけ体操着に替えた。だけど肌着や皮膚に残った糖分がべたついたり、香料がふいに香りを漂わせたりするのが鬱陶しかった。

常磐が盛大にため息をつき、不機嫌そうにあたしをにらんだ。

「気になることがあっただけだから。よけいな詮索しないでよ」

常磐が背を向け、教室を出ていく。姿が消えた途端、結が深く息を吐いた。

「言い争いになるかと思った」

結の心配も仕方がない。常磐の居丈高な態度は、普段なら喧嘩になっていただろう。

「あいつとは色々あってな。でも何の用だったんだろうな」

ノートに視線を戻すけれど、書き写していた内容が頭から飛んでしまった。チャイムが鳴り響き、生徒が慌ただしく席に着く。

窓際に戻るあたしを、結が心配そうな眼差しで見送る。

自分の席から、誰もいない校庭を眺めた。陸上部時代に繰り返し聞いたホイッスルの音が、今にも響くような気がした。

次の授業が終わると同時に、玉置が教室に入ってきた。今日は妙に陸上部と縁がある。

玉置があたしの机に両手をついた。

「陸上部が大変なことになっているぞ」

「えっと。玉置くん、どうしたの？」

結も不思議そうな表情で席に寄ってくる。

玉置は社交的で、あたしが陸上部に在籍していたときも、男子部員の中では一番よく会話をした。人見知りの結もいつの間にか知り合いになっている。いいやつ同士が親しくなるのは喜ばしいことだ。玉置が周囲の様子を窺いながら声を潜めた。

「実は女子陸上部で、現金の盗難があったらしい」

「マジで一大事じゃないか」

あたしと結は自然と玉置に顔を寄せた。

「お金は部室内の金庫から盗まれたんだ。女子部内で箝口令《かんこうれい》が敷かれているけど、男子部に情報が漏れてきた。容疑者を絞っている段階なんだけど、そこで常磐がお前に話を聞きに行ったという噂を耳にしたんだ」

「あれは夏希ちゃんのアリバイを調べていたの？」

結が不快感を顕わにする。あたしを疑ったことに怒っているのだろう。

常磐の態度は確かに失礼だった。あたしを嫌っているだけかと思っていたが、現在進行形で犯人と考えているのかもしれない。思わず後頭部を乱暴に掻きむしる。

「常磐からの信用はゼロだからな。疑惑を向けられても仕方ねえよ」

「何かあったのか？」

玉置が興味深そうに訊ねてくる。今まで面倒で説明を避けていたが、絶対に隠しておくつもりだったわけでもない。

あたしは高一の終わりに起きた出来事を打ち明けることにした。


「一年の三学期の終わりに、女子部のコーチの結婚退職が決まったんだ。そこで一年の女子四人全員でお金を出し合って、プレゼントを贈ることにしたんだ」

去年、女子陸上部の一年生はあたしを含め四人だけだった。コーチは面倒見が良く、一年女子は世話になっていた。

そこで恩返しのため海外製のハンドブレンダーを買うことに決めた。ボウルや鍋に入れた食材を、潰したり混ぜたりできる便利な調理家電だ。値段は一万二千円もするが、コーチが前に欲しいと話していたのだ。

「都内にそのブランドの専門店があったから、近くで用事があったあたしが代表して買いに行くことになったんだ。部活の後に全員から三千円ずつ預かったんだけど……」

当時の居たたまれなさを思い出し、つい上履きのゴム底で何度も床を叩いてしまう。

「あたしはみんなのお金を失《な》くしたんだ」

　部活の後にみんなとカラオケに行き、夕飯前に自宅に戻った。そして自室で封筒をスポーツバッグから外出用のバッグに入れ替えようと考えた。そこで一万二千円の現金が封筒ごと消えていることに気づいた。

「血の気が引いて、心当たりを探した。来た道や駅に戻って、カラオケ店も確認した。だけど結局見つけられなかったんだ」

あたしはみんなに連絡し、お金の紛失を謝罪した。

　全て自分で払う心づもりだったが、手持ちが足りなかった。お年玉はシューズや練習器具に費やしていた。親にも言えなかった。小遣いでは足りず、返済を約束した上でみんなから再び集めるしかなかった。

「お金を出してくれた三人のうち、二人は謝罪と提案を受け容《い》れてくれた。失くしたのは仕方ないからと、自分で払う必要はないとまで言ってくれた。だけど常磐は大反対して、烈火のごとく怒ったんだ」

　ほんの数時間で一万二千円も紛失したのだ。激怒するのも無理はない。さらに常磐は団体行動でのミスや練習での指示忘れなど、部活でのあたしの失敗を指摘しはじめた。

　常磐は生真面目な性格で、普段から自分を厳しく律していた。だからあたしのいい加減さを腹に据えかねていたのだろう。鬱憤が溜まっていたのか、非難は周囲が制止するまで続いた。

「だからあたしは、部活を辞めたんだ」

結が口をあんぐりと開ける。玉置も似たような表情のまま固まっていた。

「ちょっと待ってくれ。そんな理由だったのか」

「意外か？」

「えっと、私も部活を続けるほうが、夏希ちゃんらしい気がする」

椅子の背もたれに身体を預けると、湾曲した木の感触が背中に当たる。

「昔から、他人を怒らせてばかりいるんだ」

小学校の頃から約束を忘れることが多かった。遅刻も繰り返したし、とりわけ失くし物がひどかった。友達から何かを借りると必ず魔法のように消え失せるのだ。

自宅では気を張って工夫し、家族に迷惑をかけないよう注意している。そのおかげで人並みに生活できているが、集中力を使い果たして学校では力尽きてしまう。

「今までもあたしのミスが原因で、色々な場所で空気をわるくしてきた。だから邪魔になっていると感じたら、関係を断つことにしているんだ。あたしが消えれば問題は解決するからな」

部活動を辞めたのは高校の陸上部が初めてではなく、中学時代も似たような理由で退部した。調理部を辞めるまでの時間は自分でも最短記録だ。

「あ、お金は数ヵ月かけて全員に返したぞ。それに部活を辞めたのは、家の手伝いが忙しいのもあるからだ。冬くらいから父さんが単身赴任中でさ……」

結の目元が潤んでいることに気づき、小さく咳払いをした。結との関係だってわからない。つい甘えてしまうが、もしも結があたしを鬱陶しく感じるようになったら、すぐにでも身を引くつもりでいる。

「要するに常磐の心証は最悪なんだ。それに部室の金庫の暗証番号は部員しか知らない。あたしは開けられるから、疑われても仕方ないな」

唐突に結が腕を伸ばし、あたしの手を握った。結の指は冷たかった。真っ直ぐに見つめてくる。薄い色の虹彩は相変わらず綺麗で、いつものように見入ってしまう。

「夏希ちゃんはもう陸上部を辞めているんだよ。疑われるなんて納得できない。私たちも調べて、理不尽な容疑を晴らそう」

結が手に力を込めるけど、小学生みたいに握力が弱い。

「お、おう」

反射的に同意していた。結は勇ましく唇を固く結んでいる。

何度か一緒に捜査めいたことをしてきたが、これまで結は基本的に受け身だった。だから自分から積極的に調査を申し出ることが意外だったのだ。

チャイムが鳴り、短い休憩時間が終わった。玉置が慌てて教室を出る。あたしと結は事実関係を知るため、昼休みに陸上部の部長の元へ向かうことにした。

2

校庭の花壇にある紫陽花《あじさい》の花が萎《しお》れていた。花壇の傍らに立つ女子陸上部の間藤《まとう》部長はスタイルがよく、遠くからでも目を引いた。

「荘田は元気そうだね」

近づくと間藤部長が日に焼けた顔で爽やかに微笑んだ。

「どうも」

あたしもそれなりに長身だが、間藤部長はさらに十センチくらい背が高い。さらさらのショートヘアに涼やかな瞳という王子様みたいな見た目で、年下の女子から絶大な人気がある。

「常磐が話を聞きに行ったようだね。喧嘩にはならなかった？」

「別に平気っす。ただ火の粉が降りかかりそうなので状況を知りたいんです。それとこいつは友達なんで一緒に話を聞かせてもらいますね。無駄に言いふらすようなやつじゃないので気にしないでください」

あたしが指差すと、結が小さくお辞儀をした。間藤部長が結を一瞥《いちべつ》する。

「荘田の友達なら信用できるか。昨日の放課後、ＯＧが遊びに来たんだ。大和《やまと》さんを覚えているか。練習後の私たちに、校内の自販機でジュースをおごってくれたんだ」

「ああ、大和さんなら昨日喋りましたよ」

「そうなのか？」

　間藤部長が目を大きく開く。大和さんは太っ腹な人で、陸上部時代に何度かハンバーガーを御馳走《ごちそう》になったことがある。

「帰ろうとしたら正門近くで声をかけられたんです。あたしがまだ陸上部だと思っていたみたいで、辞めたと伝えたら残念そうにしていました」

　昨日は放課後すぐ帰ったから、大和さんが陸上部に顔を出す直前だったのだろう。

「そうだったんだな。大和さんは顧問の先生に内緒で、来月の大会後の打ち上げの足しにするようにと言って小遣いをくれたんだ。私は部長として何度もお礼を述べて、陸上部の部室で保管したわけだ」

　顧問に知られたら部費として消えてしまい、打ち上げには使えなくなるらしい。間藤部長は受け取った千円札五枚を封筒に入れ、部室の棚にあったダイヤル式の金庫にしまった。

　金庫はあたしの在籍時からある部の備品だ。普段はほぼ使わず、用途不明の古びたファイルや書類くらいしか入っていない。他校との合同練習や特別コーチを招聘《しょうへい》した際に、貴重品を保管するために使うくらいだった。

部費や遠征費の管理は顧問が行うため、今回のように現金を入れる機会は稀《まれ》らしい。暗証番号は口伝えで広まっていて、部員の誰が知っているか把握できていない。あたしも知っていたので、常磐が容疑者と考えるのも無理はない。

大和さんが来た日の翌朝、つまり今朝、女子陸上部は早い時間から校庭で汗を流した。練習中、部室の鍵は開いていた。校内なので油断していたと間藤部長は反省している様子だ。

練習が終わる少し前、間藤部長は足首に湿布を貼るため先に部室へ引き上げた。同じように足をひねった常磐もアイシングのため同行したらしい。

部室に入った部長は、金庫のダイヤルを見て違和感を覚えた。

簡易金庫は三十センチ四方くらいの小さな箱で、ダイヤル四桁を合わせて解錠する形式だった。間藤部長は前日、金庫を閉じてから適当にダイヤルを回した。そのときに偶然、最初の三桁が4で揃ったらしいのだ。

「何となく覚えていただけなんだが、朝練の時点で数字が変わっていた。不審に思って金庫を開け、中身を確認したら封筒から五千円が消えていたんだ」

黙って話を聞いていた結が、小さく手を挙げた。

「お金が金庫にあったことは、女子部員は皆さん知っていたのですか？」

「全員の前で声高に宣言はしてないが、副部長に説明した上で金庫にしまった。近くにいれば聞こえたと思うけど、誰がそばにいたかまでは覚えていないな」

結が続けて質問を投げかける。

「朝練習での部員さんたちのアリバイ証明は難しいのですか？」

「うちの朝練は各部員の自主性に任せている。先輩の指示を仰いでもいいし、自主的な基礎トレや休養に充てても構わない。栄養や水分の補給、お手洗いで練習中に抜けたり、休憩を長めに取っても誰も咎《とが》めない」

朝練習を自主性に任せる方式は間藤部長が導入したものだ。やる気を伴ってこそ練習の能率が上がるという考えに基づいているようだ。

部室棟は校舎が遮っているため校庭から死角になっている。練習中でも部室には出入りができるし、登校しているが朝練に参加しなかった部員もいたらしい。

「本来なら来月の大会まで、紛失が判明しなかった可能性は高いでしょうか？」

結の問いかけに、間藤部長が口元に手を当てた。

「……そうなるね。打ち上げに使う話はみんな知っていたし、前にも同じような状況で顧問には提出せず、金庫にお金を保管したことがあった。封筒も残されていたし、私が偶然異変に気づかなければ、大会まで露見しなかったように思う」

「ありがとうございます」

結が丁寧にお辞儀をする。聞きたい情報が得られたようだ。

現在は顧問と部長が相談し、今後の対応を検討中だという。現金の盗難だから警察に通報してもおかしくはないが、顧問は部内の問題として穏便に済ませたいらしい。

協力への感謝を告げると、間藤部長が微笑んだ。

「荏田が元気そうで安心したよ」

「あざっす」

小さく会釈し、踵を返す。正面玄関まで歩くあいだ、結は何度も背後を気にしていた。

「格好良い人だったね」

「そうだな」

突然辞めると告げたあたしを、間藤部長は引き留めなかった。去る者を追わない性格はありがたかったが、気にかけてくれてもいたらしい。

「ただ、ＯＧさんと会ったことを話したのはよくなかったかも」

「どうしてだ？」

「部室にお金がある事実を、夏希ちゃんが知っていたかもって思われるから」

「大和さんから小遣いの話なんて聞いてないけどな」

事実を伝えただけだが、相手が曲解すれば疑惑に変わるのだろう。

顧問は気難しい性格なので、何も教えてくれないことが予想できた。そこで女子部員に話を聞くことにして、二年生の高橋《たかはし》なぎさの元へ向かった。数少ない同学年の陸上部員の一人で、あたしと同じ中学の出身でもある。

「教室は確かここだったな」

覗き込むと、なぎさは友人と弁当を食べていた。中学時代からのトレードマークであるシュシュは今でも髪につけているようだ。外出先で可愛いものを見かけるとつい買ってしまうらしく、しょっちゅう違うデザインのものを身につけている。

ペットボトルに口をつけるなぎさに廊下から呼びかけた。

「よお、なぎさ」

「夏希？」

なぎさは友人に断りを入れ、ペットボトルを手にしたまま小走りに駆け寄ってきた。

「ひさしぶり。突然どうしたの。ていうか今朝、びしょ濡れじゃなかった？　なんかシャツが黄色っぽくなってたし」

「ちょっとオレンジの炭酸をこぼしただけだ」

恥ずかしいことに見られていたらしい。なぎさがくすくすと笑う。

「相変わらずそそっかしいね。それでわたしに何か用事かな」

女子陸上部で起きた事件で、あたしが疑われているらしいことを説明する。無実の証明のため事件を調べていると話すと、なぎさは苦虫を噛みつぶしたような顔をした。

「常磐ちゃん、あんたが部を辞めたことを怒ってたからなあ。それの当てつけかもしれない。普段はいい子なんだけど、感情のコントロールが苦手なんだよね」

なぎさは事情を汲《く》み、知っていることを教えてくれた。あたしの背後で黙っている結の存在には特に触れる気がないようだ。

間藤部長の言った通り、朝練は各部員の裁量に任されていた。そのため各々のアリバイを特定するのが難しい状況らしかった。

「部長や顧問は部員たちの証言を集め、すり合わせた上で実行可能な人物を割り出そうとしているんだ。だけど多くの部員にアリバイがなかったり、証言の矛盾が出て難航しているみたい」

陸上は個人競技である以上、練習中の意識は自分に向く。集団でのトレーニングでなければ他人の行動など覚えていないだろう。

さらに今年は一年生が十一人もいるという。三年生は七人で、二年生はあたしが抜けて現在三人だ。女子陸上部は総勢二十一人も在籍していることになる。その大半が自由に動けば、全員のアリバイを正確に特定するのは困難だろう。

「なぎさがわかる範囲だと、誰のアリバイが判明してるんだ？」

「わたしは一年二人に指導していたから容疑から外れるね。常磐ちゃんは間藤部長と練習していたみたい。郁《いく》ちゃんのアリバイも常磐ちゃんが証明していたよ。この前膝を痛めたのが心配で、ずっと様子を窺っていたみたい。あとはちょっとわからないな」

「笹森《ささもり》はすぐに無理するから、常磐も心配なんだろうな」

残るもう一人の同学年の女子部員が笹森郁だ。去年も練習や本番で無理をして怪我を繰り返していた。常磐が口うるさく注意しても聞かず、毎回怒られていた。

なぎさがペットボトルに口をつけると、飲み口からほのかに柑橘系の香りが漂う。以前からなぎさが愛飲していたスポーツドリンクの匂いだ。人工香料が強烈で、校内の自動販売機にはスポドリはこれしかなかった。

「夏希は最近何をしているの？」

「別に何も。毎日適当に過ごしてるよ」

「そっか」

なぎさが指でペットボトルの蓋をいじる。いつものように爪が綺麗に整えられているが、突き指でもしたのか人差し指にテーピングをしている。あたしも以前は身体のどこかを大なり小なり痛めていた。

意を決した様子でなぎさが口を開いた。

「前から聞こうと思ってたんだ。中学時代にもバスケ部を途中で辞めていたよね。だから陸上部に誘ったこと、迷惑だったんじゃないかって」

中学時代も人間関係が理由で二年の秋にバスケットボール部を退部している。当時、なぎさはあたしの俊足に目をつけていたらしい。すぐに熱烈なオファーを受け、陸上部に移った。そこから頭角を現し、三年の大会で好成績を残すことができた。

「走ること自体は好きだから感謝しているよ。高校で陸上部に入ったのも自分で決めたことだしな」

なぎさが弱々しく笑みを浮かべる。

「そう言ってもらえて安心した。せっかくだから郁ちゃんにも会ってやってよ。郁は夏希を恩人と思ってる。辞めて一番ショックだったのは多分あの子だよ」

「ん、わかった」

「約束だよ」

なぎさがあたしの背中を叩き、教室に戻っていった。

間藤部長となぎさの話を聞く限り、これ以上の聞き込みは意味がないように思えた。部外者が二十一人の部員全員から話を聞くのは現実的ではない。

結と相談し、最後に念のため笹森の元に向かう。歩きながら伸びをすると、オレンジの匂いがしつこく鼻先をかすめた。

「みんな仲が良かったんだね」

「同学年は四人だけだったしな。ただ笹森は人懐こいから、誰が辞めても悲しむと思――」

目的の教室の手前で、突然行く手を遮られる。顔を真っ赤にした常磐だった。

「よけいな詮索はしないでって言ったでしょう。なんで部長に会ったの」

間藤部長から伝わったのだろう。常磐は怒り心頭のようだ。すると意外なことに、結が一歩前に出た。

「証拠もなく疑われたんだから、自衛のためだよ」

「関係ない人は黙ってて」

「うう……」

常磐に凄まれ、結が一歩引き下がる。結にしてはがんばったほうだろう。あたしは二人の間に割り込んだ。

「うちらが勝手に調べているんだ。常磐に妨害される筋合いはない」

「いいから手を引きなさい」

常磐が踵を返し、肩を怒らせて去る。結が涙目で胸に手を当てて深呼吸をしている。常磐に食ってかかってくれたことが嬉しくて、結の肩に腕を回した。

「わっ。えっと、何？」

見開かれた結の瞳は薄い虹彩が涙で覆われ、きらきらと光を反射していた。結の瞳は相変わらず綺麗だ。

「ありがとな」

身体を離し、目当ての人物を捜して教室を覗き込む。

笹森はすぐに見つかった。一人で席にいて、水筒を口にしながら教科書を開いている。あたしが声をかける前に、笹森はこちらに顔を向けて目を丸くした。

「夏希ちゃん！」

水筒を口から慌てて離したせいで、中身がこぼれたらしい。ミニタオルで拭いてから、小走りで廊下に出てきた。

「相変わらず落ち着きがないな」

「夏希ちゃんに言われたくないよ」

頬を膨らませる懐かしい顔に、思わず口元が綻ぶ。笹森とは何度も一緒に食事をした。そのたびに食べ物や飲み物をこぼし、常磐が口を尖らせながら面倒を見ていた。

背中に隠れる結を紹介すると、笹森は「はじめまして」と笑いかけた。

「ひょっとして例の件かな。千香ちゃんが話を聞きに行ったんだってね。陸上部の不祥事に、辞めた人まで巻き込んでごめん」

笹森が悲しそうに目を伏せる。

「でも千香ちゃんを嫌いにならないで。あの後も言いすぎたと反省していたから」

「常磐の口のわるさは知ってるよ」

あたしは笹森の膝に巻かれたテーピングを指差した。

「怪我は平気なのか」

「少し痛めただけだから」

「無理すんなよ」

不安だが、常磐やなぎさ、間藤部長がいれば心配は要らないだろう。

念のため犯人の心当たりを訊ねたが、笹森は首を横に振った。

「わかんない。夏希ちゃんが調べたなかに怪しい子はいた？」

「部外者の聞き込みには限界があるよ」

「そうだよね。盗みなんて何かの間違いであってほしいな。でもそういえば今調べている間藤部長が、練習中の栄養補給について気にしていたな」

「どういうことだ？」

初耳の情報だ。間藤部長は女子部員に、練習中に摂《と》っていた飲食物について確認していたというのだ。あたしは部に在籍していた頃を思い返す。

「そういえばみんな、練習の前におにぎりとかパン、ビスケットなんかで腹ごしらえをしていたな。笹森は相変わらずレモンの蜂蜜漬けか」

「お母さんの手作りだからね」

笹森はよくレモンの蜂蜜漬けをプラスチックの容器に入れ、練習に持参していた。熱湯で表面をよく洗ったレモンを薄切りにし、蜂蜜に漬け込んだものだ。

「懐かしいな。あれかなり美味かったんだよなあ」

「そう言ってもらえると嬉しいな。きっとお母さんも喜ぶと思う」

笹森が満面に笑みを浮かべる。糖分とクエン酸が疲れた身体に最適だと、笹森の母親が持たせているというのだ。運動が苦手だったのに、体育会系の部活に入ったことを心配されているらしい。

それから笹森が、指折り数えて飲み物の種類を挙げる。

「部員たちの主流はスポーツドリンクだね。でもカロリーが心配で控えている子も多いんだ。他は麦茶やミネラルウォーターあたりかな」

部活のときの飲み物はそれぞれ違っていた。

なぎさは毎回自動販売機でペットボトルのスポーツドリンクを買い、常磐は粉末タイプのスポーツドリンクを溶かして水筒に入れて持ってきていた。あたしは最初こそスポーツドリンクを用意していたが、いつも自宅に忘れるため面倒になって途中から校内の水道で済ませていた。

「あのさ」

笹森はうつむき、不安そうに訊ねてきた。

「実は今度、千香ちゃんやなぎさちゃんと一緒に遊園地に行くんだ。この件が解決して疑いが晴れたら、……夏希ちゃんも一緒にどうかな」

「遠慮しておく」

笹森の好意はありがたいが、あたしから関係を断ったのだ。今さら戻れる気はしない。

笹森は「そうだよね」と悲しげに頷いた。


昼休みは残り五分を切り、廊下を歩く生徒の足が速くなっていた。

「笹森さんは、夏希ちゃんを慕っているんだね」

「一年のはじめに色々あってな」

あたしと笹森は去年、同じクラスだった。

笹森は一部の女子から使い走りをさせられていた。同じ中学出身のグループで、過去の力関係を高校にまで持ち込んだ結果のようだった。

笹森は朗らかな性格で、他人に強く出られない。シングルマザーの母親に不要な心配をかけたくないという思いもあったようだ。だから相手の言うままに従っていた。

「ある日、笹森が教室で、学校の外まで消しゴムを買いに行くように命令されていた。あまりに目障りだったから馬鹿どもに苦情を言ったんだ」

「……なるほど」

結が遠い目になる。これまでのあたしの立ち回りを思い返しているのだろう。

子供じみた行為を止められればそれで充分だった。だけど相手の女子が泣き出して、教師が介入する羽目になった。やりすぎだと叱られたが、その後は笹森が虐げられることはなくなった。

「直後に笹森が陸上部に入ってきたんだ。あたしとつるむようになった笹森になぎさが目をつけて、知らぬ間に誘っていたらしい。最初は運動に不慣れだったけど、半年後には長距離でいい記録を出すようになったんだ」

笹森が加わり、女子陸上部の新入生は四人になった。当時の二年や三年が大人数だったため、数の少ない一年女子の結束は自然と固くなった。

練習後にカラオケやファストフード店に行き、お喋りしようと提案したのは常磐だったように思う。笹森は中学時代から友人関係で不快な思いを強いられてきた。常磐は一見すると堅物だが、笹森を気遣って楽しませようとしていたのだ。

笹森が出場した初めての大会を思い出す。弱気な言葉を並べる笹森を三人で励ましたのだ。そのとき常磐は珍しく、顧問の口真似をして笹森を笑わせていた。笹森も緊張をほぐすため、練習のときと同じようにレモンの蜂蜜漬けを口にしていた。その結果、本人が事前に立てた目標よりずっと速いタイムを叩き出した。

お祝いで立ち寄ったファミレスでの思い出は、今でも胸に残っている。

教室に戻るのと同時に、午後の授業のはじまりを告げるチャイムが鳴る。あたしは気を散らさないよう注意しながら、教師の話に耳を傾けた。

ホームルームの後に帰り支度を整えていると、教室に玉置が飛び込んできた。報告に耳を疑う。盗まれた五千円が部室に戻ってきたというのだ。

3

放課後の教室は人がまばらで、玉置が空いた椅子に勝手に腰かけた。

「午後の授業の途中で、顧問が備品確認のため部室を訪れた。それでドアを開けたら、千円札が五枚落ちていたそうなんだ」

現金は部室のドアの隙間に差し込まれていたらしい。

「怖くなって返したのかな」

結が首をひねる。本来なら大会まで、盗みが明るみに出なかった可能性が高い。当初から犯人はそれまでにお金を返す気で、発覚は予想外だったのかもしれない。

玉置が神妙な顔で腕を組んだ。

「お金も戻ってきたし、顧問としてはこのまま沈静化を図りたいらしい。下手に犯人捜しをするより、なかったことにしたいんだろうな」

陸上競技の経験がないのに、割り当てられて顧問を引き受けた先生だった。思い入れのない部活で波風を立てたくないのだろう。

「間藤部長は納得するのかな」

玉置がしかめ面で頬杖《ほおづえ》をついた。

「あの人は澄ました顔をして正義感が強いからな。昼休みくらいまでは動機、つまり金銭面で困っている部員を調べていたみたいだ。だけど高校生なんて全員金欠だよな。お金に不自由していないのは、小遣いが無制限って噂の高橋なぎさくらいだろう」

女子陸上部から男子陸上部に情報が筒抜けだ。

「あいつは親が金持ちだからな。実は去年はあいつの遊ぶペースに合わせるのがきつかったんだよな。常磐と笹森はアルバイトしていたけど、我が家は禁止だったから」

三回に一回は金欠を理由に遊ぶのを断っていた。高価なハンドブレンダーを選んだのもなぎさで、本人に悪気はないが両親の影響で金遣いに無頓着なのだ。

「なぎさはカラオケも駅前の高い店を選んで、フードも気にせず注文していたからな。あたしはなるべく路地裏のビルの安いカラオケ店に誘導していたよ」

「夏希ちゃんってカラオケ行くんだ」

「歌くらい唄《うた》うよ」

スマホを取り出し、フォトアルバムを開く。カラオケボックスの画像を探すと、常盤たちと最後に遊んだときのものにたどり着いた。

画像を表示させ、スマホを結たちに差し出す。

なぎさがマイクを持ち、靴を脱いでソファの上に立っていた。常磐はその傍に座り、もう一本のマイクを手に唄っている。笹森は笑顔で手拍子していて、テーブルの上にはポテトチップスなどのスナック菓子と、あたしの白色のスポーツバッグが載っていた。

「楽しそうだね」

部屋は全体的に薄暗く、壁に花の模様が光っている。白い壁紙がブラックライトに照らされると発光してインクが浮かび上がるのだ。

「あいつらと遊んだ最後のカラオケだな。他にも写真は何枚かあるぞ。持ち込み自由のカラオケボックスで、値段も安いからよく利用していたんだ」

関係を断った相手のことは、極力考えないようにしている。だから画像は敢《あ》えて消すこともなく、スマホの中に放置し続けていた。

「去年、何度か行ったところかも。持ち込み自由だけどフードが美味しいから、つい頼んじゃうんだよね。調理部の前の部長さんの親戚が経営しているんだって」

「すれ違ったことくらいあったかもな」

結が何を唄うか興味があった。今度カラオケに誘ってみよう。

すると横からディスプレイを覗き込んでいた玉置が眉を上げた。

「笹森ってネイルなんてするんだ。ちょっと意外だな」

「そうだったか？」

「あ、本当だ」

結も同意したので画面を覗き込む。メインの照明を暗くしていたせいで、ブラックライトのみで室内が照らされている。

画面が小さくて見えにくいが、笹森の指先が青緑色になっていた。

「笹森はこんな派手なネイルをしていたかな。なぎさは何度かやっていたけど」

なぎさが一時期ジェルネイルに凝って、連休前に爪をストーンなどできらびやかに飾っていたことがある。ただ落とすのが大変だからと徐々にしなくなったのを覚えている。

そこで結が突然首を傾げた。

「テーブルに載っている白いスポーツバッグは誰の物？」

「あたしのだけど」

陸上部時代、白いエナメルのバッグを愛用していた。教科書は学校に全て置いていたので、スポーツバッグだけで登下校していたのだ。

「ちょっとごめんね」

結がディスプレイをスクロールすると、カラオケの他の写真が表示された。なぎさがタンバリンを振り回し、笹森が蓋の閉まったプラスチック容器をバッグに入れている。あたしと常磐が同時に熱唱する顔も大写しで撮影されていた。

「お菓子が光ってる……？」

結がつぶやくので覗き込むと、テーブルに置かれた皿の上のお菓子の一部が光っていた。大皿にポッキーとポテトチップス、柿ピー、アルファベットチョコレートが入っている。そのなかで柿ピーのピーナッツが青白く光っている気がした。すると玉置が、したり顔で人差し指を立てた。

「一部の食品はブラックライトの紫外線で光るんだ。ピーナッツや胡桃《くるみ》なんかのナッツ類も反応するはずだ」

「玉置にしては詳しいな」

「俺にしてはって何だよ。地学の授業で鉱物を調べるためにブラックライトを使ったとき、先生が話していたのを覚えていたんだよ」

「紫外線……」

結がぼんやりとつぶやき、自分のスマホを取り出した。それで何かを検索した後、あたしのスマホに目を向けた。

「夏希ちゃん、休日に遊んだ写真が他にもあったら見てもいい？」

「構わないぞ」

スマホを操作し、過去の画像を漁った。そして休日に一緒にパンケーキを食べたときの写真を表示させる。

なぎさと常磐が巨大なパンケーキに目を輝かせ、笹森は手の甲についたホイップクリームを行儀わるく舌で舐め取っていた。明るい店内にいる笹森は、ネイルもメイクもしていない。結がしかめ面で腕を組む。

「まさか……」

「お邪魔するよ」

突然廊下から呼びかけられた。出入口に目を向けると、廊下に間藤部長が通学カバンを手に立っていた。間藤部長が玉置を見て首を傾げる。

「男子陸上部の玉置だよな。荏田と仲が良かったんだな」

「ええ、まあ。友達ですから」

玉置が愛想笑いをする。女子陸上部の情報を流していたことが後ろめたいのだろう。間藤部長は近くの机にお尻を軽くのせた。他の生徒はいつの間にか教室からいなくなっていた。

「盗難の件では騒がせてしまったね」

「お金は無事に戻ったみたいっすね」

「それは良かったんだが、犯人はまだ不明なままだ。顧問はこれ以上調べる気がないようだけどね。ところで荏田に質問があるんだ」

間藤部長がカバンからクリアファイルを取り出すと、千円札が五枚挟んであった。

「部室に返却されていたお金だ。大和さんが渡してくれた際に、全て折り目がなかったことを覚えている。ＡＴＭから引き出したら、たまたま全部新札だったらしい。これも新札だから、今朝盗まれたお札の可能性が高いと思う」

新札だと知っている人は大和さんと間藤部長、そして盗んだ犯人だけらしい。折り目のない新しい札を準備する手間を考慮すれば、同じ紙幣と考えて間違いないだろう。

「受け取ったときは綺麗だったと記憶しているが、戻ってきたお札には何らかの液体が染み込んだ痕跡があるんだ」

間藤部長がファイルを差し出した。確かにお札の端に染みがある。それから間藤部長が声を潜めた。

「実は意図的に隠していた情報があってね。金庫を開けたとき、指先が少々べたついたんだ。水に溶けた砂糖が手についたときの感触といえば伝わるかな」

「砂糖？」

とっさに、炭酸飲料をこぼしてベトベトになったシャツが詰め込まれた自分のバッグに目を向ける。結も同じ連想をしたらしくあたしを見た。

「盗難の手がかりがほしかった私は、指先に鼻を近づけた。すると、かすかだが柑橘系の匂いがしたんだ。さらに金庫に入っていたプラスチックのファイルにも、謎の液体が付着していた。こちらも同じ匂いがしたよ」

誰も開ける用事がない金庫から、現金が盗まれた。そこに謎の液体が付着していれば、犯人が残したと考えるのが妥当だろう。間藤部長が教室の黒板に目を遣った。その壁の先にはなぎさのクラスがある。

「高橋なぎさから聞いたんだが、荏田は今朝、オレンジの炭酸を制服にぶちまけたらしいな。それに荏田は大和さんが昨日学校に来たことも知っている」

結が危惧していたように、大和さんに会ったと迂闊《うかつ》に喋ったことがあだになったようだ。

「ちょっといいですか」

間藤部長の指摘が続くなか、玉置が口を挟んできた。

「部活中にスポーツドリンクを飲みますよね。糖分は高いし、校内の自販機で買えるのは柑橘系の香料が強烈です。つまり女子陸上部にも容疑者はいるはずです」

間藤部長は余裕の表情で首を横に振った。

「残念だがスポーツドリンクを飲んでいたり、甘いものを食べていた部員は全員のアリバイが証明されている。アリバイがない部員は、麦茶か水を摂っていたんだ」

間藤部長は声こそ荒らげないが、有無を言わせない圧迫感があった。

練習中に摂っていた飲食物を調査していたのは、現場に残された謎のべたつきと香りを調べるためだったのだ。物的証拠の存在は、あたしにとって分がわるいように思えた。

「あ、あの」

結が小さく手を挙げてから、何度か深呼吸をした。

「夏希ちゃんは犯人じゃないです」

「否定する根拠でもあるのかな？」

余裕のある間藤部長と対照的に、結の声は震えていた。傍目《はため》でも無理しているのが丸わかりだ。

　初対面に近い相手に意見するのは、結にとって苦痛のはずだ。それなのに顎を上げ、間藤部長に正面から向き合っている。

「私が無実を立証します。そのために部室を、調べさせてください」

「構わないよ。証明できるものならね」

　結が一歩近づくと、間藤部長が余裕の表情で頷いた。


　教室を出る際、あたしは結に指示を受けた。ある物を借りるため職員室に走る。そして地学担当の教師に頼み込み、不審がられながらも目当ての物の入手に成功した。

　玄関で靴を履き替え、部室棟に到着すると他の面子が待っていた。

　部室のドアを開けると、スニーカーやユニフォーム、トレーニング器具が乱雑に置かれていた。数ヵ月前と何も変わっていない。運動部特有の汗と埃の混じった空気を懐かしく感じた。

　部屋の奥にある棚に金庫が置いてある。簡単に持ち運べる安物で、今は開けたままになっていた。なかを覗いたが以前と同じで、古びた書類やファイルが入っているだけだ。

間藤部長の言うファイルに付着した液体は、蒸発したのか痕跡がない。

「盗まれたお金を並べてください。夏希ちゃんは今朝濡らしたシャツをバッグから出してもらっていいかな」

「わかった」

オレンジ色に染まったシャツをバッグから取り出す。簡単に水洗いしたのだが、香料の強い匂いはまだ落ちていなかった。

間藤部長が部室にある机の上に千円札を並べる。結が小さな窓に目を向け、安堵の表情を浮かべた。

「よかった。窓にカーテンはありますね。ドアとカーテンを閉めてから、蛍光灯を消して部屋を暗くしてください」

間藤部長がカーテンを、あたしはドアを閉めた。

「例の物をお願いできるかな」

「おう」

地学教師から借りたブラックライトを結に手渡す。手のひらサイズのプラスチックケースに、小さな直管蛍光灯がついていた。

「ありがとう」

玉置が電気を消すと、部室内は闇に包まれる。密閉された空間は蒸し暑く、あたしは体操着の襟ぐりを摘んで何度か扇《あお》いだ。

結がブラックライトのスイッチを入れ、青紫色の光線を机の上に照射する。

「なんだこれ」

目の前の光景に声を漏らす。紫外線に照らされた千円札は、印影の部分がぼんやりと発光していた。すると結が口を開いた。

「紙幣には偽造防止用に、ブラックライトで光るインクが一部分で使用されているの。でも紙に小さく染みた程度じゃ難しいか」

結が不安そうな声でつぶやく。表情からこの実験が、確証のない賭けであることが伝わってきた。暗い部室で間藤部長が結に訊ねる。

「何を調べようとしているんだ？」

「特定の食品は、紫外線に照らされると発光するんです。ナッツや熟した柑橘類、蜂蜜、そしてビタミンB_2を含むエナジードリンクなどが該当します」

結がライトを当てると、金庫のダイヤルキーがぼんやりと青緑色に発光した。さらに金庫に入っていたファイルの一部は、ダイヤルより強く光っていた。

「よかった。こっちは反応した」

結が安堵のため息を漏らす。

続けて結があたしのシャツにライトを当てるが変化はなかった。

「夏希ちゃんのこぼしたオレンジの炭酸は無果汁で、ビタミンB_2も蜂蜜も入っていないから発光しません。つまり夏希ちゃんと金庫を開けた人物は別人なんです。シャツを水洗いしてあるのが不満なら、同じ飲み物にライトを当ててもいいですよ」

結がライトを消すと、玉置が部屋の明かりのスイッチを点《つ》けた。間藤部長の険しい表情が蛍光灯に照らされる。結が胸に手を当て、深く息を吐いた。

「部員さんの飲んでいたスポーツドリンクの商品名はわかりますか？　ビタミンB_2が配合されているか調べてください」

間藤部長が返事をせずにスマホを操作する。玉置くんがドアと窓を開けると、新鮮な空気が室内の熱気を押し流した。間藤部長が首を横に振る。

「調査の際に念のため、何を飲んだかは把握している。部員たちが飲んでいたドリンクにビタミンB_2は含まれていない」

結が一瞬だけあたしに視線を向け、すぐに間藤部長を真っ直ぐ見据えた。

「部活中、レモンの蜂蜜漬けを食べていた人がいますよね」

結の指摘に間藤部長が眉をひそめる。

「笹森のアリバイは常磐が証言したはずだ」

間藤部長は常磐の証言によって、笹森を容疑者から除外していたようだ。

「それなら常磐さんにも話を聞けばいいと思います」

「……そうだな」

間藤部長が観念した様子で常磐と笹森に電話をする。そして下校途中だった二人に対し、部室に来るよう要請していた。

到着した常盤は不機嫌そうで、笹森は不安そうに身を小さくしていた。

結は気力を使い果たしたようで、間藤部長が二人に結の推理を披露する。ブラックライトを使った実験のことを話すと、笹森の顔が瞬く間に青くなった。

常磐が全員の視線から笹森を隠すように立ちはだかる。

「この子は絶対に盗みなんてしない！」

「……ごめんなさい」

笹森が震える声でつぶやくと、常磐がこの世の終わりのような顔で振り返った。

4

女子陸上部の部室は重苦しい空気に満ちていた。笹森は涙目で項垂《うなだ》れ、常磐は眉間に皺を寄せている。

まずは笹森が犯行の一部始終を説明してくれた。

今日の朝練習の最中、笹森は周囲の目を盗んで部室に入った。暗証番号のダイヤルを回して金庫を開け、封筒から現金を抜き取った。大会前に返すつもりだったが、間藤部長が気づいたことで大騒動になる。

単純な犯行だが、常磐の行動で状況が複雑になる。

常磐は間藤部長と一緒に、盗難が発覚した現場に居合わせた。その際に間藤部長は匂いを嗅ぎ、柑橘系の匂いがすると口に出した。つまり常磐は金庫に残された痕跡について知っていたのだ。

そして常磐は、友人のアリバイ証明のために偽証をした。

笹森は調査がはじまった後、自分にアリバイがあることに驚いた。だが自分に有利なので、常磐の勘違いと判断して言い出すのをやめた。つまり二人は共犯ではなく、常磐が勝手に笹森をかばっただけだったのだ。

「別に犯人と考えたわけじゃない。容疑者にされたら、笹森が傷つくと思っただけ」

偽証の理由について常磐はこう説明した。

加えて常磐は、あたしまでもかばおうと考えた。常磐はあたしからオレンジの炭酸をこぼしたと聞いて関連を疑った。そして万が一にも疑われないよう、そのことは間藤部長に報告しなかった。

「なんで常磐があたしをかばうんだ」

理由がわからず問いかけると、常磐はそっぽを向いた。

「荏田は勘違いされやすいから、犯人じゃないのに疑われると思っただけ」

するとと間藤部長が申し訳なさそうに口を開いた。

「実は私も最初から荏田を容疑者に入れていたんだ。暗証番号の件もあったからな。それで誰かを聞き込みにやろうとしたら、常磐が率先して手を挙げたんだ。あれは荏田を容疑者から除外させるためだったのか？」

「他の人に任せたら喧嘩になると思っただけです」

目を逸らす常磐の表情は頑《かたく》なで、まだ本音を隠しているように見えた。

調査に恐れをなした笹森は、周囲の目を避けて現金を戻した。その頃、折悪《おりあ》しく間藤部長はなぎさから、あたしがオレンジの炭酸をこぼした件を耳にする。なぎさは柑橘系の匂いの件を知らないから、単なる笑い話のつもりだったのだろう。

間藤部長はあたしが犯人だと確信し、クラスを訪れることになった。

事件の概要は判明した。だが笹森は動機を語っていない。先ほどより落ち着いたのか、血色は戻ってきていた。

「なんで金を盗んだんだ」

笹森は決行直前、レモンの蜂蜜漬けを口にしている。緊張を解すとき笹森はレモンの蜂蜜漬けを食べていた。盗みのために母親の手作りの品を利用した可能性を考えると、あたしは悲しい気持ちになった。笹森が強く目を閉じる。

「遊園地に行くお金が足りなかったの」

「来週行く予定の？」

常磐の声が驚きで裏返る。笹森がうつむき、大きくはなをすすった。

「お小遣いは普段の遊びで全部消えるし、アルバイト代もスマホとか部費でなくなっちゃう。お母さんは私を一人で育ててくれているから余計なお金はねだれない。去年だって一度お母さんの勤め先が傾きかけて、お給料が減って本当に大変だったんだ」

「今まで無理してたの？　どうして教えてくれなかったの」

「みんなと遊ぶのが本当に楽しかったから、邪魔しちゃいけないと思ったの。部活だって、せっかく手に入れた居場所なんだよ。お金がないなんて言って白けさせて、除《の》け者にされたらって考えたら、私は……」

言葉の終わりが消えていく。なぎさは親が金持ちで、常磐もアルバイト代を遊びに使えた。あたしは金欠なら堂々と不参加と言えた。

だけど笹森には無理だった。中学時代から高校入学直後まで、心ない同級生に苦しめられてきた。その恐怖は想像以上に根深かったのかもしれない。

「ごめん。私、そんなつもりじゃ」

常磐が狼狽《うろた》えている。率先して笹森を遊びに誘っていたのは常磐だった。善意から出た行動が、笹森を追い込んでいたのだ。

「どうして私は、いつも失敗するんだろう」

常磐が突然、両目から涙をこぼした。

「私のせいで荏田が陸上部を辞めちゃったから、少しでもみんなをかばおうと思って。でも事態をややこしくしただけで、裏目に出るばかりだった」

「そんなことない。千香ちゃんはわるくないから」

笹森が常磐の両手を握る。二人を見守っていると、間藤部長があたしに頭を下げた。

「荏田のことを疑って申し訳なかった。あとは陸上部に任せてくれ」

「いいですけど、二人のことは大目に見てやってください」

「わかってるよ」

陸上部が笹森と常磐をどう処分するか、部外者が関与することではない。だけど二人には可能な限り、寛大な処分を下してほしかった。

部室から出ようとすると、笹森と常磐から頭を下げられた。

「こんな騒動に巻き込んでごめんね」

「私からも今度、あらためて謝らせてほしい」

片手を上げ、「また後でな」と返す。そこでふと結の異変に気づく。厳しい目つきを笹森に向けていたのだ。唇を強く引き結び、強い感情を押し殺しているように見える。

あたしは気にしながらも部室をあとにした。

校舎を出るときに、結から少し話をしたいと言われた。五分ほど歩き、小さな公園に落ち着く。小学生たちがブランコを漕《こ》いでいる。日が傾きはじめたが陽射しはまだ強く、夕方になっても肌が汗ばんだ。

ひさしぶりに鉄棒を握ると、手のひらに硬い感触が伝わった。

「今日の推理もすごかったな」

「運が良かっただけだよ」

結は鉄棒の支柱の脇で気まずそうに目を逸らす。あたしは鉄棒を両手で握りしめ、身を反らせた。

「同じ情報を持っていてもあたしには思いつかない。どうやって真相を見抜いたんだ」

「きっかけはカラオケの写真のネイルかな」

「ネイル？」

そういえば結は、常盤たちと最後にカラオケへ行ったときの写真に興味を示していた。

「ブラックライトに照らされたカラオケ店の室内で、笹森さんの指先が光っていた。玉置くんはネイルだと考えたけど、私はナッツから別の理由を想像したんだ」

「そういうことか」

ヒントでようやく気づく。結は他の写真も確認していた。あれは笹森がネイルをしていないことを調べていたのだろう。

「あのカラオケ店は、飲食物の持ち込みが自由だったよね。笹森さんは歌の合間にレモンの蜂蜜漬けを摘んでいたんじゃないかな。だから指先がブラックライトで光ったんだと思う」

笹森がカラオケ店内でバッグにしまっていたプラスチック容器の中身は、おそらくレモンの蜂蜜漬けのはずだ。落ち着きのない笹森が飲食の最中によくこぼし、頬や手にソースやクリームをつけていたことも思い出す。

「なるほどな」

苦笑しながら鉄棒をつかんで飛び上がる。腰骨辺りで身体を支えてバランスを保つ。

「でも、そう考えるとね」

結が急に、両手で顔を覆う。深く吐いた息が震えている気がした。結の異変に驚き、あたしは鉄棒から下りる。ブランコの小学生が楽しそうに歓声を上げた。

「どうした」

結が深く息を吸う。

「最後のカラオケ写真を観察していて気づいたんだ。夏希ちゃんのスポーツバッグの持ち手やファスナーに、青白く光る箇所があったの。レモンの蜂蜜漬けが原因だとしたら、笹森さんはあの日、夏希ちゃんのバッグに触れたことになる」

「まさか」

カラオケに行く直前、あたしはみんなからお金を集めた。その後、バッグに入れてカラオケで遊んだ。そして自宅に戻った時点で紛失に気づいた。

笹森は先ほど、母親の勤める会社が傾きかけて給料が減ったと話していた。去年のいつ頃の出来事かわからないが、関係があるとは思いたくなかった。

結が笹森をにらんでいた理由がわかった。笹森がバッグに触れたなら、お金を盗んだ犯人と考えても無理はない。

「夏希ちゃんは自分の欠点に悩んでいて、それでも改善しようとがんばっているよね」

「全然うまくいかないけどな」

沈んでいく太陽が建物に隠れ、公園が薄暗くなる。頭上の蛍光灯が点滅し、自動で明かりが点いた。辺りが白色の光に照らされる。

「夏希ちゃんはお金がなくなって、真っ先に自分のせいだと考えた。もし笹森さんが夏希ちゃんの日頃からの苦しみを知っていた上で、盗んでも本人が失くしたと思い込むだろうとわかっていたのなら、私は笹森さんを絶対に許せな――」

結の目に涙が浮かぶ。あたしは覆い被《かぶ》さるようにして結の肩に腕を回した。

「バッグの光は単なる反射の具合だ。あのお金はあたしが失くしたんだよ」

数え切れないほど失敗を繰り返してきた。

そのたびに、なぜできないのだとあきれられてきた。自分としては精一杯だが、世間の考える当たり前の水準に届かないことばかりだ。

悔しくて堪《たま》らないけど、今は結が味方になってくれている。それで充分に思えた。結が指で涙を拭い、鼻水をすする。それから照れくさそうに笑い、慌てた仕草であたしの腕からすり抜けた。

「陸上部、これから大変そうだね」

「そうだな。二年生はまともに活動できるのかな」

処分内容は想像がつかないし、笹森が部に残るかも疑問だ。現二年の三人の関係が壊れるとしたら、仕方ないのかもしれないが、胸が苦しかった。

「もしも陸上部に戻るよう頼まれたら、夏希ちゃんはどうする？」

突然の質問で、答えに詰まる。走ることは今でも好きだ。放課後の練習も楽しかったし、大会本番の緊張感は何物にも代えがたい。

「私は夏希ちゃんが走る姿を、とても格好良いと思う。常磐さんや高橋さんも、夏希ちゃんを大事に思っている。だから陸上部に戻るなら賛成するよ」

「ん、そうか」

格好良いと褒められ、背中がむず痒くなる。だけど結から陸上部への復帰を願われることに寂しさを感じた。頭上の照明のせいで、うつむきがちな結の表情が見えにくい。

「実は調理部からも、私と夏希ちゃんで復帰しないかと誘われているんだ」

「そうなのか」

結が顔を上げ、薄い虹彩が街灯に照らされた。

「陸上部でも調理部でも帰宅部でも、夏希ちゃんには望む道を選んでほしい。ただ私は今まで通り、夏希ちゃんと一緒にいる時間があったら……、すごく嬉しい」

あたしは鉄棒に寄りかかる。

「それなら二人で陸上部に入るか。あたしも前みたいに全力で走れて、結とも一緒に過ごせて一石二鳥だぞ」

「えっ……」

結の表情が固まる。たっぷり時間をかけ、結が頰を引きつらせながら拳を握りしめた。

「努力する」

悲壮な表情が面白くて、腹を抱えて笑う。冗談だと気づいた結が深く息を吐いた。笑いが収まってからあたしは告げた。

「結と一緒に、調理部に戻るよ」

「えっ……」

結が茫然《ぼうぜん》とした顔で再び動きを止め、あたしは黙って反応を待った。ブランコの小学生たちはいつの間にか姿を消していた。結が不安そうに問いかけてきた。

「本当に？」

「色々なことがあったおかげで、料理が面白いってわかったしな」

あたしは鉄棒に飛び上がり、勢いよく前回りをした。ひさしぶりだけど我ながら綺麗に回れた気がする。スカートだけど結以外誰もいないから問題ないだろう。

目を丸くする結に、あたしは笑いかけた。

「これからもよろしくな」

結の顔に喜びが満ち、大きく一度頷いた。

「うん、よろしくね」

頬を搔くと、手のひらに鉄の匂いが残っていた。街灯の明かりが、二人分の影を長く伸ばした。

Yui

第六話　食べられないアップルパイを訪ねる

1

調理台に虫がとまった瞬間、隣にいた夏希ちゃんが悲鳴を上げた。

換気のため開けられた窓の隙間から入り込んだのだろう。虫は一匹の蛾《が》だった。夏希ちゃんがものすごい速度で家庭科室の端に逃げ出す。

私はティッシュを一枚取り出し、動かない蛾を優しく包む。潰さないよう注意して、窓から家庭科室の外に解き放った。蛾は羽ばたき、視界から消えた。

ティッシュをくずかごに捨て、シンクで手を洗っていると夏希ちゃんが戻ってきた。

「ああ、びっくりした」

「虫が苦手なんだね」

夏希ちゃんが拗《す》ねるように口を尖らせる。

「子供の頃、いやな目に遭ってな。結はよく捕まえられたな」

「家の裏手が林だから慣れているんだ」

今の時期、蛾やカナブンが網戸に張りつくのは日常茶飯事だった。だから物心ついたときから素手で捕まえるのに抵抗がないのだ。生地を捏ねていた一年生の杉野くんが愉快そうに笑った。

「夏希先輩ってあんなに可愛い声が出せるんですね」

「蹴り倒すぞ」

夏希ちゃんににらまれ、杉野くんが首を縮めて作業に戻る。私も内心では、普段の夏希ちゃんからは考えられない甲高い声に驚いていた。だけど触れるのはやめておく。

夏希ちゃんは耳を赤く染めながら、林檎《りんご》の皮剝きを再開させた。等々力さんが二人のやり取りを見て笑いを堪えている。

元々は大好きだった先輩たちが卒業した後に、センパイみたいになりたくて選んだ部活だった。現三年生にも仲の良い人はいるけれど、受験のため勉強漬けの毎日でなかなか会えないでいる。

だけど最近、食べ物に関する様々な謎に遭遇してきた。大変ではあったけど、明かされた真相は料理の面白さにも通じていた。その結果、あらためて料理を勉強したいと思うようになった。

夏希ちゃんも同じように、様々な事件を通じて料理に興味を持つようになったという。杉野くんや等々力さんらの知り合いもできた。私たちの意見は合致し、調理部に復帰することになった。

パン騒動の影響もあり、復帰直後は部員との距離を感じた。だけど杉野くんや等々力さん、それに部長が親しく接してくれるおかげで、緩やかに馴染めている気がする。

今日は一学期最後の部活動になる。私たちは夏希ちゃんと杉野くん、等々力さんの四人でアップルパイに挑戦していた。

アップルパイにはたくさんの種類がある。

薄い生地が重なった折りパイ生地を使ったショソン・オ・ポムは、ホロホロと崩れる軽い食感が魅力だ。他にもキャラメル状に焼き上がったとろける林檎が特徴のタルト・タタンや、カスタードクリームを加えたレシピなどがある。だけど今回はシンプルなアメリカ風の練りパイ生地を使ったアップルパイを作ることになった。

練りパイはカットしたバターを薄力粉とざっくり混ぜ、そこに卵や水を混ぜ合わせる。焼き上げると混ぜ込まれたバターの効果で、サクサクとした食感に仕上がるのだ。折り込む手間が省けるため、折りパイより簡単で初心者向きだ。

アップルパイを作ると決まったとき、夏希ちゃんは機嫌が良さそうだった。夏希ちゃんが林檎を切りながら口を開く。

「叔母さんが昔作ってくれたアップルパイが、すごく好きだったんだ」

そこで家庭科室のドアが開き、クラスメイトの男子が覗き込んだ。

「荏田、今日は美化委員で花壇の手入れをするって言っただろ」

「あ、忘れてた」

私たちの高校は図書委員や体育委員、放送委員など何かしらの委員会に所属する必要がある。体育委員なら授業前の準備を率先して行ったり、図書委員なら図書室での貸出業務を担当したりする。夏希ちゃんの美化委員は本日集まりがあったらしい。

「すぐに終わるだろうから、ちょっと抜けるよ」

夏希ちゃんが面倒くさそうに家庭科室を出ていく。

切り分けた林檎をバターで炒め、砂糖を加えたら仕上げにシナモンを振りかける。夏場は林檎が手に入りにくいが、部長に勧められてスーパーマーケットでニュージーランド産の林檎を購入した。小ぶりだが身が締まっていて、適度な酸味が過熱調理にぴったりなのだという。

杉野くんが薄く伸ばしたパイ生地に林檎を敷き詰め、細く切り分けたパイ生地を編み込みながらかぶせる。そして刷毛《はけ》で卵液を塗って仕上げをする。

それぞれの班が作ったアップルパイは編み込みの形状が違ったり、林檎が剝き出しになっていたりと個性が出ていた。林檎を炒める加減もそれぞれ異なっている。シンプルなレシピだからこそ違いが鮮明になるのだ。

四十分後、焼き上がりの時間がやってきた。部長がオーブンを開ける。香りが広がり、部員たちが歓声を上げた。

そのとき夏希ちゃんが家庭科室に駆け足で戻ってきた。

話しかけようとした私は、夏希ちゃんの異変に気づく。入ってきた瞬間までは、間違いなく期待に満ちた表情をしていた。だけど教室に足を踏み入れた途端、眉間に皺が寄ったのだ。

気になったが、杉野くんが調理台に運んできたアップルパイに目を奪われる。私たちの班のアップルパイはこんがりと焼き目がつき、表面に塗った卵液が艶やかに光を反射させた。

「ああ、全然調理に参加できなかった」

夏希ちゃんが残念そうに言い、手を洗って席に着いた。その時点で険しい表情は消えていた。

包丁を入れると、ザクッと心地好い音が鳴った。人数分に切って皿に取り分ける。等々力さんが私たちに紅茶を用意してくれた。

「それではいただきましょう」

「いただきます」

部長のかけ声に続いて、部員全員が手を合わせる。

フォークで刺すと、練りパイの生地が砕ける感覚があった。しっかりと火が通っている証拠だ。林檎と一緒に突き刺し、こぼさないよう口に持っていく。

パイ生地はサクサクで、バターの香りや砂糖の甘みが堪らない。折りパイほどホロホロに崩れることもなく、しっとりとした食感も味わえる。そこにとろりとした熱々の林檎がソースのように絡んで、飲み込むとシナモンの香りがふわりと鼻に抜けた。

「美味しい……」

等々力さんも頬張ったアップルパイを笑顔で飲み込んだ。

「焼きたては格別だなあ」

等々力さんの言葉に頷く。時間が経って生地が落ち着いたアップルパイも美味しいけれど、熱々のうちに食べるときの香りや食感は何物にも代えがたい。

「……あれ？」

夏希ちゃんが手をつけていなかった。しかめ面でアップルパイを見つめている。疑問に思っていると、夏希ちゃんが突然手づかみでかじった。

何度か咀嚼《そしゃく》したかと思うと、手にしたアップルパイを皿に戻した。手のひらで口元を覆い、カップをつかんで紅茶を一気に飲む。口の中のものを無理やり胃に流し込んだように見えた。

班の面々が注目するなか、夏希ちゃんが深呼吸をした。それからアップルパイの載った小皿を前に押し出した。

「これ以上無理だ。かじりかけでわるいけど、誰か代わりに食べてくれ」

「でもアップルパイを楽しみにしていましたよね」

目を丸くする杉野くんに、夏希ちゃんが頷く。

「昔は確かに好きだったんだけど、おかしいな」

夏希ちゃんが渋い顔で皿の上を見つめている。私はもう一口食べてみる。素材の風味が活きたシンプルな構成で、一般的なアップルパイの味だと思った。

パイ生地には小麦粉とバター、卵などシンプルな素材が使われていて、夏希ちゃんが嫌いなものは入っていないはずだ。私のお弁当に入っていた林檎をつまみ食いしたこともあったから苦手とも思えない。

「教室に入ってきたときも、様子がおかしかったよね」

私が訊ねると、夏希ちゃんが腕を組んだ。

「実は教室に入った途端、匂いで気持ちわるくなったんだ」

「匂いだとシナモンかな」

棚からシナモンパウダーの瓶を取り出す。蓋を開けてから差し出すと、鼻を寄せた直後に夏希ちゃんが顔を背けた。

「原因はこれだ」

鼻を摘んで椅子ごと瓶から距離を取る。椅子の脚が床と擦れる音がした。夏希ちゃんは身を引きながら訝しげな視線を瓶に向ける。

「でも、この匂いは覚えている。叔母さんのアップルパイにも入っていたはずだ」

つまり思い出の食べ物に使われていたのに、今はシナモンが苦手になったのだ。そこで杉野くんが興味深そうな表情で身を乗り出してきた。

「最近食べたシナモンは平気だったんですか？」

夏希ちゃんが丸椅子の上で行儀わるく片膝を立てた。

「そういや食べた覚えがないな。両親は和食が好きで、多分台所にも置いてないと思う。それに我が家は外食をほとんどしないんだ」

「カレーには入っていることあるよね」

等々力さんが疑問を口にすると、夏希ちゃんが首をひねった。

「他のスパイスに混ざって、香りなんてわからなくないか？」

「それもそうか」

等々力さんがあっさり納得する。カレーには多彩なスパイスが使われる。クミンやクローブ、コリアンダーやターメリックなど個性的な匂いが混在し、シナモンの芳香は判別がつかなくなっている。そもそも入っているかどうかもわからない。

家族が和食を好むなら料理に使うことはほとんどないはずだ。和菓子の『八ツ橋』が思い浮かぶが、お土産でもらったりしない限り関東では食べる機会は少ない。

小さく手を挙げて夏希ちゃんに質問をした。

「叔母さんに作ってもらってから今まで、アップルパイは食べなかったの？」

思い出の品であれば自然と手が伸びるはずだ。親に頼んで自宅で食べることもあるのでは、と考えたが夏希ちゃんは首を横に振った。

「父親にバラ科の果物のアレルギーがあるんだ。だから自然と林檎とか梨《なし》を買わなくなったんだよな」

林檎はバラ科のフルーツだ。夏希ちゃんの家庭環境であれば、シナモンを口にする機会は訪れないように思えた。

夏希ちゃんが背中を丸め、立てた膝に顔を押しつけた。

「楽しみにしていたんだけどな」

悲しそうな視線の先に、食べかけのアップルパイがあった。私は皿を引き寄せ、フォークで一口大に切ってから食べる。私の分と同じ味で、飲み込むとシナモンの香りが感じられた。

杉野くんが紅茶に口をつけてから私を指差した。

「それなら結先輩が真相を究明するのはどうでしょう」

「え、ええ？」

アップルパイでむせかける。夏希ちゃんが眉を上げた。

「それはいいな。食べ物に関する謎なら得意だろ」

「……わかった。やってみる」

　夏希ちゃんも乗り気な様子だ。解決できるか不安だけれど、夏希ちゃんの力にはなりたい。挑戦だけはしてみようと思った。

　食べ物を拒否する可能性として、真っ先にアレルギーが思い浮かんだ。だけどシナモンを摂取した夏希ちゃんの身体に異常は起きていない。

　またはダイエットの影響による拒食症も考えられるが、その場合はカロリーの高いパイ生地に反応するはずだ。そもそも今日の昼には巨大なカツサンドを美味しそうに平らげていた。現状では手がかりが全くない。

「昔、アップルパイを食べたときの状況を教えてもらえるかな」

「おう、いいぞ」

　思い出のアップルパイを食べたのは小学三年生の冬、今から八年前の出来事らしい。

「クリスマスの少し前、あたしは突然腹痛に襲われるようになったんだ。検査では異常がなくて、原因は不明だった。医者から生活環境を変えることを勧められて、冬休みに隣の市に住む叔母さんの家に預けられたんだ」

　予想外に深刻そうな話に、私は居住まいを正した。

　夏希ちゃんの母親の弟夫婦で、郊外の一軒家で二人暮らしをしていたという。夏希ちゃんは物心ついたときから懐いていて、叔母さんも姪《めい》っ子を可愛がっていた。一緒に暮らした二週間の間に、夏希ちゃんの腹痛はすっかり治ったらしかった。

「叔母さんは優しい人で、洋食が得意だったんだ。お菓子作りが趣味で色々作ってくれたけど、アップルパイが特に印象に残っているんだ」

当時の気持ちを思い出したのか、夏希ちゃんが頬を緩ませた。話を聞いていた等々力さんが、アップルパイの最後の一切れを飲み込んだ。

「叔母さんにレシピを聞いてみたら？」

思い出の味通りの調理方法なら、拒絶せずに食べられるかもしれない。だけど夏希ちゃんは眉間に皺を寄せた。

「叔母さん夫婦は何年も前に離婚した。叔母さんは私とは血縁関係がないから、法事でも顔を合わさなくなった。今はどこに住んでいるかさえ知らないんだ」

縁が切れたなら、夏希ちゃんの記憶に頼るしかない。話を聞きながら一番気になった点について、躊躇しながらも訊ねることにした。

「腹痛の原因は判明したの？」

環境を変えたことで治ったなら心因性が考えられる。シナモンを嫌いになった理由と関係があるかもしれない。だけど夏希ちゃんは首をひねった。

「よく覚えていないんだ。親に聞いてみるよ」

本人が知らなくても家族なら把握しているかもしれない。現状では情報が不足しているように思えた。私が気づけていない部分もあるかもしれないけれど、あとは夏希ちゃんの記憶や家族からの情報を得ないと推理は難しそうだ。

私は自分の制服の胸元に、パイの欠片が落ちていることに気づいた。摘んで口に入れると舌の上で溶け、バターとシナモンの香りがほのかに感じられた。

2

翌日は一学期の終業式だった。退屈な式をやり過ごし、担任の先生から通知表を受け取る。成績は可もなく不可もなくだった。

ホームルームを終え、クラスメイトが騒ぎながら教室を出ていく。窓の外には濃い青の空に入道雲が浮かんでいる。夏休みへの期待が学校中に満ちている気がした。

「味覚嫌悪学習というのがあるんだって」

夏希ちゃんはバッグに無理やり大量の教科書を詰め込んでいた。学校へ置きっぱなしにしていたのを、持って帰るのだろう。

「何だそれ」

エアコンからの冷風が、下校に合わせて早速停止したのがわかった。

「いやな記憶と味が結びつくことで、脳が拒否反応を示す現象だよ。食中毒になったせいで牡蠣《かき》が食べられなくなるみたいな話、聞いたことないかな」

夏希ちゃんがシナモンを嫌いになった理由を探るため、人が食べ物を嫌うメカニズムについて調べた。様々な理由や説があるらしいが、以前は食べられたものが苦手になる理由として、味覚嫌悪学習という現象に行き当たった。

「前に親戚のおっさんが、ウイスキーを飲みすぎて救急車で運ばれたせいで、匂いを嗅いだだけで気持ちわるくなるとか言っていたな」

「ちなみに食べ物と負の記憶に、直接の関係がない場合も起きるらしいんだ」

食事の途中で気分のわるい何かを目撃したり、苦しい体験をしたりする。その場合でも食べ物の記憶と結びつき、嫌いになることがあるそうなのだ。

「だからその……、シナモンにいやな思い出があるのかもって考えたんだ」

私の疑問は夏希ちゃんに辛い記憶を呼び起こさせる可能性がある。そのため私の声は小さくなっていった。夏希ちゃんは平然とした表情で、パンパンになったバッグのファスナーを強引に閉めた。

「心当たりはないな。預けられた理由も聞いたけど、母さんは医者の勧めに従っただけだと言っていた。ただ母さんは、何となく触れてほしくなさそうな話しぶりだったな。あたしの気のせいかもしれないけど」

原因不明の腹痛と聞き、ストレスを疑った。シナモンへの嫌悪にも繋がる可能性があるが、腹痛の症状が出た後にアップルパイを好きになっている。順番から考えると無関係とも考えられた。

「それと叔母さんの居所がわかった」

「そうなの？」

冬休みの件を質問した際に、夏希ちゃんのお母さんから聞けたらしい。夏希ちゃんのお母さんと叔母さんは実家が近所だった。叔母さんは離婚後に実家へ戻ったらしく、私たちの住む街から電車で一時間半の距離に住んでいた。

「ばあちゃん家《ち》なら何度も行っている。そこからも歩いて行ける距離らしい」

「それなら話を聞きに行けるね」

夏希ちゃんは暗い顔で目を伏せた。

「叔母さんとはもう親戚じゃないんだ。大昔に作ってもらったパイのレシピを聞くためだけに時間を取らせるなんて迷惑だろ」

意外に思う。夏希ちゃんは目的のためなら脇目も振らず走り出すという先入観があった。だけど大切な思い出に関わることには、夏希ちゃんも慎重になってしまうのだろう。

「一度は叔母と姪の関係だったんだから大丈夫だよ」

「離婚の原因は叔父さんなんだ。仕事が長続きせずに転職を繰り返し、借金まで作ったせいで叔母さんと別れたんだ。だから叔父さん側の親族として申し訳なくてな」

「うう……」

親戚間の事情を聞くと、私には何も言えなくなる。その叔父さんのせいで離婚したのだから、夏希ちゃんは何もわるくないのだ。大人の問題に子供が気を遣う状況が、理不尽に思えて仕方なかった。

「私も、一緒に行くよ」

「結が？」

「だって、シナモンを嫌いになった原因を調べると決めたから」

夏希ちゃんが悲しそうな顔をしていたから、その原因を解明したかった。その本音を伝えるのはあまりに恥ずかしいので、私は別の理由を口にした。

夏希ちゃんが困ったように頭を掻いてから、小さく息を吐いた。

「せっかく夏休みに入るし、二人で話を聞きに行くか。そういえば結と遠出するのは初めてだな」

「確かにそうかも」

夏希ちゃんとの初めてのお出かけで、かつての親戚に会いに行くことになるのだ。かなり奇妙な状況だと気づき、徐々に緊張が高まってきた。

「それじゃ帰るか」

「そうだね」

夏希ちゃんが立ち上がり、二人並んで教室を出る。廊下では女子生徒たちが旅行の打ち合わせを大声でしていた。教科書の詰まったバッグは見るからに重そうで、さすがの夏希ちゃんも顔をしかめていた。

八月頭の土曜のお昼、私は駅の改札前で佇《たたず》んでいた。

折り畳みの鏡で髪形を何度もチェックする。ネイビーのワンピースは持っている服で一番新しい。野暮ったくないとは思うけれど、ファッションには全く自信がない。

「よし、間に合った！」

集合時間の二分過ぎ、夏希ちゃんが駆けてきた。全く息を切らしていないけど、額がかなり汗ばんでいる。シンプルな白色のTシャツにカーキのオーバーオールという組み合わせで、長身で手足が長いのでモデルさんみたいに見栄えがする。

「今日のために目覚まし時計を三つ使って早起きしたんだ。でも準備していたらいつの間にか、家を出る時間を過ぎていたんだ。タイムスリップしたのかと思ったよ」

「えっと、おつかれさまです」

「というわけで朝飯も昼飯もまだなんだ。適当になにか買って車内で食べるよ」

切符を購入して改札を通る。夏希ちゃんは売店でおにぎりやアイスクリームを買い込んでいた。電車はすでにホームに停《と》まっていた。ボックス席を二人で占領すると、すぐに発車ベルが鳴った。

　夏希ちゃんがおにぎりを頬張る。私もあらかじめコンビニで買っておいたパンを口にする。見慣れた駅前の景色がすぐに遠ざかる。

　食事を終えた夏希ちゃんが、抹茶味のアイスバーをかじった。幸福そうな笑顔を眺めていると、夏希ちゃんが訊ねてきた。

「うまいぞ。一口食べるか？」

「ありがとう。でも抹茶味はちょっと苦手なんだ」

　食べられなくもないが、独特の渋みと苦みが好みではなかった。甘いアイスを食べるのに、なぜ苦い味を選ぶのかを前から不思議に思っていた。

「何の味が好きなんだ？」

「アイスならバニラかな」

「定番だな。あたしも嫌いじゃないけど、あまり美味しいとも思えないんだよな」

　バニラ味を好きじゃない人がいることに驚く。でもどんな食べ物でも好みは分かれるのだろう。

「人の味覚って不思議だよね。今回調べてみて、自分に関する発見もあったの」

　流れる景色から住宅が減り、田畑が増えていった。広々とした畑に葉野菜らしき緑色の列が並んでいた。

「私はブロッコリーや小松菜、青梗菜《チンゲンサイ》が苦手なんだ。食べられなくはないけど、進んで口にしたいとは思わない。それで調べてみたら、全てアブラナ科だとわかったんだ」

別種に見えても同じ科の植物はたくさんある。春菊とレタスは同じキク科だ。ナスやトマト、ピーマンはナス科で、カボチャやキュウリ、ズッキーニはウリ科に分類される。

「アブラナ科の野菜の一部には、共通する苦味成分が含まれているらしいんだ。一般的にはそれほど苦みを鋭敏に感じない。だけどその苦味成分を生まれつき、通常の十倍近くに感じる人がいるらしいの」

「十倍も？」

生まれ持った味覚が原因かわからないが、ブロッコリーが嫌いなあまり「大統領になったのだから、もうブロッコリーを食べたくない」と言ってのけたアメリカ大統領もいるらしい。

人間は舌にある味蕾《みらい》という味覚受容体で、甘味や塩味、酸味などの味を感じる。人が苦いと感じる物質は十数種類存在し、成分によって感じ方が変わるというのだ。

「苦みの感じ方は、遺伝子によって個人差があるらしいの。それを知って気が楽になったんだ」

「どういうことだ？」

夏希ちゃんが木の棒に残った深緑色のアイスを舌で舐め取った。

「私は何でも食べるよう親から躾《しつけ》を受けた。そのおかげでなんとか食べられるくらいにはなれたけど、それでもアブラナ科の野菜への苦手意識は消えなかった。だってすごく苦いから。でもそれは生まれ持った自分の性質かもしれないの」

「十倍も苦ければ食えなくても仕方ないよな」

母はブロッコリーを嫌がる幼い私をわがままだと叱った。健康を考えて偏食をなくすよう教え込むのは、母なりの愛情だったのだろう。だからこそ成長しても苦手に感じる自分を情けなく思っていた。

だけど生まれつきの性質で、特定の苦みに弱い可能性があるのだ。元々のスタートラインが違えば、努力が報われなくても仕方ないと思えた。

夏希ちゃんがレジ袋におにぎりやアイスのゴミを入れて縛った。

「そもそもブロッコリーや小松菜を無理に食べる必要なんてないよな。他の野菜からでも必要な栄養素なんていくらでも摂れるんだから」

「私もそう思う」

ずっとあった肩の荷が下りた気がした。

それから私は学校の近くにあるお店のショソン・オ・ポムがおすすめという話をした。フランス式のアップルパイでシナモンも使っていない。数年前までいまいちだったらしいが、職人が代わってから味が向上したそうなのだ。

「美味しそうだな。今度一緒に行こうか」

「うん、きっと気に入ると思うよ」

電車が速度を落とし、見知らぬ駅に停車する。自動ドアが開き、乗客と暑い外気が入り込む。目的地までこれからまだしばらくかかるけれど、話したいことはたくさんあった。発車ベルが鳴り、再び電車が緩やかに動き出した。

3

ホームに降りると、ミンミンゼミが鳴いていた。強い陽射しがバスターミナルを照らす。駅前に小さな書店があり、店頭に飾られた数年前のベストセラーのポスターが日に焼けて、色が薄くなっていた。

叔母さんの住まいは駅から歩いて十分ほどの場所にあるらしい。夏希ちゃんがおばあさんに電話をして聞き出したという。ひさしぶりに叔母さんに会いたいと伝えると、すぐに教えてくれたそうだ。

「ばあちゃんは叔母さんに、申し訳ないことをしたと気に病んでいる様子だったよ」

叔母さんの元夫、つまり息子に離婚原因があることを気にしているのだろう。駅から少し歩くと緑色の稲穂が広がっていた。男子小学生の集団が、側溝に流れる水に足を突っ込んで歓声を上げていた。

「ここにはもう来ないと思っていたよ」

夏希ちゃんの母方の祖父母は現在、元々の家には住んでいないという。腰をわるくしたのをきっかけに昨年、街中にある介護付きの高齢者向け住宅に居を移したのだそうだ。

農道を抜けると住宅街があり、夏希ちゃんが原《はら》と彫られた表札の前で立ち止まった。瓦屋根の古びた一軒家だ。叔母さんの名前は原陽子《ようこ》というらしい。

夏希ちゃんが深呼吸をしてからチャイムを押した。ピンポンと音が聞こえ、すぐにインターホンから女性の声がした。

「どちら様でしょう」

「突然すみません。荏田夏希と言いますが、陽子さんはいますか?」

「なっちゃん?　ちょっと待ってて」

インターホン越しの声が裏返り、音声が途切れる。私は相手の反応に驚いていた。

「夏希ちゃん、叔母さんに事前連絡はしていなかったの?」

「ばあちゃんが土日の昼間はだいたい家にいるみたいって言っていたからな。でもやっぱり電話くらいしておいたほうがよかったか」

叔母さんに急な用事がないことを祈っていると、玄関の戸が開いた。優しげな目元の女性に、夏希ちゃんが居心地わるそうに会釈した。

「えっと、ひさしぶり」

「ああ、びっくりした。本当になっちゃんだ。大きくなったんだね」

長い髪をひとまとめにして、ポロシャツにコットンパンツというラフな格好だ。夏希ちゃんは会うのを躊躇していたけれど、叔母さんは満面の笑みを浮かべている。

「懐かしいな。でも急にどうしたの？」

「叔母さん……、えっと、陽子さんに聞きたいことがあって」

夏希ちゃんが言い直すと、叔母さんは優しく微笑んだ。

「昔みたいに叔母さんで構わないよ。立ち話も何だし、遠慮なく上がっていって。お隣にいるのはお友達かな？」

微笑みを向けられ、慌ててお辞儀をする。

「えっと、その。夏希ちゃんの友達で落合結といいます」

「はじめまして」

快活に笑う叔母さんに案内され、私たちは玄関でスリッパを履いた。廊下はちりひとつなく掃除され、かすかに草花の香りが漂っていた。

リビングに入るとエアコンが効いていて、花瓶に向日葵《ひまわり》が活けられていた。テーブルに飲みかけのコップが置いてある。

「麦茶でいいかな」

「はい、ありがとうございます」

ソファに腰を下ろすと、叔母さんがコップを二つ運んできた。麦茶はよく冷えていて、夏希ちゃんは隣で一気に半分ほど飲んだ。

夏希ちゃんと叔母さんが近況報告し合うのを、私は黙って聞いていた。再会の挨拶を一通り済ませた後、夏希ちゃんがソファの上でお尻の位置を直した。

「聞きたいのは、アップルパイのことなんだ」

「アップルパイ？」

叔母さんが不思議そうに首をひねる。夏希ちゃんは叔母さんのアップルパイが大切な思い出になっていること、それなのに最近、シナモンが苦手になっていたことが発覚したと説明していった。聞き終えた叔母さんは照れくさそうに笑った。

「私のアップルパイなんかを覚えていてくれて嬉しいな。でも何の変哲もないレシピだよ。私はシナモンが好きだから、夏希ちゃんが食べたものにも使っていたはずだよ」

「そうなんだ……」

シナモンの香りがしたという夏希ちゃんの記憶は正しかった。麦茶で冷やされたガラスコップが結露し、敷かれたコースターに水滴が染み込んだ。

「実は好き嫌いには、味覚なんとか学習ってのが関係しているらしいんだ。叔母さんに心当たりはないかな」

「味覚なんとか？」

叔母さんから問い返された夏希ちゃんが、私に視線を向けた。しどろもどろになりながら味覚嫌悪学習について説明する。

話し終えると叔母さんは感心した様子で私を見た。

「高校生なのに物知りなんだね。亡くなったおじいちゃんが戦中戦後に何度も食べたせいで、すいとんだけは嫌いだと話していたな。あれも味覚嫌悪学習なのかもね」

すいとんは給食で食べたことがある。小麦粉を練っただけなので、特徴的な味があるとも思えなかった。

私は戦争について詳しくない。だけどそんなシンプルな調理法の料理すら、記憶と結びつくことで避けたくなるほどの体験なのだと想像することくらいはできた。

叔母さんが麦茶で唇を湿らせ、ため息をついた。

「夏希ちゃんがシナモンを嫌いになったのなら、味覚嫌悪学習なのかもしれない。当時の春美《はるみ》さんは大変な状況で、周りの人もしんどそうだったものね」

夏希ちゃんが小声で、春美はお母さんの名前だと教えてくれる。

叔母さんは、「大変な状況」について、夏希ちゃんも知っていると思っているような口ぶりだった。叔母さんは悲しげに目を伏せて話を続ける。

「私は子供がいないから想像するしかないけど、育児はただでさえ精神を磨《す》り減らすでしょう。あの頃の春美さんはいわゆる育児ノイローゼだったのだと思う。育児なんて一人だけでも大変だろうに、……二人目が際立って目の離せない子だったから」

「際立って、ですか？」

私が聞き返すと、叔母さんは夏希ちゃんを一瞥した。それから言葉を選ぶように、ゆっくり話を切り出した。

「外出先で走り回ったり、突然叫び出したりと本当に大変だったからね。それに法事でも何度か、無理解な親戚から嫌みを言われていたな。ご家族の協力がなければ、きっと春美さんは耐え切れなかったと思う」

夏希ちゃんのお母さんと交わした会話を思い出す。

ヤンチャで気まぐれな妹と、しっかり者で真面目なお姉ちゃん。何かとフォローが必要な妹の面倒を、お姉ちゃんが根気強く見てくれる。

「春美さんの心理状態が伝播《でんぱ》したのか、なっちゃんは腹痛を訴えるようになった。だから負担を減らすため、私たちが冬休みの間だけ預かることになったの」

夏希ちゃんのお母さんは娘から聞かれた際、預けた理由を誤魔化した。それは自らの精神状態が絡んでいたからなのだろう。

叔母さんの話を聞いて、夏希ちゃんは自分を責めていないだろうか。隣に座る夏希ちゃんの様子を窺う。夏希ちゃんは真剣に話を聞きながら、テーブルの下で忙しなく膝を上下させていた。ストレスを感じているときの癖だった。

叔母さんが夏希ちゃんに向き直り、慎重な口振りで訊ねた。

「なっちゃんは、発達障害ってわかるかな」

「……後輩が学習障害ってやつなんだ。だから詳しくじゃないけど、ネットで発達障害について調べたことはある」

杉野くんの抱える学習障害は、発達障害のひとつに分類されている。夏希ちゃんは症状を知った後、自分で情報を得ようとしたらしい。

夏希ちゃんの返事に、叔母さんが頷いた。

「調べてみて、どう思った？」

夏希ちゃんはうつむき、口籠もりながら答えた。

「心当たりがあるって思った」

叔母さんが小さくため息をついた。

「実はなっちゃんを預かった直後くらいに、春美さんにも聞いたことがあるの。だけど世の中には色々な考えを持つ人がいる。発達障害は比較的新しい概念だからか、その頃の春美さんにはよく理解できないみたいだった。行政の支援が必要という私の言葉は、残念ながら届かなかった」

夏希ちゃんが膝を揺らしている。私は手を伸ばして、夏希ちゃんの膝にのせた。そこで初めて気づいたようで、夏希ちゃんは動きを止めた。

「当時から気にしていたのだけど、あの後、発達障害の検査は受けたのかな」

「いいえ。何とか日常生活は送れていますから」

エアコンが唸《うな》りを上げて冷たい空気を吐き出した。

「こういうことは当事者こそ気づけないものなのだと思う。でも第三者が関わることも慎重さを要する。誰かが手を差し伸べる必要があるけど、本当に難しいことだと当時思い知ったよ」

叔母さんが時計を見てから腰を上げた。そして用事があるため、そろそろ準備をしないといけないと言った。私たちは感謝を告げ、玄関で靴に履き替える。

ドアを開けると暑い空気が入り込んできた。その直後、夏希ちゃんが悲鳴を上げて後ずさる。玄関ポーチにカナブンの死骸が転がっていた。来訪時にはなかったはずだ。見送りに出てきてくれた叔母さんが微笑んだ。

「虫が嫌いになったんだね。子供の頃は手づかみしても平気だったのに」

「苦手になったのは叔母さんも関係しているんだからな」

「どういうこと？」

口を尖らせる夏希ちゃんに、叔母さんは首を傾げる。

夏希ちゃんは小学三年の冬、叔母さんの家で楽しく過ごした。そして翌年の夏休み、再び叔母さんの家に滞在したいと思い立った。

そこで親に頼んだが、却下されてしまう。だけど夏希ちゃんはあきらめ切れず、地図を頼りに自転車で出かけたというのだ。

「だけど途中で森に迷い込んだんだ。リュックに詰めたお菓子とジュースで空腹を凌《しの》いでいたら虫に囲まれて、それでトラウマになったんだ」

「それだと叔母さんはほとんど関係ないのでは」

「うるさいな」

疑問を口にすると、夏希ちゃんは頬を赤らめそっぽを向いた。

「そんなことがあったなんて、全然知らなかった」

叔母さんがくすくす笑っている。その後は何とかコンビニを発見し、親に電話して迎えにきてもらったらしい。

叔母さんがホウキで、カナブンの死骸を脇によけた。

「昔から行動力があったよね。今日も突然で驚いたけど、小さい頃と同じように元気なっちゃんと会えて嬉しかった。またいつでも遊びにおいでよ」

「お邪魔しました」

二人並んで頭を下げ、叔母さんの家を後にした。

午後三時過ぎ、私たちは来た道を戻る。駅に着く頃には入道雲が太陽を隠し、辺りが暗くなってきた。夏希ちゃんが駅前の書店を指差した。

「寄っていっていいか」

頷くと夏希ちゃんが書店のドアを押した。狭い店内は冷房が効いていた。入り口のすぐ脇にカウンターがあり、店員さんが輪ゴムで雑誌に付録を留めている。

夏希ちゃんが医学書コーナーで立ち止まり、発達障害に関する書籍を二冊手に取った。他に同じテーマの本は置いていなかった。

「これにするか」

イラストが盛り込まれた本を手元に残し、文字ばかりの本を棚に戻そうとする。私は腕を伸ばして難しそうな本をつかんだ。

「あの、こっちは私が買うよ」

「そうか」

夏希ちゃんに続いて会計を済ませる。

書店を出ると大粒の雨が降りはじめていた。慌てて走り、駅舎に着いた直後に土砂降りへ変わる。数秒の差でずぶ濡れになるところだった。

ホームから線路に打ちつける雨を眺める。弾けた細かな水滴が足下を湿らせた。電車に乗り込み、ロングシートで買ったばかりの本を開く。車内はエアコンの効きが弱く、湿度が高くて服が肌に張りついた。

本によると発達障害は、脳の機能によって生じる様々な症状を指すとあった。認知能力の差によって、生活や学習に困難が生じている状態だという。生まれながらの性質であって、躾や環境によって発現するものではないとも書かれてあった。

発達障害は主に三つに分類されるという。単独の症状がある人もいるし、それらが重なる場合もあるのだそうだ。

本を読み進める間に、電車は出発していた。

自閉スペクトラム症はＡＳＤとも呼ばれている。

対人関係が苦手で、独特の強いこだわりを持つとされる。かつて自閉症やアスペルガー症候群と呼ばれた症状を指すという。

ＬＤと呼ばれる学習障害には、読み書きや聞くこと、計算などに困難が生じるらしい。数学障害は学習障害に分類される。杉野くんは簡単な計算がとっさにできず、長年苦労を強いられてきた。

がたんごとんと電車が進む。夏希ちゃんは隣で読書に集中している。私は深呼吸をしてからＡＤＨＤ、注意欠如・多動性障害に関するページに目を向ける。

注意欠如・多動性障害は、不注意や多動性、衝動性などが見られる発達障害だ。人によって不注意が見られるタイプや、多動性が目立つタイプなど特性が違うらしい。

不注意とは集中力の欠如や忘れ物の極端な多さ、飽きっぽさなどが挙げられる。集中力が持続しないせいで、他の事柄に気を取られた途端、直前のことを忘れてしまうのだ。だけどその反面、強い集中力を見せる過集中を発揮することもあるらしかった。

多動性は授業中に席にじっとしていられないこと、整理整頓が苦手なこと、絶えず貧乏揺すりをすることなどを指すらしい。そして衝動性とは、思いつくとすぐに行動したり、刺激に反応して走り回るなどの行動を意味するという。

「同じだな」

夏希ちゃんが隣でつぶやく。開かれた本に視線を向けると、夏希ちゃんはＡＤＨＤの多動性に関するページに目を通していた。

夏希ちゃんの幼少期、お母さんは外出先で動き回る子供に手を焼いた。その結果育児ノイローゼになり、夏希ちゃんは叔母さんの家に預けられた。

「そういやあの頃が一番、母さんから叱られていたな。シナモンが苦手になったのも、あの時期が原因なのかもしれない」

私も多動性に関するくだりを読み込む。多動は子供の頃には目立つが、成長に従っておさまることが多いという。衝動や多動、不注意のどれが強いかは人によって異なり、同時に出る場合もあるらしい。

「……やっぱり検査するべきだよな」

夏希ちゃんの独り言に反応ができない。車内に人が増え、湿気で息が苦しくなる。雨は勢いを保ち、窓に激しく水滴が打ちつけられる。ふいに電車の速度が遅くなった。先行車輛のトラブルにより到着が遅れるとアナウンスが流れた。

4

馴染みのある駅に到着した時点で午後五時半を過ぎていた。見慣れた構内の景色に安心感を覚える。行き交う人の多くが閉じた傘を持っていた。改札を出ると夏希ちゃんがお腹を押さえた。

「腹が減ったな」

「そうだね」

私も空腹だった。夕飯を外で食べることをそれぞれ親に連絡する。駅舎の外は雨がやみ、ロータリーに水溜まりができていた。

駅前にはたくさんの飲食店が並んでいるけれど、どれも居酒屋ばかりだった。行く当てのない私たちは全国チェーンのファミレスを選んだ。同級生とファミレスで食事をすることにちょっとだけ憧れを感じていたので嬉しかった。

案内された席でメニューを眺める。ハンバーグや海鮮丼、カレーやラーメンなど何でも揃っている。別メニューに期間限定の東南アジアフェアが掲載されていた。タイ料理のトムヤムクンやインドネシア料理のサテなどに興味を引かれる。

夏希ちゃんはデミグラスのオムライス、私はベトナム料理のフォーを選んだ。二人ともドリンクバーを注文し、順番に飲み物を取りに行った。烏龍茶《ウーロンちゃ》を飲んでいると、夏希ちゃんはオレンジジュースを運んできた。

「フォーは食べたことがないな。基本的に東南アジアの料理は苦手なんだよ」

「日本人には馴染みのない味だからね。私は初めて食べたときから好きなんだ」

食事時のため店内は混み合っていた。お喋りしながら待っていると、店員さんが料理を運んできた。

とろりとした半熟の卵が、茶色の平皿に盛られている。デミグラスソースがたっぷりと注がれ、マッシュルームやトマト、ブロッコリーなどが彩りを添えていた。

「旨そうだな。いただきます」

夏希ちゃんがスプーンですくうと、卵の下のライスはブイヨンで炊いた白いピラフだった。卵とライス、デミグラスを一緒に口に運んだ夏希ちゃんが笑みを浮かべる。

「期待通りの味だ」

遅れてやってきた店員さんがフォーの丼を置く。透明なスープに半透明の米粉麺が入り、ゆで鶏肉、玉ねぎやパクチー、もやしなどの具材がたっぷり盛られている。添えられたライムを搾ってから麺をすすった。

「うん、美味しい」

スープはあっさりめで、もちもちとした米粉麺の甘みを引き立てる。魚醤《ぎょしょう》の独特な風味も食べるうちに癖になってくる。ライムの酸味と玉ねぎの辛味、パクチーの独特の風味が混ざり合い、にぎやかなお祭りみたいに楽しい味がした。

「旨そうに食うな。ちょっともらっていいか」

「うん、いいよ」

東南アジアの料理は苦手らしいが、挑戦して気に入れば食の世界が広がるはずだ。夏希ちゃんとなら食べ物のシェアは気にならない。

丼を押し出すと、夏希ちゃんが新しい箸を手に取った。具と一緒に麺を口に運ぶ。直後に顔をしかめ、丼を押し返した。

「やっぱり無理だ」

口直しのためかオムライスを口いっぱいに頬張る。

「どの味が苦手なんだろう」

「上に載っている草だな。何か虫みたいな味がしないか」

「それだとパクチーだね」

パクチーはエスニック料理に多く使われる。昔は日本では馴染みが薄かったそうだが、最近ではスーパーマーケットでも売られている。都会では専門店があるほど人気らしいが、現地では三つ葉や紫蘇《しそ》のように薬味として添えられる程度みたいだ。

夏希ちゃんがオムライスを飲み込んでひと息ついた。

「さっき森で迷子になった話をしたよな。あのときカメムシが大量にいて、手で払ったときに臭いが染みついて最悪だったんだ」

夏希ちゃんがオレンジジュースを飲み干し、新しい飲み物を注ぐため席を立った。

パクチーを箸で摘んで口に放り込むと、ほのかな苦みを感じた。嚙みしめると鼻に抜ける清涼感のある独特の香りは、癖のある魚醬との相性が抜群に思えた。

私は初めて食べたときから違和感なくパクチーを受け容れられた。だけど人によって好き嫌いが異なるのはなぜなのだろう。

夏希ちゃんが烏龍茶で満たされたグラスを手に戻ってきた。

「ねえ、夏希ちゃん。そのブロッコリーをもらっていいかな」

「構わないけど、嫌いだったよな」

「試してみたいんだ」

ブロッコリーを箸で摘んで口に入れる。嚙みしめると、ゆで野菜の青々としたエキスと一緒に強烈な苦みを感じる。がんばって耐えるけれど何度食べても慣れない。私は心を無にしてブロッコリーを飲み込んだ。

「大丈夫か」

「……うん、平気」

苦みを洗い流すため、フォーのスープをすする。夏希ちゃんはパクチーの匂いを拒絶している。そして私はアブラナ科の野菜全般を苦手としている。

もしかしたらシナモンが苦手なことにも通じるのではないだろうか。

「何か気づいたのか？」

夏希ちゃんが顔を覗き込んでくる。私の表情の変化から察したらしい。店内の時計に目を向けると針は午後七時を指していた。

「食事を済ませたら、図書館に行くね」

駅の近くにある市内最大の図書館は夜九時まで開館している。夜道は怖いけれど大通りだから危険はないだろう。スマートフォンでも検索するつもりだけど、情報が正しいか紙の資料でも確認したかった。

すると夏希ちゃんがオムライスを飲み込んでから言った。

「付き合うぞ」

「もう遅いし、確証があるわけでもない。私だけで大丈夫だよ」

「あたしの問題なんだ。結だけに任せるわけにはいかない」

夏希ちゃんが食事のペースを速める。

「わかった。一緒に調べよう」

真っ直ぐ見つめて頷くと、夏希ちゃんが愉快そうにオムライスを頬張った。

夏希ちゃんみたいにフォークをたくさん口に入れる。早く食べるのは慣れていないので、喉に詰まりそうになる。ゆっくり摂る食事は味を堪能できるけれど、友達と一緒にかき込むごはんも美味しいことを、私は生まれて初めて知った。


私と夏希ちゃんは一時間半、図書館で調べ物をした。

建物を出て、バス停まで二人で歩く。会社帰りらしいスーツ姿の女性とすれ違う。道は暗くて怖かったけれど、夏希ちゃんが隣にいることで不安は薄らいだ。

「世の中は知らないことばかりだな」

街灯の明かりに照らされ、夏希ちゃんがつぶやいた。

検査や実験をしたわけではないから確証はない。だけど私たちは、夏希ちゃんがシナモンを嫌いになった理由に関係する可能性のある情報を探り当てた。

パクチーとカメムシの匂いは似ている。その感覚は化学的に正しく、両方とも匂いの主成分がアルデヒドと呼ばれる有機化合物に分類されていた。

夏希ちゃんは幼少期のトラウマでカメムシを嫌悪するようになった。その結果、同系統の匂いであるパクチーも脳が拒絶するようになったと考えられた。

大通りに出ると、コンビニの明かりが見えた。夜の街で店内がひときわ明るく輝いている。店先にある青色の誘蛾灯が虫たちを集めていた。

「パクチーとシナモンとバニラが同じ分類だとはな」

「似ているように思えないけど、嗅覚の細胞は判別したのかもね」

シナモンとバニラは特徴的な芳香を持っている。そして成分を分析すると、シナモンとバニラの主成分はどちらもアルデヒド系だったのだ。

人は舌にある味覚受容体で味を判別する。味覚は主に塩辛さと酸っぱさ、甘味と苦味、そして旨味などを感じ取る。だが人が美味しいと判別するのは味覚だけを基準にしているわけではない。触覚や視覚、記憶なども関係してくる。

何より影響するのは嗅覚だという。

人間の嗅覚受容体は約四百種類の物質を嗅ぎ分け、味覚よりも遥《はる》かに数が多い。それらの組み合わせや強弱によって、人は多彩な風味を判別する。鼻が利かなくなると、人は味の区別がつかなくなるというのだ。

夏希ちゃんはカメムシにトラウマがあり、味覚嫌悪学習でアルデヒド系の匂いが苦手になった。その結果、シナモンとバニラも苦手になってしまったと考えられた。

「ちょっと実験してみようか」

「そうだね」

自動販売機で百パーセントのオレンジジュースと林檎ジュースを購入する。同じブランドのため、ボトルの形状は一緒だった。

目を閉じた夏希ちゃんに、蓋を開けてから林檎ジュースを渡した。夏希ちゃんが鼻を摘みながら口をつける。

「本当によくわからないな」

夏希ちゃんは二本目に口をつけ、再び首を傾げる。

「全然区別がつかない」

「私もやってみるね」

同じようにして続けて飲むけれど、味の差が全くわからなかった。酸味と甘味で構成された飲み物は、香りという情報を抜かしただけでほぼ同じに感じられた。

私はオレンジジュースを、夏希ちゃんは林檎ジュースを手にして歩いた。

バス停の近くにある店舗は閉まり、小さな街灯だけが足下を照らしている。ベンチに疲れた様子の男性が腰かけていて、私たちは離れた場所で待つ。

複数の路線が利用できるバス停で、私と夏希ちゃんは別々のバスに乗ることになる。時刻表によると夏希ちゃんのバスが先に到着するらしい。

目の前を自動車が通過するのを、夏希ちゃんがぼんやりと眺めていた。

「カメムシの件がなければ、あたしはパクチーを食べられたのかな。みんなが美味しいと感じているのにあたしだけが疎外されてるみたいで、損した気持ちになるな」

「でも遺伝子レベルで苦手な人もいるみたいだから」

世間にはパクチーを嫌う人がたくさん存在する。

日本人には嗅ぎ慣れない人が多いという理由もあるのだろう。だけど実は海外でも苦手な人が多い食品として認識されているらしい。というのも一部の人は、パクチーの匂いの元であるアルデヒド系の成分に遺伝子レベルで強い反応を示すというのだ。

パクチーを好む人は爽やかな香りを感じ取る。だけど特定の遺伝子を持つ場合、その香りが感知できないのだそうだ。さらに脳が石鹸《せっけん》などの食べられないものとして認識するという。そして同じ遺伝子を持つ人は、アルデヒド系であるシナモンやバニラの香りも忌避する場合があるらしかった。

「でもその遺伝子があったからといって、必ずパクチーが嫌いになるとは限らないんだよな」

アルデヒド系の匂いに反応する遺伝子を持つ人がいる一方、そういった人たち全員がパクチー嫌いになるわけではないという。敏感に反応した上で、好ましいと感じる場合もあるというのだ。

「味覚って不思議だね」

バスが停車したけれど、私たちの乗る路線ではなかった。ベンチに座っていた男性が重そうな足取りで乗り込む。

　空気が抜ける音がしてドアが閉まり、空いたベンチに座った。

　夏希ちゃんが林檎ジュースを飲み干し、近くのくずかごに投げた。へりに当たり、一度跳ねてからかごの中に収まった。

「生まれつき決まっていることはある。ただ、その上で克服できることも存在する。何ができて、何ができないか見極めるのが大事なんだろうな」

　隣に座る夏希ちゃんに目を向ける。自動車のヘッドライトが当たった横顔は、普段より大人びて見えた。

「最初はシナモンについての調査だったけど、今回の件はいいきっかけになった。検査について親と相談するよ。ありがとう、結のおかげだ」

「もし検査が不安なら、今日みたいに私が付き添うから」

　私は前のめりになって発言していた。口にした直後、家族の問題に踏み込みすぎたと反省する。夏希ちゃんは目を丸くしてから苦笑を浮かべた。

「気持ちは嬉しい。でも結が同行するのは無理かな」

　私は身を縮め、空のペットボトルを両手で握りしめた。

「ごめん、さすがに図々しかった。ご両親や、夏希ちゃんのお姉さんの役目だよね」

　夏希ちゃんがきょとんとする。遠くから救急車のサイレンが聞こえた。徐々に音が大きくなっていく。

「結に頼めないのは、あいつが人見知りするからだ。それにあたしに姉はいないぞ」

「え……」

サイレンが近づいてくる。赤色の光が明滅し、自動車が歩道に寄って停車した。一台の救急車が目の前を通過していく。

「検査を受けさせたいのは、十歳になる六つ下の妹だ。本に書いてあったようなＡＤＨＤの症状が子供の頃から続いている。母さんの負担を減らすため、あたしもなるべく妹の相手をするようにしているんだ」

「夏希ちゃんが、お姉さん……？」

私は目を見開いたまま固まる。夏希ちゃんが私の瞳を覗き込んだ。

「意味がわからないな。どうして結は、あたしに姉がいるなんて勘違いをしたんだ？」

言葉が出てこない。薄い虹彩がお気に入りらしくて、夏希ちゃんは私の目をよく見つめてくる。そのたびに恥ずかしくて逸らしてきたけど、今日は視線から逃れられない。

夏希ちゃんの瞳が揺らぐ瞬間がわかった。

「ああ、そうか」

夏希ちゃんがベンチの背もたれに身体を預けて空を見上げた。

「結はあたしのことを、二人姉妹の妹だと思っていたのか。そういや叔母さんは、二人目が際立って目の離せない子だったとしか言っていないな」

　雨を運んだ雲は消えていたけど、街明かりのせいで星は見えない。夏希ちゃんが深く息を吐く。

「結は検査を受けるのがあたしだと思って、付き添うと言ったんだな」

　一台のバスが遠くに見えた。電光掲示板に夏希ちゃんが乗る路線名が表示されている。バスがゆっくり近づく。こういうことは当事者こそ気づけない、という叔母さんの言葉を思い出した。夏希ちゃんが上空に顔を向けながら強く目を閉じる。

「失敗ばかりなのはわかっていたけど、何とか普通にやれていると思っていた。でもあたしは他人から検査が必要に見えるんだな」

　夏希ちゃんの声は震えていた。

「その、夏希ちゃん、ごめん。あの……」

「謝る必要なんてない」

　バスが停まる。大きな車体が視界を遮り、音を立ててドアが開く。夏希ちゃんが立ち上がって歩みを進めた。

「あたしの失敗はずっと、努力が足りないせいだと思っていた。みんなができていることが、どうしてあたしには難しかったのか。その理由がわかるかもしれないんだから」

　バスの車内は混雑していた。夏希ちゃんがステップを軽やかに駆け上がり、閉まる寸前に振り返った。

「それじゃまたな」

夏希ちゃんの表情がドアに隠れて見えない。エンジン音と一緒に発進する。私はベンチから動けなくて、遠ざかるテールランプを座ったまま見送った。

Natsuki

第七話　熟していないジャムを煮る

1

コンロのスイッチを押したけど、うまく点火しない。鼻先にガスの臭いが一瞬漂って消える。がちゃがちゃと何度か繰り返し、ようやく成功した。

プルーンとグラニュー糖で満杯の両手鍋を火にかけると、甘い香りが立ち上った。木べらでかき混ぜながら、あたしは結に質問する。

「どうして硬いプルーンを選んだんだ？　どうせ潰すなら柔らかいほうがいいだろ」

あたしは特に熟している袋を覗き込んだ。

我が家には今、大量のプルーンがある。ドライフルーツとしては馴染み深いが、生の果実を食べるのは初めてだ。和名はセイヨウスモモというらしい。結は先ほど冷蔵庫から出した後、硬そうな果実の入った袋を選んで中身を両手鍋に投入していた。

「えっと、熟すとペクチンの量が減るから」

「はあ」

ペクチンという言葉を聞いた覚えはあるが、よく思い出せない。

結が我が家のキッチンにいるのは不思議な気分だ。藍色《あいいろ》に白の水玉のワンピースとデニムのエプロンという格好で、レモンを半分に切っている。

結と一緒に陽子叔母さんを訪ねたのは、一ヵ月半前の出来事だ。

あたしに対する勘違いについて、結はかなり気に病んでいた。あたし自身は気にしていないが、当事者に知らせる方法が慎重なものであるべきなのも理解できる。会うたびに辛気臭い顔をしていたが、幸いにも最近は普段の結に戻っていた。

「ねえねえ、ペクチンって何？」

妹の千秋《ちあき》が背伸びして、結に顔を近づけた。さっきまでリビングでテレビを観《み》ていたはずだ。目を輝かせる千秋に、結が柔らかな笑顔を向けた。

「果物をジャムにするには、ペクチンという成分が必要なの。ごめん、難しいかな」

「そんなことない。面白いからもっと教えて！」

小学四年生の千秋は理科が好きで、テストはほぼ毎回百点だ。図書館で科学関連の児童書をよく借りているし、化学実験系の動画は放っておくと何時間でも見ている。

「果物に砂糖とレモン果汁を加えて熱するの。そうするとペクチンが化学変化を起こしてゲル化……えっと、ジャムみたいにドロドロになるんだよ」

「どんな果物でも？」

「基本的にはなるけど、果物によってペクチンの量が違うの。だから少ない場合は後から加える必要があるんだ」

あたしは結の講義を聞き流しながら作業を続ける。熱でグラニュー糖が溶け、果実の皮が裂けて果汁が溢《あふ》れた。すると千秋がおもむろに破顔した。

「思い出した。ペクチンってフルーチェを固める成分だよね」

「正解だよ。よく知っているね」

「パッケージの裏に書いてあったから！」

嬉しそうな千秋を、結が微笑みながら見つめている。

三日前、父方の祖父母から知人が栽培していたという小ぶりのプルーンを大量にもらった。旬が終わるからと一気に収穫したらしく、運ばれてきたプルーンは家族三人だけで食べるのは無理な量だった。男性の食い手があれば多少は変わるかもしれないが、父は単身赴任中の上、そもそもバラ科のアレルギーがあるためプルーンは食べられない。

その状況を結に相談すると、いくつかレシピを提案された。だけど一人では自信がなかったので、土曜の午前から結と一緒にジャム作りをすることになったのだ。

かき混ぜていたら五分も経たずに飽きた。結の講義は終わり、千秋はプルーンを手に取る。選別の際に結が柔らかすぎると省いた袋に入っていた果実だ。柔らかな果実をかじり、千秋が笑顔を浮かべた。

「やっぱりわたしは熟したほうが好き。お母さんが選ぶのは酸っぱいのばかりで、柔らかくなるとすぐに駄目になったって嫌がるんだ。はい、結ちゃんもどうぞ」

母さんは熟した果実の柔らかな食感が苦手らしい。千秋が結の手のひらに柔らかそうなプルーンを載せた。

「ありがとう。でもジャムもいただくから控えめにしようかな」

あたしは雑に木べらを動かしながら口を開いた。

「まだあるから好きなだけ食べろ。量が多すぎて、今朝見たら昨日より増えていた気がしたくらいだからな」

「勝手に増えたら最高だね」

結がくすくすと笑う。すると千秋が突然、結の腕にぶらさがるようにしがみついた。

「わっ」

「結ちゃん、《フルーツの辻口《つじぐち》》って知ってる？　わたしあの店がお気に入りなんだ」

千秋はお喋りが大好きで、頭に浮かんだら喋らずにいられない。好奇心旺盛な性格のため我が家はいつでも賑《にぎ》やかだ。結が踏ん張り、千秋の身体を支える。

「私もたまに買い物するよ」

「外国のフルーツがたくさんあって楽しいよね。裏の倉庫も入ってみたいんだ。建物全部が果物なんて夢みたい。あっ、それでねそれでね――」

「千秋、交代するぞ」

「はあい」

呼びかけると、千秋は素直に木べらを受け取った。台に乗って両手鍋を覗き込み、甘い香りに笑顔を浮かべる。あたしは結の耳元に顔を近づけた。

「助かるよ」

「いい子だね」

結は微笑むけれど、予測不可能な千秋の相手は楽しい反面、翻弄されることも多い。

結がプルーンを洗ってから包丁を入れ、くるりと一回転させて切れ目を作る。そして果実を手でひねると二つに分かれ、片方に丸い種がついていた。種を取り外すと、結があたしに果実の片方を差し出した。

「夏希ちゃんもどうぞ」

「おう、ありがとう」

皮ごと食べられる品種なので、あたしは果実をそのまま口に入れる。プツンと皮が破けるような感触の後、柔らかな舌触りが感じられた。ほのかな酸味と濃厚な甘みは癖がなく食べやすい味だった。

鍋をかき混ぜる千秋を背後から見守ると、すぐに足踏みをはじめる。千秋はあたし以上に、同じ場所に長く居続けることが苦手なのだ。

だけど千秋はその場に留まる。半年前までなら放り出していたはずだ。母さんが繰り返し言い聞かせ、練習したおかげで耐えられる時間が延びていた。

両手鍋を覗き込むと、崩れた果実から水分が染み出していた。

「よくできたな」

「えへへ」

あたしが褒めると、千秋が気恥ずかしそうに笑った。

結が作業を引き継ぎ、グラニュー糖とレモン汁を加えた。かき混ぜてからしばらく煮込むと、果肉にとろみがついてきた。鍋の中身がふつふつと泡を立てている。

「それじゃ火を止めるね」

煮沸消毒済みのガラス瓶を並べ、スプーンを使って熱々のうちに詰める。瓶の蓋を強く閉め、空気が入らないよう逆さまに置く。

「これで冷えれば完成だよ」

「やったあ！」

千秋が全力で飛び跳ねる。現在の時刻は午前十一時で、放置すれば昼時には冷めるだろう。結が洗い物をはじめたので、隣で皿を拭いた。千秋を皿を棚にしまう係に任命する。千秋に手渡すと、かしゃんと陶器を重ねる音が背後で聞こえた。

「本当なら前みたいにパンも焼きたかったんだがな」

出会って間もない頃、結の自宅でパンを作った。だけど我が家のキッチンでは無理だった。あれから約半年経ち、結とここまで親しくなるなんて想像していなかった。

「また一緒に作ろうよ。でも千秋ちゃんから今日のパンはオススメって聞い――」

「まるおかのパンは世界一だよ！」

千秋には会話を遮る癖があった。千秋が皿を手にしたまま結を笑顔で見上げる。

《まるおかベーカリー》は、我が家から徒歩十五分の場所で長年営業している。古びたビルの一階に店を構え、住宅街と田畑に囲まれている。

建物はおんぼろで、近い将来にビルごと撤去されると専らの噂だ。隣の鰻屋《うなぎや》も三年前に閉店し、二階から上にあった事務所も全て撤退していた。

千秋が寂しそうに肩を落とす。

「最近は休みばかりなんだよ。前は一日何度もパンを焼いてたのに、最近は行っても買えないことがあるんだ。もう辞めちゃうのかな……」

まるおかベーカリーは四十年以上営業していて、店内は清潔だがさすがに老朽化が著しい。厨房機器はオープン当初と同じで、最近は故障続きらしい。店主も高齢のため、半年ほどは臨時休業が増えていた。

あたしも千秋もまるおかベーカリーの味で育った。素朴で気取らない味は他の店にはない魅力があった。後継者がいないため現店主が引退すればその味は消える。常連客としては少しでも長く店を続けてほしいと願っていた。

洗い物を終えた後、千秋の背中を撫《な》でる。

「それじゃ宿題の時間だ」

「はあい」

千秋が間延びした返事をする。集中力の続かない千秋の宿題に付き合うのはあたしの役目だ。結にも事前に断りを入れてある。

リビングに国語のプリントを用意すると、千秋がシャープペンシルを握った。だけど開始五分で千秋が身体を揺らし、視線が宙に浮く。

「はい、ちゃんと問題を見て」

その都度、逸れた意識を宿題に戻させる。

「終わった！」

最後の問題を解き、千秋がシャープペンシルを放り投げた。

「よくがんばったな。それじゃ飯にするぞ」

「やったあ」

解放感から千秋がキッチンまで勢いよく走る。途中でドアに腕をぶつけ、大きな音が鳴った。あたしと結は千秋を追いかけた。

瓶の温度は落ち着いていた。蓋を開けてすくうと、煮詰めたプルーンは市販品のように固まっていた。千秋が瞳を輝かせる。

「すごい。本当にジャムだ」

「確かに買ってきたみたいだな」

普段買ってくる品が、自宅で再現できるとわかるのは感動があった。ジャムとパンを用意して全員でテーブルに座る。

まるおかベーカリーのコッペパンはレトロな雰囲気があった。適度にぱさぱさで、表面はつるりと滑らかだ。ちぎってから、出来たてのジャムをたっぷり塗る。すると葡萄《ぶどう》色《いろ》に似た濃い赤紫のジャムがパンに染み込んだ。

「いただきます」

口に放り込むと、果実の濃厚な風味と甘酸っぱさが舌の上に広がった。プルーン特有のミネラルを感じさせる味わいも活きている。水分の抜けた生地がジャムを吸い込み、ちょうどよいしっとり感を生み出していた。

「美味い。パンとジャムだけなのに最高だな」

千秋が夢中でパンを頬張っている。唇の端のジャムをティッシュで拭うと、くすぐったそうに身動ぎした。結も満足そうにパンを食べている。

「パンがシンプルだから、ジャムの味が引き立つね」

「いいことを思いついた」

あたしは冷蔵庫からマーガリンを取り出す。まるおかベーカリーのパンならバターよりもマーガリンだろう。マーガリンとジャムを贅沢《ぜいたく》に塗ってから頬張る。

予想通りバターと違った軽やかなコクが、素朴なパンとジャムに満足感を与えてくれた。千秋と結も続き、幸せそうに口元を綻ばせていた。

そこであたしは、昨晩発見したレシピを思い出した。冷蔵庫を開け、解凍済みのステーキ用牛肉を取り出す。赤身の多いアメリカ産だ。結が牛肉の出現に目を丸くする。

「食べちゃっていいの？」

「先週家族で食べた特売の余りで、母さんから許可は取った。冷凍していたから、さすがに色が変わっているな」

指で押すと解凍できていることがわかったが、先日と見た目が違っていた。

「色？」

「綺麗なピンク色だったんだ。でも今はいつもの色だな」

肉を焼くのを手伝った際、鮮やかなピンク色に驚いた覚えがあるのだ。ただ味は普段と同じだった。現在は小豆色《あずきいろ》で、スーパーで頻繁に見かける牛肉と同じだ。念のため匂いを嗅ぐが、問題はなさそうだった。

「ピンク色……？」

結がなぜか首を傾げている。あたしは塩胡椒を振り、熱したフライパンに油をひいた。ステーキ肉を投入すると弾けるような音がして、芳ばしい香りが立ち上った。スマホで焼き時間を計り、片面が終わったら裏返して同じように焼く。

ステーキ肉に焼き色がつき、フライパンから皿に移す。鍋に薄切りにした玉ねぎを入れ、しんなりするまで炒めたら牛肉を戻す。料理用の赤ワインを注ぎ、冷蔵庫にあったトマトピューレを入れる。そしてアルコールを飛ばしたら蓋をして軽く煮込んだ。

「さて、今回の主役を入れるか」

あたしは弱火を確認してから、急いで二階に走った。そして戻ってきたあたしの手元を見て、結が感心するような視線を向けてきた。

「あれ、ドライフルーツも作ったんだ」

「簡単そうなほうを試してみたんだ」

結から提案されたレシピは、ジャム以外にドライフルーツがあった。レシピはプルーンを砂糖と混ぜて炊飯器で一晩保温のまま放置し、あとは並べて天日干しをするだけだ。そこで挑戦してみたら思いのほか簡単にできたのだ。乾燥はまだ充分ではないようだが、プルーンはしわしわになり、よく知る市販のドライプルーンに近づいていた。

あたしはドライプルーンを刻み、水とコンソメの顆粒と一緒に鍋に投入する。すると千秋が声を裏返して言った。

「果物を入れるの？」

昨晩、プルーンを使ったレシピ検索をした。その際に発見したのだが、あたしも最初は信じられなかった。だが味が気になり、どうしても食べたくなったのだ。

結が興味深そうにフライパンを見つめる。

「日本では馴染みが薄いけど、海外ではお肉と果物の組み合わせは一般的らしいね。私も食べたことがないから楽しみだな」

本当は長時間煮込むらしいが、面倒なので蓋をしながら十五分ほどで切り上げる。

蓋を開けると、甘さと酸味の合わさった香りが漂ってきた。適当な皿に盛りつけ、全員分の小皿とスプーンを用意する。赤ワインとトマトと牛肉の色が混ざり合い、さらっとしたビーフシチューみたいになっていた。でも牛肉と一緒に入っている具材はフルーツのプルーンで、何となく高級料理みたいに感じられた。

あたしはテーブルに皿をうやうやしく運んだ。

「さて、完成だ。二人とも食ってくれ」

「いただきます！」

千秋が躊躇なくスプーンですくって口に運んだ。見守っていると、千秋が目を閉じて幸せそうな顔で頬に手を当てた。

「すっごく美味しい！」

「本当か」

「それじゃ私も」

あたしと結も口に入れる。牛肉の力強い味わいに、凝縮されたドライプルーンの自然な甘さが意外なほど馴染んでいる。火を通したプルーンは柔らかな食感で、弾力ある赤身にとろりと絡んだ。適度な酸味がくどさを打ち消し、あっさりとした味わいだ。

「旨いなこれ」

甘い果物なんて肉に合わないと思い込んでいた。だけど甘さの強さで比較すれば、すき焼きも同じくらいだろう。違和感は一切なく、想像以上の相性だ。

「こんなに合うんだね」

結が興味深そうな顔でプルーンに注目している。ステーキ肉一枚だけなので、全員で次々に手を伸ばすと一瞬で消えてしまった。

「ああ、旨かった」

あたしは腹を押さえる。買い込んだパンもすぐに尽き、ジャムも半分に減っていた。千秋も結も満足そうに、椅子の背もたれに身体を預けている。野菜はないし、炭水化物を摂取しすぎだ。栄養バランスは偏っているけど、今日だけは忘れることにした。

そこでスマホのアラームが鳴り、時計を見ると午後一時だった。

「千秋、英会話だぞ」

「本当だ」

土曜の午後一時半から英会話塾なのだ。千秋がキッチンを飛び出すと、今度は椅子に足をぶつけた。集中すると視野が狭まって、様々な物にぶつかるのだ。そのため自覚のない謎の痣《あざ》が絶えなかった。ただしこれはあたしも他人事《ひとごと》ではない。

千秋が藍色のバッグを手に提げて戻る。中身を入れ替えると、その都度忘れ物の可能性が高まる。そのため英会話塾の道具を一式詰めたバッグを準備しているのだ。

千秋が藍色のバッグを結の目の前に掲げた。

「可愛いでしょ。新しいんだ！」

「とっても綺麗な色だね」

「えへへ」

結の言葉に千秋がその場で一回転した。あたしはそんな千秋の頭を乱暴に撫で回す。

「前のバッグを豪快に汚したから、新しく買うしかなかったんだろ」

「わざとじゃないもん」

千秋が頬を膨らませ、あたしの手のひらから逃げる。

先々週まで赤い色のバッグで英会話塾に通っていた。だけど小学校で使う書道用の墨汁をこぼしてしまったのだ。染みは全く落ちなくて、買い換える羽目になったのだ。

「あれ、この音は母さんかな」

エンジン音が外から響いて消える。すぐに玄関を開き、足音が近づいてくる。

「ただいま」

「おかえりなさい」

あたしと千秋が返事をすると、母さんがキッチンに顔を出した。そして結に気づいてすぐに丁寧に頭を下げた。

「いらっしゃい、結ちゃん。先日スーパーでお会いしたわよね。用事があったせいで、何もお構いできず申し訳ないわ」

母さんは午前中、町内会の活動で家を空けていた。

「いえ、えっと。あの。こちらこそお邪魔しています」

結が立ち上がり、狼狽えながらお辞儀をする。

「ゆっくりしていってくださいね」

母さんが微笑んでから、千秋に顔を向けた。

「そうだ。千秋、夕方一緒に買い物に行く？」

「うん、行きたい」

「塾の後は絢《あや》ちゃんたちと遊ぶわよね。途中で切り上げて四時前に帰っておいで」

「はあい」

千秋が真っ直ぐ手を挙げる。その直後、あたしは母さんと目が合った。だけどすぐに目を逸らされ、母さんは結に会釈してから廊下の奥に消えた。

「それじゃ行ってきます」

「気をつけろよ」

英会話塾までは徒歩で行ける道のりなので、往き来は一人で任せていた。キッチンで結と二人きりになる。パンの紙袋を丸めていると、ふいに思い出した。

「そうだ、この前借りたSFを返すんだった」

「あ、読み終えたんだ」

忘れるところだった。起きてすぐは覚えていたが、ジャム作りが楽しみで頭から消えていた。あたしは結を部屋に誘う。キッチンを出ると、普段気にならない廊下の埃が目についた。階段に足を載せた途端、踏み板が甲高い音を立てて軋《きし》んだ。

2

部屋に入ると、文庫本は勉強机に置いたままだった。リビングに運ぼうと考えた覚えはあるが、部屋を出るときには頭から抜け落ちていた。

文庫本を渡そうとすると、結は入り口付近で立ち尽くしていた。

「びっくりしたか」

「えっと、そんなことはないよ」

結が首を横に振るけれど、視線が室内を彷徨《さまよ》っている。家具類は全部使い勝手重視の量産品だ。だけど壁や家具に貼られた大量のコピー用紙や付箋は、初めて見たらきっと誰もが戸惑うだろう。

結が躊躇いがちに部屋へ入ってくる。あたしは『SF返す』と書かれた付箋を勉強机から剝がす。そしてドアに貼るべきだったと考えながらゴミ箱に落とした。

「小学生の頃から忘れ物ばかりで、母さんに叱られ続けてきた。あまりに直らないから母さんと試行錯誤を繰り返して、結局この形に落ち着いたんだ」

コピー用紙には忘れがちな物が大きく書かれ、付箋には細々とした注意事項がメモしてある。ドアには『忘れ物チェック』と書いた紙が貼ってある。部屋を出るときは深呼吸をして、忘れ物がないか確認する習慣をつけていた。それでも今回の文庫本のように、忘れ物を避けられないでいる。

「母さんには苦労をかけたけど、対策のおかげで何とかなっている。今では家族からしっかり者なんて思われているんだからな」

自宅では千秋の面倒を見るので、普段から気を張っている。その反動で学校では肩の力を抜くため失敗続きで、教師からの印象は今ひとつだ。

それでも留年しないよう気をつけているし、テストの点数でも帳尻を合わせている。成績を話すと意外に思われるのだが、テスト結果は毎回上位二十五パーセント以内には入っている。

あたしは短期集中型の勉強が得意だった。追い込まれると集中力が一気に増すのだ。そして試験範囲を丸暗記して好成績を叩き出す。

ただし試験後は力を使い果たし、全てが億劫になってしまう。

ＡＤＨＤの特徴のひとつに過集中がある。関心のあることには深く没頭できるが他のことが疎《おろそ》かになりがちで、寝食を忘れるなどして心身に影響が出る場合もあるという。

あたしにも心当たりがあった。

高校受験で睡眠時間を削って勉強し、試験本番直前に倒れそうになったこともある。さくらんぼの事件も中間試験の勉強に集中しすぎて、疲れが抜けず居眠りしたせいで巻き込まれてしまった。ＡＤＨＤの当事者が語る悩みは、あたしが体験する生きにくさと驚くほど合致している。

母さんはそんなあたしのために、生活における対処法を考えてくれた。細かくメモを作ることやアラームを活用することなど、ＡＤＨＤの当事者に対する指導と似通っている。母さんは試行錯誤の末にあたしに適した方法を見つけだしたのだ。

母さんはあたしに教えた経験を基に千秋と接している。だけどまだ幼いという理由もあるのか、千秋はあたし以上に失敗が目立っていた。

ベッドに腰を下ろす。結に椅子を使うよう促すと、遠慮がちに座った。

「千秋のやつ、結に懐いているな」

「元気な子だね」

「それがあいつの取り柄だからな」

千秋は好きという感情に正直で、気持ちを真っ直ぐ主張する。妹の前向きさが好きだが、同時に危うさも感じる。突き進んだ途端、周囲が見えなくなるのだ。

先日も千秋は失敗をした。友達と遊ぶ予定の千秋に、母さんが買い物を頼んだ。千秋はエコバッグとお金、メモ用紙を受け取り外へ飛び出していった。

千秋は夕方に帰宅したが、エコバッグを持っていなかった。母さんが驚いて問い質すと、買ったけどエコバッグを忘れたと主張した。千秋は「取ってくる」と踵を返し、二十分後に商品入りのエコバッグを手に戻ってきた。

エピソード単体なら、そそっかしいだけの笑い話かもしれない。だけど千秋は似た失敗を日常的に繰り返す。あたしも忘れ物が多いが、妹のほうが圧倒的に頻度が高い。

「なあ、結。ちょっと聞いてほしいんだが」

「うん」

枕元のクッションを抱きしめると、結が背筋を伸ばした。

ADHDの多動とは、落ち着きがなく、突発的な行動が継続することを指す。

かつては男子に多いとされてきた。クラスで騒いだり友達を叩いたりするなどの行動として表に出やすいため、診断が下りやすかったのだ。

だけど最近は、女子の割合も少なくないことが判明しているという。女子の場合は、過剰なお喋りや失言として発現しやすいらしい。

「発達障害について母さんに相談したんだ。でも聞く耳さえ持ってくれなかったよ」

「……そうだったんだ」

結が目を伏せる。アップルパイの件の後、あたしは親と話し合う決意を固めた。父さんは単身赴任中なので、最初は母さんに打ち明けることにした。

千秋とあたしが抱える問題の数々は、発達障害と共通点が多い。そう伝えたけど母さんは相手にせず、「何を馬鹿なことを」とあしらわれた。

仕方ないので資料をかき集めた。そして先日、付箋を貼った本や資料のコピーを渡して説明したのだ。その上で検査をしたいと伝えると、母さんは突然険しい顔になった。

「母さんから『あなたたちに障害があるなんてあり得ない』と怒鳴られたよ。あたしもついぶち切れて、言い合いになっちゃったんだ」

あたしたちの失敗は珍しくなく、誰にでもあることだと母さんは譲らなかった。発達障害のせいにするのは間違いだと主張する母さんとは、気まずい日々が続いている。

確かに失敗自体は珍しくないのだろう。だけど頻繁に起こり、継続していること、そして日常生活に支障が出ていることが問題なのだ。発達障害に関する本を両親の寝室に置いたけれど、多分本を開いてさえいないだろう。

「発達障害だと断言したわけじゃない。疑いがあるから確かめたいと頼んだだけだ。それなのに母さんはなぜか、可能性さえ認めたくないみたいだった。ここまで完全に拒否されるなんて想定外だよ」

返事に窮したのか結が黙っている。親に関する話は答えにくいだろう。だけど発達障害に関して相談できる相手は結しかいなかった。

「あのさ、検査する必要ってあると思うか？」

母さんには提案したものの、妹の検査について迷いがあった。

高校生なら自分で学ぶこともできるけれど、小学生は別だと思うのだ。発達障害について理解できるか疑問だし、検査すること自体にショックを受ける恐れもある。本来なら保護者である両親が、専門家に相談しながら判断すべきことのはずだ。学校によって対応も違ってくるだろう。

結が躊躇いがちな様子で口を開いた。

「人によるかもしれないけど……、私は必要だと思う。行政の支援も期待できるし、お医者さんから適切な対策も学べる。最近は理解ある学校や教職員も増えているはずだよ。それに正式な診断書があれば、発達障害を理解しない人に説明する根拠にもなるから」

結が眉間に皺を寄せる。

「何もわからないままだと、対処法を知ることさえできない。私のセンパイも、ずっと吃音で悩んでいたの。だけど専門家の指導でかなり改善したみたいなんだ」

「でも検査のためには、親の許可が要るんだよなあ」

あたしはベッドに倒れ込む。医師の診断が下れば、母さんも話に耳を貸すはずだ。だけどそもそも千秋の検査には母さんの許可が必要だ。単身赴任中の父さんは、子育てに関しては母さんに丸投げだ。相談しても母さんの意見に従うだろう。

気分が沈んできたので、跳ねるようにして立ち上がった。

「部屋で悩んでいても落ち込むだけだ。外をぶらつきながら話そう」

「賛成」

結が笑顔で立ち上がり、身支度を調えて部屋を出た。おすそ分けとして結にジャムを一瓶渡す。玄関脇のチェックシートに目を通し、スマホと財布を確認する。

「出かけてくる」

家の奥に呼びかけると、母さんから「いってらっしゃい」と返事があった。玄関を出ると空の青色は淡く、秋らしい涼やかな風が吹いていた。

道端にいた猫を撫でようとして逃げられ、書店で新刊を眺めては何も買わずに帰る。雑貨屋にはアクセサリーのハンドメイドキットが置いてあった。勝手に子供向けだと思っていたが、ヘアクリップやイヤリングなどを自作できる本格的な大人向けのスターターキットがあることを初めて知った。ドラッグストアでコスメに手を伸ばしたが、あたしも結も知識がなさすぎて何を選べばいいか全くわからない。

ウィンドウショッピングとお喋りだけで、時間は瞬く間に過ぎていく。小腹が減り、ハンバーガーショップに向かう。

店の前で母さんから着信があり、スマホを耳に当てた。

「もしもし」

目の前の自動ドアが開き、フライドポテトの匂いが漂ってきた。

「ああ、夏希。千秋は一緒にいない？」

「いないけど、まだ帰っていないのか」

母さんの喋り方は普段より早口だった。店内の時計が見え、午後四時半を差している。

千秋は出かけるときに四時前に帰ると約束していたはずだ。

「絢ちゃんたちとよく遊ぶ公園を見に行ったけど、千秋の姿はなかったの。それから家に戻ってもまだ帰ってなくて……。どこに行ったかわかるかしら」

防犯用のキッズケータイはソファの脇に落ちていたらしい。玄関脇のチェックシートに書いてあったのに、また確認し忘れていたようだ。

千秋の忘れ物は毎回、予測不可能だ。先日も学校に提出する大事なプリントが行方知れずになった。母さんと一緒に大捜索した結果、なぜか冷蔵庫から発見された。どのような経緯で入ったのか、千秋本人も全く思い出せなかった。

「今は駅近くだから、心当たりを捜すよ。母さんは自宅で待機していてくれ」

「お友達と遊んでいる最中にごめんね」

電話を切ると、結が心配そうな視線を向けていた。

「千秋ちゃん、帰ってこないんだね。捜す当てはあるの？」

「変な場所には行っていないと思うんだ」

千秋が行方知れずになるのは珍しくない。興味のあるものに意識を持っていかれ、ふらふらと横道に逸れてしまうのだ。ただし千秋は方向感覚が優れているので、道に迷っても基本的には自力で家に戻ってくる。

だから帰ってこないときは、何かに集中して時間を忘れている可能性が高い。以前には公園で昆虫観察を五時間近く続けていたこともあった。

「公園以外だと図書館かな。仲良しの友達とよく遊びに行くんだ」

英会話塾から自宅への道のりを外れ、四百メートルほど進むと大きな図書館がある。子供向けの科学本を多数取り揃え、千秋は以前から読破を目指していた。

「わるいけど捜してくるわ」

「私も手伝うよ」

「助かるよ。ついでだし、おじいちゃん家にも寄るかな」

駅前から図書館の途中に、祖父母と伯父一家が暮らす父方の実家がある。顔を出すとお菓子をもらえるので、祖父母宅を訪ねた可能性も捨てきれない。ハンバーガーは名残惜しいが、あたしと結は早足で歩き出した。

父さんが生まれ育った一軒家は、玄関脇に立派な松の木が植わっていた。築年数は四十年以上で、屋根瓦は昔ながらの黒色だった。

チャイムを鳴らすと、おばあちゃんが顔を出した。突然の訪問にも喜び、笑い皺がさらに深くなる。人見知りする結は、道路上で身を隠すようにして待っている。

「千秋いる？」

「来てないけど、どうしたの？」

祖父母の家には不在のようだ。あたしは千秋が帰宅していないことを説明する。おばあちゃんの第一声は「またなの？」だった。

おばあちゃんが奥に消え、おじいちゃんと一緒に戻ってくる。高齢なのに背筋が伸び、廊下を歩くときの足音が大きかった。

「千秋はまたいなくなったのか」

おじいちゃんが顔をしかめると、厳《いか》めしい顔立ちがさらに迫力を増した。

「これから心当たりを探しにいくよ」

「今回もどこかで時間を忘れているんだろう。俺にも協力できることがあるか、春美さんに連絡しよう。夏希も車には注意するんだぞ」

「ありがとう、気をつけるよ」

　春美は母さんの名前だ。玄関の扉を閉め、路上で待つ結と合流する。

　十分ほど歩くと、三階建ての図書館が見えてきた。建て替えてからまだ日が浅く、大きなガラス張りの壁が太陽光を反射していた。

「千秋はここに友達と来ることが多いんだ」

「広いから捜すのは大変そうだね」

　図書館以外にも児童館や音楽ホール、イベントスペースなど複数の施設が置かれている。裏手には広場もあるため、時間を潰すにはもってこいなのだ。

　建物に入り、館内を歩き回る。すると幸運にもロビーで見知った顔を発見した。

「絢、鈴音《すずね》！」

　呼びかけると、小柄な少女たちが振り向いた。

「ひさしぶりだな」

「なっちゃんだ。どうしたの？」

　絢と鈴音は妹のクラスメイトだ。日焼けした短髪の子が絢で、ポニーテールの丸顔が鈴音だ。三年のときから妹と仲良くなり、クラス替えのない四年生に上がってもよく一緒に遊んでいた。

　結は小学生相手でも人見知りするらしく、三メートルほど距離を取りながら気配を消している。

「千秋は一緒じゃないのか」

　妹と一緒かと思ったが、二人だけのようだ。

「……違うけど、何で？」

　一瞬だけ絢が言葉に詰まったように見えたが、すぐに顔を上げて答えた。

「約束の時間に帰ってこなくてな。塾帰りにお前らと遊ぶと言って出かけたんだ」

　絢たちが顔を見合わせ、同時に首を横に振った。

「今日は遊んでいないよ」

「わたしも見てない。多分ここにも来ていないと思う。塾帰りのバッグは目立つから、遠くからでもすぐわかるし」

　つまり千秋は絢たちと遊ぶと嘘をついたことになる。

「行きそうな場所に心当たりはないか」

「公園か文房具屋さんかな。他はちょっとわからない」

　公園は母さんが捜したから、残るは文房具屋だけだ。県内でも特に大きな文房具屋が徒歩圏内にあった。事務用品がメインの店だが、可愛らしい定規やカラーペンも品揃えが豊富で、千秋は買わなくても小一時間は棚を眺めている。

「助かる。遅いからお前らも早く帰れ」

「うん、わかった」

時刻は午後五時を過ぎていた。秋も深まり、日の入りは早まっている。五時半には辺りは暗くなるはずだ。二人が帰ろうとすると、結が近づいてきた。

「えっと、こんにちは。私は夏希ちゃんの友達の落合結っていうの」

「こんにちは」

絢と鈴音は困惑した顔で挨拶を返す。結が身を屈め、二人に目線を合わせた。

「変なことを聞くけどごめん。二人は千秋ちゃんと仲良しなんだよね。二人が最後に千秋ちゃんと遊んだのがいつなのか、私に教えてもらえるかな」

質問の意図がわからないが、なぜか絢が急に顔を強張らせた。すると鈴音が目を伏せながら答えた。

「……一ヵ月くらい遊んでない」

「どういうことだ」

詰め寄ると、鈴音と絢が怯えた表情になる。この一ヵ月、千秋は何度も絢や鈴音と遊んでいるはずだ。結が焦りながら割って入る。

「責めているわけじゃないの。ただ、理由を教えてもらえるかな」

結の声の調子は穏やかで、絢と鈴音の表情が和らいだ。年下相手に大人げなかったと反省する。すると絢たちが躊躇いがちに教えてくれた。

「喧嘩したから……」

絢たちの話によると、原因は千秋にあったらしい。鈴音の気になる男子の名前を、千秋が大勢の前で口を滑らせたというのだ。

千秋は謝ったが、鈴音の怒りは収まらなかった。

実は絢も過去に、千秋に秘密を暴露された経験があった。その際は許したが、昔を思い出して鈴音の味方についた。その結果、絢と鈴音は千秋に『絶交』を宣言した。

「千秋のやつ、またやったのか」

ため息をつく。千秋は内緒話を秘密にするのが苦手だ。親戚の集まりで偶然耳にした陰口を、本人に伝えて大騒動を起こしたこともあった。

似たようなトラブルは、あたしも小学校や中学校で何度かやらかしたことがある。だから千秋の気持ちもわかった。言っては駄目という自覚はあるのに衝動が抑えられず、つい口走ってしまうのだ。

何度も母さんから叱られ、千秋本人も自己嫌悪を抱いている様子だった。反省した結果なのか、あたしの知る範囲だと失敗は鳴りを潜めていた。

だが学校では同じ失敗を犯していたのだ。鈴音が目の端に涙を浮かべる。

「千秋ちゃんからは、ちゃんと謝ってもらったよ。わたしたちもやりすぎって反省して、絢ちゃんとも仲直りしようかって相談していたの。除け者にしたことも、きちんと謝ろうと思ってる」

姉であるあたしの前だから、言い繕っているのではないかという可能性が頭をよぎる。だけど肩を落とす二人を見て、嘘をついていないと感じた。

「教えてくれてありがとう。千秋と仲直りしてくれるとあたしも嬉しい」

優しい声を出すと、絢と鈴音が素直にこくりと頷く。それから絢が恐るおそるといった態度で口を開いた。

「あの、思い出したんだけど、千秋ちゃんには秘密の隠れ家があるみたいで」

「隠れ家？」

絶交の数日前に聞いた話らしい。千秋は自分だけの隠れ家を見つけ、秘密基地にしているというのだ。

「千秋ちゃんは隠れ家について、良い匂いがしてお腹が空くと笑っていたの。だけどそれ以上は教えてくれなくて……」

教える気がないのに口を滑らせ、途中で言うのを止めたといった素振りだったらしい。友達の内緒話は暴露するのに、自分の秘密は明かさないことに絢は少し腹を立てた。そのことも千秋と喧嘩をした理由になったようだ。

絢と鈴音の頭を同時に撫でる。

「ありがとう。千秋の口の軽さは叱っておくよ。どうかまたあいつと仲良く遊んでやってくれ」

「もちろん」

絢と鈴音が手を振って立ち去る。小さな背中を見送りながら、あたしは結に訊ねた。

「どうしてあいつらに、あんな質問をしたんだ？」

「千秋ちゃんのバッグが目立つと話していたから。前は真っ赤だったけど、藍色のバッグに買い換えたんだよね。だから少なくとも二週間は遊んでいないと考えたんだ」

「さすが結だな」

「えっと、偶然だよ」

結の顔が赤くなるのを横目に、ある疑問が頭をよぎった。

「そうするとあの忘れ物のときも、絢たちとは遊んでいなかったわけか」

「何かあったの？」

「母さんが千秋に、友達と遊んだ後に買い物をするよう頼んだんだ。だけどエコバッグごと商品を忘れたんだよ。今日の昼に食べた牛肉は確かそのときのだな」

あたしは千秋が無事に戻った後のことを思い出した。

「そういえば『盗まれていなくてよかったな』と言ったら、千秋は『それは大丈夫』と自信満々に答えたんだ。あれはなぜだったんだろう」

「エコバッグを隠れ家に忘れていたから、持ち去られていない自信があったのかも」

誰にも知られていない場所なら、盗まれる心配は薄いはずだ。だけど隠れ家がどこにあるのか見当もつかない。

「それじゃ次は文房具屋かな」

歩き出したあたしを結が手で制した。

「私一人で充分だよ。夏希ちゃんは他を捜したほうがいい」

「ありがとう。助かる」

結がスマホを検索し、文房具屋のある方角へ走っていった。

自宅に電話して確認したが、千秋は戻ってきていなかった。心配したおじいちゃんも我が家に向かっているという。念のため図書館を含めた複合施設を捜したが、千秋の姿はなかった。あたしは母さんと相談するため、一旦家に戻ることに決めた。

3

自宅に着くと、おじいちゃんの灰色のセダンが駐まっていた。玄関は鍵がかかっておらず、開けた直後に、言い聞かせるような低い声が奥から聞こえた。

小言を言うときみたいな口調が気になってリビングを覗き込む。

「子育てに口を出すのは控えたいが、やはり春美さんが甘やかすのが原因だろう」

テーブルに急須と湯飲みが置いてある。おじいちゃんは厳めしい顔で腕を組み、母さんは項垂れていた。あたしの位置からだと母さんの表情はわからず、丸めた背中しか見えない。

「夏希も問題が多かったが、千秋はそれ以上にトラブル続きだ。直政《なおまさ》も明夫《あきお》も男の子だから多少はやんちゃだったが、あの子たちほど酷くはなかった。直政の息子たちも真面目で大人しい。俺には春美さんの躾のせいとしか思えないんだ」

おじいちゃんは教え諭すような口調だ。直政は伯父さん、明夫は父さんの名前だ。伯父さんの息子である従兄《いとこ》は優等生で、有名大学に進学していた。

「本当に申し訳ありません」

「春美さんが謝っても仕方ない。将来大変な思いをするのは子供たちだ。今からでも遅くない。親が責任を持って教育しないと、わがままな大人に成長してしまうぞ」

「おじいちゃん、それ本気で言ってるのか」

リビングに踏み込んだあたしに、二人の視線が注がれる。おじいちゃんは狼狽えながら口を開いた。

「大人の会話に口を挟むんじゃない」

「は、ふざけんな」

頭に一気に血が上る。詰め寄るため一歩踏み出すと、母さんが行く手を遮った。

「おじいちゃんにそんな口を利いちゃ駄目でしょう！」

母さんがあたしの手首をつかむ。振り払おうとしても力が強くて無理だった。長い爪が皮膚に食い込み、痛みを覚える。母さんがおじいちゃんに頭を下げた。

「すみません。この子には私が言い聞かせますから」

「ちょっと、母さん」

母さんに腕を引かれ、廊下からキッチンに連れていかれる。パン屋の紙袋が丸めたまま置いてあった。あたしが捨て忘れたゴミだ。握る力が弱まり、腕を振ると母さんはあっさり手を離した。

「どうして反論しないんだよ」

母さんが目を閉じ、首を横に振った。

「おじいちゃんは可愛い孫の将来が心配で、善かれと思って言ってくれているの。それなのにあんな乱暴な態度を取るなんていけないわ」

「だけど今の話は納得できない」

医師に診断してもらったわけではないが、発達障害なら育て方云々《うんぬん》で片付けられる問題ではないのだ。それなのに母さんが甘やかしたせいだと断言するのは間違っている。

おじいちゃんの世代だとADHDや自閉スペクトラム症、学習障害などの概念自体が存在していなかった。だからそうした可能性を考えること自体が難しいのかもしれない。

それでも母さんの育て方を否定するのは聞き捨てならない。あたしは母さんの教えのおかげで、何とか日常生活を送れるようになったのだ。

そこでふいに母さんが微笑を浮かべた。

「昔の人は、あれくらい言うのは普通なの。おじいちゃんは優しいほうよ。もっと手厳しい人なんてたくさんいるわ。目くじらを立てても仕方ない。必要な助言は受け止めて、あとは聞き流すくらいがちょうどいいの」

「でも……」

力のない笑みからあきらめが伝わり、文句を言おうとする衝動が萎んでしまった。言葉を探していると、スマホに結からのメッセージが届いた。文房具屋に千秋はいなかったらしい。

残る可能性は一つだけだ。気持ちを切り替え、母さんに訊ねた。

「どこかに千秋の隠れ家があるんだ。良い匂いがすると友達に話していたらしい。母さんに心当たりはないか？」

母さんが首を横に振る。

「ごめん、わからない」

「仕方ない。おじいちゃんにも聞くか」

気まずいけれど、今は千秋を捜すことを優先するべきだ。

リビングに戻ると、おじいちゃんは渋い顔のまま何も言わなかった。あたしも言葉遣いに関して謝罪する気は起きない。

隠れ家について質問すると、おじいちゃんは目を見開いた。

「それなら聞いたぞ。プルーンを届けたときに、千秋が教えてくれたんだ」

「詳しく教えて」

三日前、おじいちゃんとおばあちゃんがプルーンを届けてくれた。おばあちゃんの知り合いが朝に収穫したらしく、弾ける歯触りと鮮烈な酸味が魅力的だった。

だけど千秋は味わった後にこっそり、熟した柔らかい果物のほうが好みだとおじいちゃんに打ち明けたという。新鮮さを自慢するおばあちゃんの手前、言いにくかったのだろう。千秋にしては発言を我慢したほうだ。そのとき千秋は隠れ家の存在と、魔法の力について話したというのだ。

「千秋が言うには、隠れ家は果物が早く熟す魔法の場所らしい。冗談かと思っていたが、何かの手がかりになるだろうか」

「隠れ家は良い匂いがして、果物が早く熟す場所ってことか」

そこであたしはジャムを作った際の違和感を思い出した。

あたしは昨日の朝、冷蔵庫にあったプルーンの量を確認している。そして今朝ジャムを作るためにプルーンを出したとき、前日より増えている気がしたのだ。さらに結と一緒に選別した際、明らかに中身の果実が他より柔らかい袋があった。

魔法の力があるとは信じがたいけれど、隠れ家では実際に果実の熟す速度が上がると仮定してみる。

千秋はプルーンを柔らかくするため、果実の一部を隠れ家に運んだのだ。そして魔法の力で早く熟した。だけどジャムを作ると知った千秋は、足りなくなる可能性を考えて冷蔵庫に戻したのだと思われた。

だけど熟すスピードが上がる場所なんて本当にあるのだろうか。母さんもおじいちゃんも首をひねっている。

「あいつならわかるかも」

情報をまとめ、メッセージを送る。きっと何か見抜いてくれるはずだ。すると三分くらいで結から返事が届いた。

『果物屋さんかもしれない』

メッセージには推理の理由も添えてあった。

果実を早く熟させる成分として、林檎などの果物から発散されるエチレンガスが有名だ。あたしも授業で習ったことを思い出す。植物の生長を促進させ、草花を枯らすなどの影響を及ぼすのだ。そしてプルーンはエチレンガスの影響を受けやすいそうなのだ。

青果店なら果実の良い香りが漂うし、エチレンガスも大量に発散されているはずだ。千秋の好きな青果店なら《フルーツの辻口》だろう。あの店に隠れ家となるスペースがあるかどうかはわからない。疑問点は多いが、他に候補がない以上調べるしかなかった。

「車を出して」

母さんに説明し、フルーツの辻口に向かうことにした。一人でしれっと帰宅する可能性も捨てきれないので、おじいちゃんには留守番を頼んだ。

助手席でシートベルトを締めると、母さんがスイッチを押した。シート越しにエンジンの振動を感じる。時刻は午後六時を回り、辺りは暗くなっていた。


フルーツの辻口は近隣で最も大きい青果店だ。

県道沿いに本店を構え、県内外に多数の支店を展開している。本店のある本社ビルは英会話塾から歩いて十五分ほどの距離なので、小学生の足でも充分たどり着けるはずだ。

本社ビルの広い駐車場に母さんが車を駐める。

一階は果物の販売フロアで、二階は贈答用の高級フルーツを取り扱っている。三階より上は事務所になっているようだ。

本社ビルの裏は広い倉庫だった。敷地を回り込み、裏手の通用門に到着する。道路から見える倉庫の内部は、大量の段ボール箱が所狭しと積まれている。フォークリフトが行き交い、トラックがひっきりなしに出入りしていた。

通用門の脇に警備員室があった。声をかけて小学四年の女子を捜していると伝える。突然やってきたのにもかかわらず、警備員さんは親身に耳を傾けてくれた。そして倉庫の責任者に電話をかけ、小学生の女の子を目撃したか、隠れ家になり得るスペースがあるかも訊ねてくれた。

だが千秋を見かけた作業員はいなかった。倉庫の裏手なども確認してもらったが、隠れ家にできそうなスペースは存在しないと返事があった。

警備員さんにお礼を述べ、あたしと母さんは駐車場に戻る。

夜七時近くになり、日は完全に沈んでいた。自動車の近くの自動販売機が光っている。駐車場に隣接する県道は、会社帰りなのか多くの車が行き交っていた。

「警察に連絡したほうがいいかもな」

母さんは返事をせず、沈んだ表情で自動販売機に小銭を入れた。コーラのボタンを押すと、受け取り口に落下する音が響く。それをあたしに手渡し、母さんは緑茶を買った。それから自動販売機脇のベンチに腰かける。

「どうしてあの子は、友達と遊ぶなんて嘘をついたのかしら」

自動車での移動中、母さんに千秋と絢たちの喧嘩について説明した。秘密を教えるのは気が引けたが、状況的に共有するべきだと思ったのだ。

「本人に聞くまでわからない。だけど千秋は失言する癖を心から反省して、直そうと思っていた。だからこそ喧嘩の理由を知られたくなかったんだと思う」

ペットボトルのキャップをひねると、炭酸の抜ける音が鳴った。

千秋は不用意な発言で何度も周囲の怒りを買っている。母さんはそのたびに千秋を叱りつけた。

忘れ物や遅刻なら、最終的に不利益を被るのは千秋自身だ。だけど失言癖は他者を傷つける。そのため母さんは失敗を繰り返さないよう、普段以上に厳しかった。

千秋は叱られるたび、二度としないと涙目で誓っていた。だからこそ約束を破ったことが後ろめたかったのかもしれない。

「そっか」

母さんが深く息を吐く。喉元が小刻みに震えていて、あたしは動揺してしまう。

「どうしたんだよ」

街灯に照らされた母さんの目元が光った。

「私の叱り方が下手だったのよね。だから千秋は駄目なことを駄目と学べない。みんなの言う通りよ。どうすればちゃんと子育てできるのか、私は全然わからない」

「母さんは今までも、子育てに人から口を出されてきたのか？」

「私が至らないから、見ていられないんだろうね」

街灯や自動販売機、県道を走る車など様々な光に照らされる。母さんの足元から、濃さの違う影がいくつも伸びていた。

「みんなって言うけど、発達障害かもって指摘はあったんだよな」

母さんは居心地わるそうに目を伏せた。

「陽子さんから言われたことがあるわ。それでおじいちゃんやお父さんとも相談したの。そしたら障害のせいにするな、お前の躾のせいだろうって叱られちゃった。私が甘やかしていただけだって反省して、今まで以上にがんばるようになったわ」

「……そんなことがあったのか」

父さんは家のことについて母さんに任せっぱなしに見えたが、おじいちゃんと同じ考えだったらしい。

「ごめんね、夏希」

母さんの顔がくしゃりと歪んだ。

「あなたは自分と千秋が、発達障害かもしれないと悩んでいるのよね。だけど私は違うと思う。わるいのは全部、育児の仕方を間違えたお母さんなの。私があなたたちを、ちゃんと育ててあげられなかったせい――」

「訂正してください」

鋭い声が飛び込んできた。顔を向けると、結が自動販売機の陰から姿を現した。フルーツの辻口に向かうことは伝えていたから、文房具屋から駆けつけたのだろう。

母さんが慌てた様子で目元を拭う。

「えっと、結ちゃん。どうしてここに」

いつから聞いていたのだろう。家族間の深刻な会話に出会《でくわ》して、声をかける機会を見計らっていたのかもしれない。

結が拳を強く握りしめ、母さんをにらむ。その表情を意外に思う。結は明らかに怒っていた。怒りを顕わにする結を、あたしは初めて見た。

「私は夏希ちゃんが大好きです」

「……は？」

予想外の言葉に間の抜けた声を漏らしてしまう。母さんもあっけに取られているが、結は構わずに続ける。

「これまで夏希ちゃんにいっぱい助けられました。夏希ちゃんがいなければ、私の毎日はこんなにも楽しくなかった。真っ直ぐで素敵な、大切な友達です」

結の背後の県道を、大型トラックが通過した。足元がかすかに揺れ、大きな走行音が響く。だけど結の声は、それに負けないくらいの力が込められていた。

「失敗だってたくさんするし、短所もいっぱいあるかもしれない。だけどそれも含めて夏希ちゃんなんです。それは夏希ちゃんのお母さんが、今の夏希ちゃんを育ててくれたおかげだと思います。育て方を間違えたなんて、どうか言わないでください。それで、その、えっと……」

感情のままに口に出していたのだろう。気持ちを発散するにつれ、結が冷静になっていくのが表情から伝わった。

話の着地点を見失ったのか、結は真っ赤な顔で深く頭を下げた。

「だからあの、夏希ちゃんのお母さんでいてくれて、本当にありがとうございます」

怒りの感情からはじまったはずなのに、なぜか最後は感謝で終わった。母さんは返事に窮している様子だ。

あたしは結に近づき、肩に手を回した。結は耳まで赤くして、恥ずかしそうに顔を背ける。こっちも結の顔をまともに見られそうにないから好都合だ。

あたしは母さんに笑いかけた。

「母さんが千秋やあたしを甘やかしたなんて、絶対に間違っている。他の家のことは知らないけど、ちゃんと育ててもらったと感謝しているよ」

「でもね、夏希」

「最後まで聞いてくれ。母さんはすごくがんばっている。あたしたちが問題を抱えていたとしても、それは母さんのせいじゃない。だから、他に理由があるとしか考えられないんだよ」

「夏希……」

母さんが目を伏せて黙り込む。

結のような部外者や、あたしみたいな世間知らずの言葉なんて届かないかもしれない。だけど結の気持ちは嬉しかったし、これまで母さんの試行錯誤に助けられたのは事実だ。だからあたしも母さんを肯定したいと思った。

そこで結が申し訳なさそうに小さく手を挙げた。

「突然出てきて、勝手なことばかり言って本当にごめんなさい。あの、千秋ちゃんの居場所を検討しましょう」

「そうだな」

暗くなった以上、警察に通報したほうがいいかもしれない。だけど警察も情報なしで捜すのは難しいはずだ。

行き先はきっと隠れ家だ。あたしは母さんに質問する。

「この前、千秋が買ったものをエコバッグごと全部忘れたよな。あの日も隠れ家に寄った可能性があるんだけど、何か気になったことはないか」

「どうだったかしら」

その日、母さんは千秋にスーパーで買い物を頼んでいた。じゃがいもと人参、特売のステーキ肉を買うようメモを渡していたという。

　帰宅した千秋は商品を忘れたと言い、どこかへ取りに戻った。気温が高かったため、母さんは肉が傷んでいないか心配したという。だけど千秋から受け取った牛肉を確認し、問題ないと判断したらしい。

「店員さんが保冷剤を入れてくれていたの。だいぶ溶けていたけど充分に冷たかったわ。それにお肉も色が鮮やかだったから」

「あっ」

　結が小さく声を上げ、焦った様子で母に詰め寄る。

「あの、ステーキ肉は鮮やかなピンク色だったんですよね。そのスーパーで買ったお肉が、今までそんな色だったことはありましたか？」

「そういえば、なかったように思う。それに全部が鮮やかだったわけじゃないの」

「詳しく聞かせてください」

　前のめりになって聞く結に、母さんが困惑しながら答える。

　その日、スーパーマーケットではステーキ肉の特売をやっていた。そこで母さんは千秋にステーキ肉を三枚買うようメモを渡した。

　だけど千秋が言うには二枚入りのパックしか並んでいなかったらしい。そこで仕方なく二枚入りを二つ買い物カゴに入れたそうだ。三人で食べた後、余った一枚を冷凍庫で保存した。それが本日の昼食になった。

「実は千秋が落としたせいなのか、片方のパックのラップが破けていたの。少し心配だったけど、見た目は鮮やかだったから大丈夫だと思ったの」

鮮やかなピンク色になっていたのは、ラップが破けていたほうのステーキ肉だけだったという。片方のステーキ肉は、普段と変わらない色だったそうだ。

あの日は手伝いのため、調理中に何度かキッチンに足を運んだ。その際にあたしは鮮やかなピンク色のステーキ肉を目にしていた。

「やっぱりそうだ」

結が青ざめた顔でスマホで検索している。

「……千秋ちゃんが危ない」

結が顔を上げ、母さんの車に駆け寄った。

「居場所がわかったかもしれません。お願いです。早く車を出してください」

「ちょっと待って。千秋はどこにいるの？」

あたしは足踏みする母さんの背中を叩く。

「運転席に急いで」

結が焦るのだから、きっと一刻を争う事態なのだ。母さんがキーを取り出してボタンを押す。ドアロックが解除され、あたしは助手席に、結は後部座席に乗り込む。母さんが運転席に座ると、結が背後から指示を出してきた。

「理由はすぐに説明します。千秋ちゃんの好きなパン屋さんに向かってください。えっと、老朽化したビルで営業している臨時休業の多いお店です」

「まるおかベーカリーか」

エンジンがかかり、ヘッドライトが前方を照らした。普段より勢いよく車が発進する。バックミラーに映る結は不安げで、あたしの心も焦燥感が満ちていった。

4

まるおかベーカリーが入居するビルは、どこにも明かりが点いていなかった。

駐車場に車を駐めると、一階部分がヘッドライトで照らされた。シャッターに書かれたまるおかベーカリーという文字は日に焼け、印刷が剝がれかけている。

シャッターに紙が貼ってあり、車から降りて近づく。『機材不調のためしばらく休業します』とサインペンで書かれていた。昨日パンを買ったときも、店主はオーブンの調子がわるいとぼやいていた。

隣の店舗にもシャッターが下りている。三年くらい前まで鰻屋が営業していたが、ビルの老朽化と店主の年齢を理由に店を閉めている。それ以来ずっと空き店舗のままだ。

結の推理によれば、千秋は近くにいるはずだ。あたしはビルの裏手に走る。コンクリートの地面には雑草が伸び放題で、ひび割れが多かった。

まるおかベーカリーの裏口は施錠されている。隣の空き店舗の勝手口のドアノブを回すが、こちらも鍵がかかっていた。

「千秋ちゃん！」

結が叫び声を上げた。ガラス窓を覗き込み、スマホの懐中電灯で奥を照らしている。窓を開けようとするが、鍵がかかっているようだった。

隣に立って息を呑む。暗闇の先に、倒れている子供らしき足が見えたのだ。履いている靴に見覚えがある。背後で母さんが千秋の名を呼んだ。

「どこかに入り口があるはず――」

結が周囲を探る真横で、あたしは足元のコンクリート片を拾った。そして窓ガラスに思い切り投げつける。

甲高い音と共にガラスが砕け、結が短い悲鳴を上げた。

手を伸ばしてクレセント錠を開けた。窓を全開にしてから、窓枠に手をかけて一気によじ登る。飛び降りると足元でガラスの割れる音がした。

「千秋！」

鰻屋時代の品書きが床に落ち、椅子が転がっていた。避けながら駆け寄ると、倒れていたのは間違いなく千秋だった。

窓の外から街灯の光が射し込み、廃墟《はいきょ》同然の部屋が白い明かりで照らされる。

千秋は目を閉じている。抱き起こすと、口元から呼吸音が聞こえた。

「おい、大丈夫か。しっかりしろ」

頬を叩いたあたしは、自分の手の甲から血が出ていることに気づいた。窓の鍵を開けたときか、よじ登ったときにガラスで切ったのだろう。だが今はどうでもいい。千秋の身体を揺らして呼びかけた。

「ほら、目を覚ませ」

千秋が身動ぎし、ゆっくり目を開けた。

「……お姉ちゃん？」

直後に千秋が咳《せ》き込んだ。背後から結と母さんが走り寄ってくる。母さんが名前を連呼しながら駆け寄り、千秋を力いっぱい抱きしめた。

「どうしてお母さんたちが……？」

ぼーっとしているが、意識はあるようだ。病院に連れて行くべきだと思うが、まずは安堵のため息が出る。

結があたしの隣に立ち、手の甲にハンカチを当ててくれた。そこでようやく鋭い痛みを感じる。興奮していたせいか全く気にならなかった。

「ありがとう。結のおかげだ」

「本当に良かった。でも夏希ちゃんも早く診てもらわないと」

「あたしなら大丈夫だよ」

本音を言うと、徐々に痛みが増してきている。だけどこの程度の怪我なんて、きっとすぐに治るはずだ。母さんは千秋を抱きしめている。結は自分が怪我をしたみたいに泣きそうな顔で、あたしの手の傷口にハンカチを押し当て続けていた。


早朝の教室は、登校する生徒たちのせいか埃っぽく感じる。自分の席であくびをすると、結がカバンを机に置いてから近づいてきた。

「今日は早いんだね」

「たまたま目が覚めたんだ」

忘れ物がないか確認を繰り返すせいで、家を出るのが遅くなるのはしょっちゅうだ。通学途中で何かに意識を持っていかれ、結局遅刻することも珍しくない。だけどあたしだって早く登校することとくらいあるのだ。

結があたしの右手に視線を注ぐ。真っ白な包帯は痛々しいが、あたしは構わずに腕を上下に動かした。結が焦ったように腕を伸ばすが、触れるべきか迷っている。

「見た目は物々しいけど平気だよ。シャーペンだって持てるし、医者からも傷跡はほとんど残らないと太鼓判を押されたよ」

「それはよかった」

結が胸に手を当てて息を吐く。千秋が行方不明になったのは一昨日だ。発見後、千秋は救急車で搬送された。その後も慌ただしくて、結に顚末《てんまつ》を説明できていない。

「千秋ちゃんは元気？」

「日曜は丸一日休んだから、今日は元気に登校していったよ。今頃は絢や鈴音と仲直りしているんじゃないかな」

絢と鈴音にも千秋の無事は連絡した。二人は千秋と仲直りをするとあらためて約束してくれた。千秋もそれを受け容れ、元通りの関係に戻れるはずだ。

千秋は病院で検査を受けた。軽い脱水症状の他に異常は見つからなかったので入院の必要もなく、点滴を受けた後はその夜のうちに帰宅できた。あたしの手の怪我も縫うほどではなく、簡単な手当てで済んだ。

「一応千秋にも確認したんだが、まるおかベーカリーの隣が隠れ家だったよ」

「やっぱり合っていたんだ」

千秋の秘密の隠れ家は、かつて鰻屋だった空き店舗だ。

ビルの側面には通用口があり、空き店舗に通じていた。だが鍵が何者かに壊され、誰でも自由に出入りできるようになっていた。

千秋の話では、見つけた時点ですでに開いていたようだ。小学四年生に鍵の破壊は無理だろうから、どこかの不届き者が壊したのだろう。結と母さんはあたしが窓を壊した後、通用口を見つけて入ってきたらしい。

千秋は二ヵ月ほど前、まるおかベーカリーに立ち寄った。貯《た》めたお小遣いで菓子パンを買うという小学生なりの贅沢をしたのだ。

そして買い物帰りにビルの周囲を探検した。廃ビル同然の外観が子供心をくすぐったのだろう。そこで千秋は無施錠の通用口を発見した。

荒れ果てたビルの一室に足を踏み入れた千秋は、この場所を秘密基地にすることに決めた。簡単な片付けをしたが、勝手に建物に入るのはわるいことだとわかっていた。そのためしばらくは一人だけの秘密にし、大丈夫そうなら絢と鈴音に打ち明けるつもりでいたという。

けれど一ヵ月前、千秋は絢たちと喧嘩した。

喧嘩のことを、千秋は母さんに話せないでいた。それはあたしの予想通り、二度と失言で誰かを傷つけないという母さんとの約束を破ったためだ。千秋は母さんにがっかりされるのが怖かったのだ。

千秋は今までと変わらずに絢たちと遊んでいるふりをした。その間、隠れ家で時間を潰すようになった。

まるおかベーカリーは一日に何度もパンを焼く。そのため焼き上がりの香ばしさが隣の空き店舗まで伝わった。匂いでお腹が空いたのは、好きな店のパンが理由だったのだ。

「まるおかベーカリーの匂いが隣の空き店舗に届いたのは、ビルの老朽化も原因だったらしい。排気口が破損していて、排出された空気が隣に溜まったんだ」

「そうだったんだね」

母さんがビルの所有者と話をした際に聞いた情報だ。

「ビルは近いうちに取り壊す予定だったらしい。だから排気設備の故障や、通用口の鍵の破損も放置されていたんだ」

ビルと同様、まるおかベーカリーの厨房《ちゅうぼう》設備も老朽化が進んでいた。

長年酷使したガスオーブンは故障を繰り返していた。型が古すぎてメーカー修理もできない。店主は独力で直し続けたが、それも限界を越えつつあり、営業できなくなる日が増えていた。

千秋が行方不明になった日も、朝からガスオーブンが不調だった。修理して昼過ぎに試運転をしたが、不完全燃焼を起こしてしまったらしい。店主は危険と判断し、すぐにオーブンの使用を取り止めた。

不完全燃焼を起こす際、人体に有害な一酸化炭素が発生する。そのため店主は換気扇を稼働させていた。だが排気口の破損のせいで、発生した一酸化炭素が隣の空き店舗に流入したのだと思われた。

千秋は英会話塾が終わった後、隠れ家で時間を潰していた。

一酸化炭素は頭痛や眩暈を引き起こし、子供だと少量でも意識を失わせてしまう。何度も死亡事故を起こしている危険なガスだ。店主は不完全燃焼に気づいた直後にオーブンを止めたが、流入した一酸化炭素によって千秋は意識を失ってしまったらしい。

「千秋が無事で何よりだよ」

あたしは強く目を閉じる。もう少し一酸化炭素濃度が濃ければ、命の危険さえあったのだ。軽い症状で済み、後遺症もなかったのは幸運としか言いようがない。

最悪の可能性もあったし、ビルに勝手に侵入するのは犯罪だ。母さんは理由を説明した上で、千秋を厳しく叱りつけた。千秋も自らの行動を反省し、二度としないと約束してくれた。

「千秋の居場所に気づいた理由、もう一度教えてくれないか」

まるおかベーカリーに向かう車中、結から推理の過程は聞かされた。だけどあたしは気が急《せ》いていて、全く頭に入らなかったのだ。

「えっと、牛肉と果物かな」

「そんなこと言っていたな」

結が同じ説明を繰り返してくれる。

千秋は先週の日曜、エコバッグを中身ごと忘れた。置き場所は予想通り、隠れ家だったという。そして慌てて取りに戻って母さんに渡すと、牛肉は普段より色鮮やかだった。その原因は、まるおかベーカリーの機材の不調にあったというのだ。

「牛肉にはミオグロビンという成分が入っているの。それは一酸化炭素と結合することで、黒ずんだ赤身肉を鮮やかな色に変える作用があるんだ。赤身のマグロなんかも一酸化炭素処理をして、綺麗な赤色にすることがあったらしいよ」

「新鮮に見せかけるわけか。騙《だま》されている気がするな」

「わるくなったマグロでも、処理をすれば新鮮に見えちゃうんだ。食中毒の危険があるから法律で禁止されているみたいだけどね」

千秋がエコバッグを忘れたときも、まるおかベーカリーはオーブンを稼働させていたと思われた。だが不完全燃焼を起こし、一酸化炭素が発生してしまったのだ。

店主はすぐにオーブンを停止させた。だが牛肉は一酸化炭素の影響を受け、鮮やかな赤色に変化することになった。千秋は隠れ家に立ち寄る前、一度転んだらしい。そこで牛肉を包装するラップが破け、外気に触れるようになったのだろう。

千秋が戻った時点で、一酸化炭素は安全な濃度まで下がっていた。そのため千秋は無事だったのだ。

また千秋は、好物であるパンの匂いを強く感じる部屋にいつも座っていた。そこはまるおかベーカリーの排気がより多く流入する場所だったのだ。

「もう一つは果物の熟す早さかな」

「最初にエチレンガスと予想して、結局フルーツの辻口は間違いだったよな」

「エチレンガスが関係していたのは合っていたの。だけど発生源は別だった。実は石油系燃料を燃やす際にもエチレンガスは発生するんだ」

「そうなのか？」

灯油やガスなど、化石由来の燃料を燃やしてもエチレンガスが出るらしい。灯油ストーブを燃やす場所では、周囲の植物が早く枯れることがあるという。大昔に存在したガス灯でも、近くの街路樹の葉が早く散ってしまうなどの現象が起きていたらしい。

おそらくパンを焼く際にもエチレンガスは発生していた。そのため千秋が一晩放置した果物が、早く熟す結果になったのだろう。

結は授業でエチレンガスについて学んだとき、気になって詳しく調べたことがあるらしい。その際に石油系燃料でも発生することを知った。今回はスマホであらためて検索し、エチレンガスの性質を確認していたのだ。

結はまず牛肉の色から一酸化炭素の可能性を考えた。そこにまるおかベーカリーが老朽化し、厨房設備が故障していた情報も加わった。それに果実が熟したという情報とエチレンガスの関係性も後押しして、居場所の特定に繋げたのだ。

ビルの所有者には母さんが謝罪に出向いたらしい。通用口から入れたので、結果的にはガラスを割る必要はなかったけれど、緊急事態だったためあたしが怒られることはなかった。

ただし所有者も、管理をないがしろにしていた責任を感じている様子だったと聞いている。ありがたいことに不法侵入や器物損壊の罪に問われることはないようだ。

まるおかベーカリーの店主も事情を聞いて驚いていたらしい。勝手に侵入した千秋が全面的にわるいが、不完全燃焼を起こしたことを悔やんでいる様子だったようだ。

フルーツの辻口の警備員さんにも報告すると、千秋の無事を喜んでくれた。

「居場所を見つけたのが結って教えたら、千秋はお礼を伝えたいと言っていたぞ」

「また千秋ちゃんと会いたいから、近いうちに遊びに行くね」

チャイムが鳴るまでもうすぐだ。生徒が続々と教室に入ってくる。席に戻るため踵を返した結に声をかけた。

「報告があるんだ」

「なに？」

足を止め、結が振り向いた。

「近いうちにあたしと千秋は検査を受けるよ。母さんも付き添うことになった」

発達障害の相談を受けつけている病院はもう調べてあった。昨日は日曜で休診だったから、今日のうちに母さんが電話で予約することになっている。

　土曜の夜遅くのことだ。千秋とあたしと母さんは、三人で病院から自宅に戻った。千秋が寝た後、母さんから検査を受けようと提案してきたのだ。

　母さんの心変わりを意外に思う。おそらく千秋が命の危険に直面した遠因に、発達障害の特性が関わっていることも理由だろう。だけど何よりも結の言葉が、母さんに影響を及ぼしたような気がした。

「結果が出たら聞いてもらえるか」

「えっと、うん。私で良ければ」

　結は目を丸くしてから、力強く頷いた。始業のチャイムが鳴り響き、結が小走りで席に向かう。その背中を見ながら大きく伸びをする。普段は億劫に思える授業が、今日はなぜか少しだけ楽しみに感じられた。

Yui

最終話

かけがえのない誕生日ケーキを分け合う

1

夏希ちゃんがスコーンにクロテッドクリームを載せてかじる。制服に破片がぼろぼろと落ちるが、夏希ちゃんは気にせず口周りのクリームを指で拭いながら笑顔になった。

「めちゃくちゃ合うな」

私も続けて口に運ぶ。食べ慣れない私の口元からもスコーンが崩れていく。

杉野くんお手製のスコーンは小麦粉の風味が活き、粉っぽい食感が素朴だった。それがこってりと重みのあるクリームと口のなかで混じり、一つの料理として完成する。定番だけあって完璧な相性だと思った。

「我ながら大成功ですね。付け合わせはスコーンに限らずクリーム系一筋なんです。クロテッドクリームは乳脂肪分が多いから、罪悪感が半端ないですけど」

杉野くんも破片を落下させている。もうこぼれるのをあきらめているようだ。

窓から見える銀杏《いちょう》の葉が黄金に色づいている。今日は家庭科準備室でのお茶会だった。

梅雨以来、月に一度くらいの頻度で催している。そして今回は杉野くんがスコーンを手作りして持ってきてくれたのだ。

　写真部の草村さんが、眼鏡の位置を直しながら杉野くんに訊ねる。

「そんなに高カロリーなの？」

「乳脂肪分が六〇％なんです。スーパーで買えるのは四〇％前後が主流ですね」

「それはやばいな」

　夏希ちゃんが顔をしかめるけれど、クロテッドクリームをたっぷり載せる。

「先週やった妹の誕生日祝いで食べたショートケーキの生クリームのほうが口当たりは軽いな。クリームなんて全部同じかと思ったが、色々と違うんだな」

「千秋ちゃん、誕生日だったんだね」

「名前の通り、秋に生まれたんだ。ちなみにあたしも同じパターンで、誕生日は夏休みの真っ最中だ。そういえばみんなの誕生日はいつなんだ？」

「僕は二月だからまだ先ですね」

　杉野くんが真っ先に返事をして、続けて草村さんが口を開く。

「私は四月だよ。クラス替えがあると、親しくなる前に誕生日が過ぎちゃうんだ」

　二人が答えたため、仕方なく口を開いた。

「えっと……、十一月九日だよ」

　夏希ちゃんが身を乗り出した。

「もうすぐじゃないか」

今日は十月三十一日だから、誕生日は九日後だ。杉野くんが唇についたスコーンの粉を指で拭う。

「せっかく直前にわかったわけだし、プレゼントを用意しなきゃですね」

「そんな。私だけ申し訳ないよ」

みんなの誕生日に何もしていない。特に夏希ちゃんは、夏休みに何度か会ったのに知らないまま過ぎてしまった。私だけお祝いをしてもらうわけにはいかない。すると夏希ちゃんが真剣な顔で見つめてきた。

「なあ、結。誕生日ケーキを作っていいか」

「えっ？」

「千秋の誕生日ケーキを食べながら、美味しいケーキを作りたいって思ったんだ」

夏希ちゃんが紅茶で唇を湿らせた。

「ずっと料理が苦手だった。それは分量を適当に量ったり、レシピと違うことを思いつきでやるせいだと調理部で気づいたんだ。経験を積んだ今なら挑戦できる気がする」

真剣な表情から、料理に対する意気込みが伝わってくる。

「それならいい経験になりますよ。洋菓子作りは他の料理以上に、レシピ通りに作ることが求められますから」

料理は化学実験に似ている。数グラムの計量の違いや、数秒の加熱の差で仕上がりに違いが生まれる洋菓子作りはより実験に近いと、尊敬する人から教わったことがある。

「何より結に食べてほしい。迷惑じゃなければ、ケーキを作らせてもらえないか」

迫力に圧倒され、私は首を縦に動かしていた。

「えっと、うん。夏希ちゃんの手作りを食べてみたい」

「よっしゃ！」

夏希ちゃんがガッツポーズをする横で、カップのハーブティーに口をつける。草村さんのおばあさんの手作りだ。ミントの爽やかな香りの後に、林檎を思わせるカモミールのほのかな甘みが感じられた。

作ってもらうことに対する申し訳なさを感じるし、がんばりすぎないかという心配はあった。だけど気持ちは素直に嬉しい。すると夏希ちゃんが困り顔で腕組みをした。

「でも設備はどうしようかな。我が家にはスポンジが焼けるオーブンはないし、結の家に上がり込むのもわるいしな」

「隣の家庭科室を使えばいいですよ。それにせっかくだから友達を呼んで、結先輩の誕生日会も開催しましょうか」

杉野くんの提案を聞き、草村さんがティーポットからハーブティーを注いだ。

「お誕生日会なんて小学生以来だし、ひさしぶりにやったら楽しそう。みんなで食べ物を持ち寄ろうか。場所はこの家庭科準備室か、駄目なら写真部の部室を提供するよ」

草村さんがカップに口をつけ、私と夏希ちゃんを笑顔で見遣った。

「それに誰かのために一生懸命何かを作る姿は、とても美しいからね」

草村さんが何かを企《たくら》んでいる気がした。夏希ちゃんが腕を組む。

「それじゃ決定だな」

「うう……」

いつの間にか話が大きくなっている。誕生日会が開かれるなんて気が引けるけど、みんなの張り切りぶりを前に辞退するタイミングを見失ってしまった。すると家庭科準備室のドアがノックされた。杉野くんが返事をして、振り向くとドアが開いた。

「そういえばお前たちが使っていたんだったな」

調理部顧問の横田先生が入ってくる。

唯一の部外者である草村さんが「お邪魔しています」と会釈をした。横田先生が畳まれた段ボール箱とビニール袋を隅に置き、室内を見回す。

「なあ、杉野。不用品はどれくらい出ると思う？」

「うちは去年ほとんど捨てたみたいですからね。今回の整理では少ないと思います」

そこで夏希ちゃんが口を開いた。

「例の大掃除ですよね。あたしも手伝いますよ」

横田先生が首を横に振る。

「ありがとう。でも今のところ間に合ってるよ。手が足りなくなったら頼む」

先日、ある部活の生徒が、棚の上から崩れた荷物の下敷きになって捻挫した。その際に部室の整理整頓が問題になり、各部室の調査が行われることになった。

すると文化部、運動部を問わず、部室の汚さが明らかになった。それを重く見た学校側は各部員に大規模な整理整頓を命じた。段ボール箱やビニール袋が配られ、不用品を一斉に業者に回収してもらう予定なのだ。

「邪魔したな。お茶会を楽しんでくれ」

横田先生が家庭科準備室を出ていく。夏希ちゃんと横田先生の間に、わだかまりは感じられなかった。

調理部を一度辞めた際、横田先生と軽いいざこざがあった。復帰するのは気まずかったけど、横田先生は「あのときはすまなかった」と謝ってくれた。そして私が推理を披露することに固執した理由を教えてくれた。

昨年度、横田先生はセンパイの推理に居合わせたことがあるらしい。鋭い洞察力に感心し、センパイの背後にいた私のことも覚えていたというのだ。

横田先生は調理部に入部した私の積極性のなさを気にかけていた。そのため私が真相にたどり着いたと知り、好機と考えたそうなのだ。

私たちは謝罪を受け容れ、現在では顧問と生徒として良好な関係を築いている。

チャイムが鳴り、お茶会はお開きになった。家庭科準備室を出て、正面玄関に向かう。沈みかけた太陽の光が、ガラス窓から廊下に差し込んでいる。

「結、帰りに図書館に行かないか」

「うん、いいよ」

週末に読むSF小説を借りたいと思っていた。正面玄関で靴を履き替え、校庭へ出る。大きなかけ声に顔を向けると、女子陸上部がトラックを走っていた。


図書館は秋の夕暮れの光に包まれ、灰色の外壁が朱色に染められていた。正面玄関の自動ドアが開くと、千秋ちゃんが建物から出てくるところだった。

「あっ、お姉ちゃんと結ちゃん！」

千秋ちゃんが突進してくる。反射的にお腹に力を入れて何とか受け止め、柔らかな髪の毛を撫でた。

「今日も科学の本を借りたの？」

「うん、絢ちゃんと鈴音ちゃんも一緒だよ」

顔を上げると、玄関ホールに立っていた絢ちゃんと鈴音ちゃんが会釈をしてくれた。千秋ちゃんが私の腕の中から夏希ちゃんに顔を向ける。

「あの、お姉ちゃん」

「どうした」

千秋ちゃんが黙り込み、私の腕からすり抜けるように離れた。

「ううん、何でもない。もう遅いから先に帰るね」

「気をつけろよ」

夕焼けから暗くなるまでは一瞬だ。千秋ちゃんたちが楽しげに笑い合いながら、図書館から遠ざかる。三人の背中を見送ってから、踵を返して館内に向かった。

「何か言いかけていたけど、どうしたんだろう」

「さあな。よくわからん」

夏希ちゃんが不思議そうに首をひねる。

「でも、友達と仲直りしてよかったね」

「最近は学校でも落ち着いているみたいだ」

夏希ちゃんと千秋ちゃんの姉妹は少し前、発達障害の検査を受けた。夏希ちゃんは、妹の千秋ちゃんのお母さんの同意を得た上で話してくれた。

夏希ちゃんは、医師によって注意欠如・多動性障害（ＡＤＨＤ）という診断が下された。

多動と注意欠如の両方が強く、今後も日常生活に支障をきたす可能性が高いという。

ただ、まだ年齢が若いので、成長と共に目立たなくなる可能性もあるらしい。

千秋ちゃん本人にも障害について伝えたそうだ。

さすがに驚いたようだが、意外にもすぐに受け容れたという。学校で発達障害を学ぶ授業があり、自分が該当するかもしれないと疑っていたらしい。自らの抱える問題について幼いなりに悩んでいたのだ。

医師の診断を受けるのに際し、夏希ちゃんのお母さんには心の準備ができていた。今では自分から率先して発達障害の勉強をしているという。

だけど夏希ちゃんの父親は納得しなかったという。「信じられない」「俺の子が障害なんてあり得ない」と疑いを顕わにしたそうなのだ。

その反応は夏希ちゃんのお母さんの先日までの態度と似ている。

医師の診断があるのに拒絶されるとは、夏希ちゃんも想定していなかったらしい。頭に血が上り、お父さんに詰め寄ったという。だけどお母さんが「時間はかかるかもしれないけど、私が責任を持って理解させる」と娘を制止した。これは親の役目だと諭され、不満を抱きつつ全面的に任せたそうだ。

「父さんは育児に全然関わらなかったからな。子供を見てこなかったせいで、理解するのにも時間がかかるんだろ」

夏希ちゃんは複雑そうな表情でそう語った。

身内が発達障害だと判明した場合、最初に拒否反応を示す人は少なくないという。だけど時間の経過によって、受け容れる心が整う場合もある。必要な時間や過程は個人で異なるはずだ。夏希ちゃんの父親にもそんな時期が訪れることを信じたかった。

千秋ちゃんには医師の指導の下、療育が施されているという。ただ、周囲にまだ公表はしていなかった。幸いにも学校側も理解があり、担任の先生と相談し、伝えるタイミングを見計らっているそうだ。

そして夏希ちゃんには、千秋ちゃんと異なる診断結果が下された。

「レシピ本ってどこにあるんだ？」

夏希ちゃんは迷わず進んでいるように見えた。だけど館内の配置は把握していなかったらしい。私は夏希ちゃんをレシピ本コーナーに案内した。

夏希ちゃんが本棚の前で腕を組む。棚に差されたプレートに洋菓子と書かれていた。

「どれを選べばいいかわからないな」

目当ては誕生日会のケーキのレシピらしい。夏希ちゃんが一冊開いてページをめくる。私も別の本を開くけれど、心は別のことを考えてしまう。

夏希ちゃんは医師から『グレーゾーン』だと告げられたという。

グレーゾーンは発達障害の傾向がありながら、診断基準を満たさないことを指す言葉だ。つまり夏希ちゃんは発達障害ではない――いわゆる定型発達だと診断されたのだ。

私はグレーゾーンについて全く知らなかった。

発達障害はイチかゼロかで明確に分かれるわけではない。

もしも発達障害の特性を数値化できるとして、五十以上が発達障害と診断されると仮定する。七十の人は診断が下るし、五十二の人も発達障害に区分される。数値が七や二十の人たちは定型発達と診断されることになる。

そして世の中には、数値が四十九の人たちも確実に存在している。

四十八と五十一では、抱える困難や苦悩に差はほとんどないはずだ。だけど基準にほんの少し満たないため発達障害と診断されず、定型発達者として区分される。

それに人間は、体調や心の具合、環境によって能力が変化する。健康なら定型発達者と変わらなくても、調子を崩した途端に発達障害特有の症状が出る人もいるという。そういった層を発達障害のグレーゾーンと称するそうなのだ。

グレーゾーンという診断に対する、夏希ちゃんの家族の反応は様々だった。お母さんは受け止めかたを迷っている様子だという。千秋ちゃんはよくわかっていないそうだ。

そして夏希ちゃんはお父さんから「お前は障害じゃなくてよかった」と声をかけられたそうだ。お父さんの対応は疑問だけれど、その点も含めてお母さんに任せるつもりらしい。また夏希ちゃんは診断結果について周囲に伝える気はないようだ。

ただ最近、気になることがあった。

グレーゾーンの診断を教えてもらったとき、夏希ちゃんは「今まで以上にがんばるか」と張り切っていた。そして学校でも失敗を避けるための努力を見せるようになった。

夏希ちゃんはこれまで失敗を避けるための工夫を高校ではあまりしてこなかった。それは家庭内で集中していた結果、高校では疲れて余裕がなくなったせいだったらしい。

だけど最近は授業にも身を入れ、メモを小まめに取るようになった。調理部でも執拗《しつよう》にレシピの手順を守っている。

苦手克服のため工夫するのは正しいと思う。だけど最近の夏希ちゃんは無理をしている気がしてならなかった。

「なあ、結。このレシピはどうかな」

呼びかけられ、意識を引き戻される。夏希ちゃんは色褪《いろあ》せた写真のレシピ本を開いていた。クラシックなショートケーキのレシピが掲載され、デザインが時代を感じさせた。全工程が写真付きで解説してあり、レシピ自体も簡略化してあるようだ。表紙にも大きく初心者向けと書いてある。

「えっと、シンプルでわかりやすいと思う」

「それじゃこれにするか」

夏希ちゃんが脇目も振らず、貸し出しコーナーまで歩いていった。

本を閉じかけ、ホイップクリームに関するページだと気づく。クロテッドクリームの話題から、乳脂肪分の違いに興味を抱いていた。SF小説はやめて、この本を借りよう。

そう決めた私は、遠くにある夏希ちゃんの背中を慌てて追いかけた。

2

十一月の朝の空気は冬の気配を漂わせていた。先月まではワイシャツにニットという格好も多かったけれど、生徒たちはみなブレザーを羽織っている。

カバンの重さに難儀していると、背後から夏希ちゃんの声がした。

「結、おはよう」

「おはよう」

私の横に並び、夏希ちゃんがため息をついた。

「またスマホを家に忘れちまった。本当にあたしは駄目だな」

「あの、きっとスマホがないほうが集中できるよ」

やはり最近、自分を責める言動が増えている。

夏希ちゃんが手に提げたエコバッグに薄力粉や卵が入っていた。今日作る予定の誕生日ケーキの材料だろう。パッケージに純生クリームという文字と47という数字が見えた。

「誕生日会は三時半からだよな。遅れないように気をつけるよ」

「スタート前に一度合流しようよ。補講が終わってから時間があるんだ」

「助かる。あたしはすぐに時間を忘れるからな」

私たちの高校は月に二回、土曜の午前中にも授業がある。そして希望者はお昼十二時半から補講も受けられる。私は弱点である古文と日本史の授業を申し込んでいる。夏希ちゃんは補講が性に合わないらしく何も受けていない。

私の補講は午後二時二十分に終わる予定だ。誕生日会の開始時刻は、参加者の補講や部活が終わる時間に設定した。そして夏希ちゃんは午前の授業の後、家庭科室でケーキ作りに勤《いそ》しむことになっている。

「おはようございます」

杉野くんが駆け寄ってきた。小柄な杉野くんの走る姿は小動物みたいで可愛らしい。

杉野くんは夏希ちゃんの隣に立つと、手に提げたエコバッグを覗き込んだ。

「準備万端ですね。僕も結先輩のため心を込めてガトーショコラを仕上げましたよ」

肩にかけた通学バッグを掲げる。お手製のガトーショコラが入っているのだろう。杉野くんの手作りなら美味しいに違いない。

「楽しみにしているよ」

「付け合わせはホイップクリームです。やっぱりガトーショコラにはクリームですよね。部長が使った余りのコンパウンドクリームを分けてもらうことになったんですよ」

「そうなんだ。近所のスーパーで扱ってなかったから気になるな」

図書館で借りた洋菓子のレシピ本に生クリームの種類が紹介されていた。乳脂肪分が高ければ濃厚で、低ければあっさりした味わいになるという。理想の味に合わせ、使い分けるのが大事だと記してあった。

さらにクリームには動物性と植物性があった。味わいや性質、値段などが異なり、植物性クリームはコーヒーのポーションなどにもよく使われる。

そして他にもコンパウンドクリームという種類もあるという。動物性と植物性を混合させたクリームで、両者の中間のような性質らしい。興味はあったが、業務用が多いため手に入らなかったのだ。

夏希ちゃんが私たちの会話に首を傾げる。

「お前ら詳しいな。あたしは自分のレシピだけで精一杯だよ」

「不安なら手伝いますよ。補講もなくて暇なんで、適当に時間を潰す予定ですし」

「うーん」

杉野くんの提案に、夏希ちゃんが眉間に皺を寄せる。経験者の手伝いがあれば安心だろうけど、夏希ちゃんは首を横に振った。

「いや、あたし一人で作る」

「わかりました。僕も夏希先輩のケーキ、楽しみにしていますよ」

「任せとけ」

夏希ちゃんが自信満々に握り拳を作る。朝練を終えたのか、男子陸上部の玉置くんが目の前を通り過ぎた。私たちに気づき、手を振りながら去っていく。玉置くんも今日の誕生日会に参加する予定だ。

ケーキの材料をしまうため、夏希ちゃんは正面玄関から家庭科室に向かった。

教室で授業の準備をしていると、夏希ちゃんが遅れて自分の席に座った。バッグから慎重な手つきで、小さな包みを取り出すのが見えた。

包装紙はくしゃくしゃで、今にも中身が覗きそうだ。自分でラッピングをしたのだろうか。夏希ちゃんは顔をしかめ、包みをブレザーの胸ポケットにしまった。

誕生日プレゼントだろうか。ケーキだけでも嬉しいのに、贈り物まで用意してくれていたのだ。

チャイムが鳴り、担任教師が入ってくる。私は自然と机の下で、足をぱたぱたと前後に動かしていた。午後が待ち遠しくて、胸の奥が不思議と温かく感じられた。

補講授業の教室で、私は隅の席に座った。苦手な日本史と古文の授業は、普段より時間の経過を遅く感じた。

終了のチャイムに息をつく。私は二コマしか申請しなかったが、まだ補講がある生徒もいる。一旦教室に戻ることにした。ドアを開けると、夏希ちゃんが自分の席で居眠りをしていた。

物音で目覚めたのか、夏希ちゃんが身体を起こして目をこすった。

「家庭科室にいると思ってた」

「結が来ると思って移動したんだ」

教室は無人で、窓から少しだけ肌寒い風が入り込む。私たちはのんびりと他愛ない会話を交わした。

ふと話題が途切れ、沈黙が流れる。夏希ちゃんはぼんやりと窓の外に目を向けていた。頭の中で連想がはじまり、自分だけの世界に浸っているのだと思われた。そばの座席に腰かけながら、何も言わずに待つことにした。

夏希ちゃんがあくびをしながら身体を伸ばす。すると突然焦ったように胸元に手を当てた。何度も軽く叩き、胸ポケットに指を突っ込む。

「ない」

夏希ちゃんがブレザーの腰ポケットやスカートのポケットを探る。

「どうしたの？」

「結に渡す誕生日プレゼントがないんだ」

夏希ちゃんの顔が青ざめている。窓から先ほどよりも強い風が流れ込み、私たちの髪の毛をふわりと浮かせた。

「えっと、授業の前に胸ポケットにしまっていた包みかな」

「そうだ。見ていたのか」

焦った様子で教室の床を見渡す。机の中やカバンも漁るが、見つからないようだ。

「あれから一度も出してないの？」

「何度か取り出した覚えはある。ちょっと捜してくるよ」

夏希ちゃんが腰を上げたので、私も席を立った。

「付き合うよ」

失くし物を捜すなら人手が要るだろう。だけど夏希ちゃんは首を横に振った。

「いや、一人でいい。あたしのミスに付き合わせるわけにはいかない」

最近たまに感じる、あの張り詰めた雰囲気だ。反射的に手を伸ばし、夏希ちゃんのブレザーの裾をつかんだ。

「一緒に捜したい」

思いがけず強く引っ張ってしまい、私は慌てて手を離す。夏希ちゃんが目を丸くしながらも頷いた。

「わかった。助かる」

最初に向かう先は、高橋なぎささんのところらしい。陸上部の女子生徒で、夏希ちゃんと同じ中学出身だ。女子陸上部は今日もトラックで練習をしている。校庭に出てすぐ、夏希ちゃんが声を張り上げた。

「おおい、なぎさ！」

夏希ちゃんの声は相変わらず大きく、他の部活動に勤しむ生徒たちからも注目を浴びる。遠くにいた高橋さんが苦笑いで走り寄ってきた。

「相変わらず大声だね」

「あたしの持っていたプレゼントを知らないか」

「それって落合さんに渡すやつ？」

高橋さんが私を一瞥する。夏希ちゃんが紛失したと告げると、高橋さんがタオルで顔の汗を拭いた。

「教室で包装し直した後はわからないな。夏希ちゃんが元のポケットに入れたかどうかも覚えてないよ」

夏希ちゃんは午前の授業の後、高橋さんの教室に向かったらしい。目的は私への贈り物をラッピングし直すためだ。最初は自分で挑戦したが、失敗したそうなのだ。高橋さんは手先が器用で、可愛らしくラッピングするのが得意だった。それを知っていた夏希ちゃんは高橋さんに頼むことにしたのだ。

「念のため今から教室を調べてみるね。わかったら夏希ちゃんに連絡するよ」

「ありがとう。でもスマホを忘れたんだ」

「じゃあ落合さんにしようか」

私は高橋さんから口頭でＳＮＳのＩＤを教わる。その場で登録を済ませ、次の場所を捜すことにした。

校庭から離れる間際、私は一人の女子生徒の視線に気づいた。女子陸上部二年の笹森郁さんだ。笹森さんは以前、陸上部内で盗難騒ぎを起こした。その後、話し合いを経て部活動を続けていると聞いている。

視線は校内でも何度か感じている。申し訳なさそうに、じっと夏希ちゃんを見つめているのだ。声をかけたがっているのは表情から察せられたけれど、一度も話しかけてはこない。夏希ちゃんは笹森さんの視線に気づいていないようだ。

私たちは校庭に背を向け、次の目的地である家庭科室を目指した。

鍵は夏希ちゃんが持っていた。私たちは家庭科室に足を踏み入れる。夏希ちゃんが作業した調理台の近くを捜したけれど、贈り物はどこにもない。

冷蔵庫を開けようとすると、夏希ちゃんに制止された。

「ケーキが冷やしてあるから、誕生日会本番まで見るのは禁止だ」

背中を向けている間に夏希ちゃんが確認したけれど、そこにも入っていなかったようだ。私は他の調理台の下を捜しながら夏希ちゃんに質問する。

「調理中は誰か来た？」

「草村に何枚か写真を撮られたな」

草村さんは『誰かのために一生懸命何かを作る姿は、とても美しい』と口にしていた。夏希ちゃんが誕生日ケーキを作る姿を撮ろうと狙っていたのだろう。

窓際の棚を捜していると、ガラスに奇妙な乳白色の汚れを発見した。触れると粘度があり、人差し指と親指の腹で擦るとすぐに溶けた。鼻先に近づけると、かすかに乳製品の匂いが感じられる。バターのようだが、乾燥していないので比較的新しく思えた。

「ガラスにバターみたいなのがついてる。夏希ちゃん、心当たりはある？」

「バターなんて知らんぞ」

夏希ちゃんがゴミ箱を覗きながら口を開く。ケーキ作りに使った際のゴミはまだ残っていたみたいだけれど、やはりプレゼントは見つからなかった。

時計に目を遣ると、誕生日会の時間が近づいていた。夏希ちゃんは家庭科室でケーキを完成させた後、真っ直ぐ教室に戻ったという。他に捜す当てがないため、私たちは草村さんから話を聞くことにした。

草村さんはジャージ姿で、写真部の部室で埃まみれになっていた。床には大量の段ボール箱が並んでいる。元部長の渡利さんや他の部員たちが片付けを進めていた。

「もうすぐ結ちゃんの誕生日会の時間だよね。すぐに着替えて向かうから！」

写真部は大掃除の真っ最中らしい。余分なゴミの回収期限は今日の午後四時だから、あと四十分しかない。それなのに全員が今日まで何もしていなかったというのだ。

草村さんに来訪の理由を説明する。家庭科室を訪れた際に気づいたことはなかったか質問すると、草村さんは棚に置かれた一眼レフカメラを手に取った。

「プレゼントは全く心当たりがないかな。でも一応、撮影した写真も見てみるか」

草村さんがカメラとノートパソコンを接続し、家庭科室の写真を表示させた。

「わ、格好良い」

画面に表示された瞬間、思わず口から漏れた。

夏希ちゃんが真剣な眼差しでスポンジケーキを横に切る姿が、鮮明な画質で切り取られている。陰影の付け方や背景のぼかしの具合、構図などの影響なのだろう。未経験者では撮ることのできない迫力と臨場感が生まれていた。

「……写真を撮っているのはわかっていたけど、こんな風になるんだな」

自分の姿をまじまじと見られて恥ずかしいのか、夏希ちゃんは居心地がわるそうだ。

ホイップクリームをかき混ぜる様子や、苺《いちご》のへたを取る姿などが続く。夏希ちゃんが気にしていたケーキの完成品の写真はなかった。草村さんが部室の片付けをするため、完成前に家庭科室を離れたからだ。

写真は鮮明だが、胸ポケットにプレゼントが入っているかまでは判別がつかない。

他の写真も順に見ていく。夏希ちゃんが電動の泡立て器を手にしていた。テーブルに大きめのボウルが置かれ、大量のホイップクリームができあがっている。

「……あれ？」

胸に違和感がよぎるけど、その正体がつかめない。仕方なく次の画像を表示させると、大きくぶれた写真が交じっていた。草村さんが苦笑を浮かべる。

「シャッターを押す瞬間に突然足が滑ったんだ。床がぬるぬるして、危うく転ぶところだったよ」

そこでスマホに着信があった。高橋さんからのメッセージで、教室に落とし物はなかったという報告だ。クラスメイトにも確認してもらったようだが、誰も心当たりがなかったという。私は高橋さんにお礼を返信した。

草村さんに感謝を告げ、写真部の部室を出た。念のため廊下を捜しつつ職員室に向かう。落とし物の届けがないか訊ねたが、空振りに終わった。

誕生日会の時間まで三分を切っている。

「よし、あきらめよう」

夏希ちゃんが言い切った。

「失くしちまったものは仕方がない。プレゼントはまた用意すればいいさ。さて、早くしないと主役が遅刻するぞ」

「あの、でも」

反論しようとすると、夏希ちゃんに背中を叩かれた。そのせいで私の言葉はかき消される。夏希ちゃんは普段以上の早歩きで、私は追いかけるので精一杯だった。

3

家庭科準備室にバースデーソングの合唱が流れる。子供の頃以来で、私は気恥ずかしさのあまり身を小さくする。

来てくれたのは調理部後輩の杉野くんと写真部の草村さん、そして陸上部の玉置くんだ。調理部の等々力さんも誘ったけれど、用事があるらしく不参加だ。でも行きたかったと悔しがる姿だけで充分嬉しかった。

二つ並べた長テーブルの中央にある大皿に、ホールケーキが載っている。

「やっぱり不格好だな」

王道のショートケーキを前に、夏希ちゃんは不満顔だ。

「そんなことない。すごく可愛いし、美味しそう」

市販の五号くらいの丸サイズで、白いクリームがふんだんに塗られている。市販のものより表面が凸凹で、手作り感を醸し出している。真っ赤な苺が等間隔に並べられ、『HAPPY BIRTHDAY』とチョコペンで文字がデコレーションされていた。

「それじゃ食うか」

夏希ちゃんがケーキにナイフを入れ、紙皿に取り分ける。全員に配り、フォークで口に運ぶ。スポンジと生クリーム、そして苺というシンプルな構成のケーキだ。期待を込めて口に運ぶ。

生クリームの量が多いように見えたが、口当たりは軽くて甘さも控えめだ。それがどっしりと存在感があるスポンジと絶妙に合い、酸味の強い苺とバランスが取れていた。

「すごく美味しい」

「何とか及第点かな」

ケーキを飲み込んだ夏希ちゃんが苦笑いを浮かべるが、杉野くんや草村さん、玉置くんも美味しいと口を揃える。

夢中で口に運んでいると、あっという間に食べ終えてしまった。

「ごちそうさまでした。本当にありがとう」

行儀がわるいけれど、大皿に残った生クリームとスポンジケーキの欠片をフォークですくう。名残惜しく口に運んだ私は、ふと心に引っかかりを覚えた。少し前、草村さんの写真を見たときに抱いた違和感に似ている。だけどその正体はまたもわからない。

「僕のガトーショコラもよかったらどうぞ」

杉野くんがプラスチック容器からガトーショコラを切り分ける。テーブルには他にも市販のポテトチップスやドリンクなどが並んでいた。杉野くんがジャムを瓶からスプーンですくい、ガトーショコラの脇に載せた。

「付け合わせ、ジャムになったんだね」

濃厚そうなガトーショコラの脇に、真っ赤なクランベリージャムが添えられている。

「クリームがかぶるから急遽変更したんですよ。えっと、夏希先輩もどうぞ」

杉野くんがガトーショコラを載せた紙皿を夏希ちゃんに渡す。なぜか杉野くんの態度に遠慮が感じられたが、夏希ちゃんは「おう、ありがとう」と素直に受け取った。

フォークですくい、ジャムと一緒に口に運ぶ。ガトーショコラは舌の上でほろりと崩れながら、しっとりとした濃厚さも感じられる。一方、ジャムは甘みが強く、合わさると若干しつこく感じた。

草村さんも口に運び、不満げに唇を歪めた。

「うーん。気を遣うのはいいけど、この味だとジャムより生クリームのほうが相性はいいかな。夏希ちゃんもそう思わない？」

夏希ちゃんがジャムとガトーショコラを一緒に食べる。

「いや、あたしは合うと思うぞ」

「そっか。好みの差かな」

草村さんは軽く答えてから、持参してきた高級な紅茶に口をつける。それから先ほど撮影した写真について力説をはじめた。真剣にお菓子作りを進める夏希ちゃんの姿は期待以上に絵になったらしく、コンテストへの応募も考えているらしい。

草村さんの話が一段落したところで、杉野くんが足元のバッグに手を伸ばした。

「等々力さんから誕生日プレゼントを預かっているんですよ」

杉野くんが青色の紙で包装された小箱を取り出し、その横に緑色の箱も並べる。草村さんと玉置くんも同様にバッグから包みを取り出した。

「お誕生日おめでとうございます」

全員から一斉に渡され、私の前に四つのプレゼントが並んだ。

許可を得てから順に開ける。杉野くんは可愛らしいハンカチで、玉置くんは使いやすそうな高性能のシャープペンシルだ。草村さんはハンドクリームで、等々力さんからは有名なコスメブランドのリップクリームだった。

「みんなありがとう」

プレゼントの数々が輝いて見える。だけど同時に夏希ちゃんが気になってしまう。事情を知る草村さんも心配そうに様子を窺っていた。すると玉置くんが首を傾げた。

「荏田はもう渡したのか？」

「あたしは失くしたよ。そそっかしいという自覚はあるけれど、登校から放課後までの間に消えるとは思わなかった」

夏希ちゃんが肩を竦め、杉野くんが目を丸くする。

「本当ですか？」

「その辺に売ってる安物だから問題ない。買い直して週明けに渡すよ」

困惑顔の杉野くんに、夏希ちゃんが余裕の笑みを向ける。だけど私にはその仕草がなぜか、わざとらしく感じられた。

「本当に、どこででも買えるの？」

私が訊ねると、夏希ちゃんの顔が強張った。

夏希ちゃんはラッピングに失敗し、得意な高橋さんに頼んでいる。店で購入したなら店員さんが包装してくれるはずだ。だから手作りか、多少なりとも手が加わっていると思ったのだ。

「まあ、とにかく大したもんじゃないから」

図星だったのか夏希ちゃんが目を逸らす。みんなからのプレゼントは本当に嬉しい。だけど夏希ちゃんの贈り物がない事実が悲しかった。そして捜索を早々にあきらめたことも引っかかっていた。

私は深呼吸をしてから口を開いた。

「あの、今からまた捜さない？」

「何を言ってるんだ。今は誕生日会の最中だろ」

夏希ちゃんが顔をしかめる。スナック菓子も未開封だし、ドリンクも残っている。テーブルには玉置くんが用意したカードゲームも置いてあった。

「わかってる。でも夏希ちゃんのプレゼントも大切だから。もう一度捜せば、きっと見つかるよ」

お開きの時刻までまだ一時間ある。カラオケに行こうという案もあって、親には遅くなると伝えてあった。だから捜すための時間は充分だ。

夏希ちゃんが忙しなく足を揺らしはじめる。

「駄目だ。みんなに迷惑をかけたくない」

「迷惑なんかじゃないよ！」

思いのほか強い口調になり、家庭科準備室に沈黙が流れる。草村さんたちも戸惑いの表情になっている。夏希ちゃんが大きく息を吸った。

「あたしのミスのせいで、大事な時間を台無しにしたくない」

「でも私にとっては、夏希ちゃんの贈り物も同じくらい大切だから」

夏希ちゃんが足を揺らすのを止める。うつむき気味で、渋い表情のまま動かない。それから急に立ち上がったかと思うと、床に置いたバッグをつかみ、夏希ちゃんは無言で出ていってしまった。

　突然の行動に、私は立ち上がることもできなかった。

「夏希先輩、待ってください」

　杉野くんが席を立って追いかける。夏希ちゃんの席に置かれた紙皿に、クランベリージャムだけがたっぷりと残されていた。

　草村さんが茫然とした様子でつぶやく。

「何も出ていかなくても」

「あいつ、普段と様子が違ったな」

　玉置くんも不思議そうに首を傾げた。

　本当なら私が引き下がるべきだったと思う。捜すと言い張る分だけ、夏希ちゃんは自分の失敗の責任を感じることになる。

　それでも私はどうしても、贈り物があきらめられなかった。

　私は草村さんと玉置くんに頭を下げる。

「空気をわるくしてごめん」

　草村さんが腰を上げ、続けて玉置くんも立ち上がった。

「気にしてないよ。それじゃ捜しに行こうか」

「そうだな」

「えっと、そんな。みんなに手伝ってもらうわけには」

玉置くんが苦笑いを浮かべる。

「荏田が用意したプレゼントなんだ。俺たちだって落合の手に渡ってほしいと思っているよ。落合だけに捜させるわけにはいかないって」

「……ありがとう」

二人にお礼を言い、全員で家庭科準備室を出る。

校舎内は部活をする生徒や、補講を終えた生徒が多く残っていた。まずは家庭科室を捜してから、自分の教室や廊下を回る。

でもやっぱり贈り物は発見できない。

「あれ、誕生日会は終わったのか？」

廊下で調理部の芳賀くんと出会した。

井川部長が引退し、現在は同級生の芳賀くんが部長になった。芳賀くんはパンが膨らまなかった事件の張本人で、私と夏希ちゃんが一度調理部を辞めた原因を作っている。

「あの、えっと。捜し物があって」

最初は不真面目な男子という印象だった。だけど明るい性格で部内でも人望があり、あの事件も真摯に反省している様子だった。今は同じ部の仲間として、わだかまりなく一緒に活動をしている。

そのとき、あることに気づいた。

「えっと、芳賀くんは杉野くんにコンパウンドクリームを使う許可を出したんだよね。クリームは残りどのくらいだった？」

「えっと、二〇〇ミリリットルくらいだったはずだけど」

市販の純生クリームの分量とほぼ同じだ。私は数値を胸に留める。

芳賀くんと別れ、手分けして捜すことに決めた。私は一人で家庭科室に戻る。

草村さんの写真を見たとき違和感を覚えた。それからショートケーキを食べた後も、何かに引っかかった。

私は芳賀くんに会ったことで、その正体に思い当たった。

杉野くんは登校時、ガトーショコラの付け合わせはホイップクリームだと話していた。そして部長が使った余りのコンパウンドクリームをもらうと説明していた。だけど誕生日会で出された付け合わせはジャムだった。つまりコンパウンドクリームは使われていないはずだ。

先ほど夏希ちゃんに見せてもらえなかった家庭科室の冷蔵庫を開く。すると予想通り、コンパウンドクリームは見当たらなかった。次にゴミ箱を確認し、推測が正しいことを確信する。

杉野くんに家庭科室まで来てほしいとメッセージを送ると、すぐに返信が来た。夏希ちゃんを追いかけたけれど、あっという間に引き離されて見失ったらしい。近くまで戻ってきていたようで、返信を読み終えると同時に杉野くんがドアを開けた。

「夏希先輩、本当に足が速いですね。ところで、玉置さんと草村さんはどこに?」

私は深呼吸をしてから答えた。

「二人はプレゼントを捜してるよ。それとね、杉野くんに聞きたいことがあるんだ」

「何ですか?」

「夏希ちゃんの調理中、杉野くんは家庭科室に来たよね」

「何のことですか?」

杉野くんはいつもの笑みのまま首を傾げる。胸元に手を当て、大きく息を吸う。

「私の予想では、何かトラブルが起きたと思っているの」

調理中に何かが起きたなら、贈り物の紛失と関係あるかもしれない。グラウンドから運動部のホイッスルの音が鳴り響く。杉野くんがため息をついた。

「さすが結先輩ですね。おっしゃる通りです」

認めた杉野くんに、私は焦りながら付け加える。

「えっと、あの。言いにくいことなら、無理に話さなくていいよ。プレゼントと関係がある根拠はないし」

時間的に考えて、贈り物を捜す手がかりになるかもしれないと思った。だけど夏希ちゃんが無関係と判断して、敢えて黙っていた可能性もあるのだ。

「確かにプレゼントの紛失とは別件です。でも個人的にも結先輩に相談しようと考えていたことなんです。話せる相手は結先輩だけですから」

杉野くんは目を伏せながら、昼過ぎの出来事を話してくれた。

「僕は午前の授業が終わって一時間後くらいに、家庭科室を訪れました。夏希先輩はケーキを作った経験がないですよね。だからアドバイスができればと思ったんです」

今朝、杉野くんは夏希ちゃんにケーキ作りを手伝おうかと聞いていた。その場では断られていたが、あとから心配になったのだろう。

「夏希先輩は電動の泡立て器を使って、ボウルの生クリームをホイップするところでした。スポンジケーキも焼き上がっていて、順調そうに見えました」

夏希ちゃんはストップウォッチを置き、レシピを何度も確認しながら調理を進めていた。険しい顔つきだったが、杉野くんの来訪によって緊張がほぐれた様子だったという。

「だけど僕のせいで集中が切れたみたいでした。夏希先輩は生クリームをホイップする時間を計測するのを忘れたんです」

夏希ちゃんは四七%という乳脂肪分の高い純生クリームを使用していた。私は登校時に数値を目にしている。

濃厚なコクと風味の良さが魅力だが、仕上がりの安定性が低いという難点がある。ホイップしすぎると水分と脂分が分離し、バターに近い物体に仕上がってしまうのだ。そうなるとホイップクリーム特有の食感の滑らかさは損なわれる。

「分離の初期なら挽回《ばんかい》も可能ですが、気づいた時点でもう取り返しがつかない状態でした。夏希先輩はクリームの失敗にショックを受けているようでした」

杉野くんはよくある失敗だとフォローし、邪魔したことを詫《わ》びたそうだ。だけど夏希ちゃんは「油断したせいだ」と自分を責める言動を繰り返した。

それから夏希ちゃんは思い詰めた表情で、ＡＤＨＤのグレーゾーンについて杉野くんに話したという。

「多分僕に数学障害があるから、打ち明けやすかったのだと思います。結先輩には伝えてあることも、そのときに聞きました」

夏希ちゃんは自らの失敗の数々が、発達障害に見られる特性だと説明した。その上でグレーゾーンである自分は克服できるはずだと言ったそうなのだ。それなのにミスを繰り返すことが情けないと胸の裡《うち》を吐露したという。

「ひどく落ち込んだ様子でした。だから僕は正直な気持ちを伝えました」

瞬発力や行動力をずっと尊敬していること。思い立ったら突き進む力強さこそ夏希先輩らしさだと思っていると、杉野くんは本心から打ち明けたという。だけど『ある言葉』を告げた直後、夏希ちゃんの表情が一変したという。

「僕は夏希先輩に、『素晴らしい個性だと思っている』と伝えました。直後に茫然として、それからすごく怒った顔になったんです」

夏希ちゃんは憤りの表情のまま、ボウルの中身を捨てようとしたという。杉野くんは困惑しつつ、再利用できると言って手を伸ばした。

その直後、二人の手がぶつかり、ボウルが弾き飛ばされた。そして中身が飛び散りながら床に落下したというのだ。

「だからガラス窓にバターみたいな脂肪分が付着していたんだね」

「夏希先輩は逆さまに落ちたボウルを見つめて、小さな声で『すまない』と口にしました。僕も謝りながら、冷蔵庫のコンパウンドクリームを調理台に置きました」

杉野くんは「使ってください」と言った後、掃除を手伝おうとしたそうだ。だけど夏希ちゃんに断られ、家庭科室から離れることになったという。

杉野くんが強く目を閉じる。

「個性という表現は不用意でした。夏希先輩が怒るのも仕方がないです」

「……難しいことだと思う」

発達障害やグレーゾーンであることを個性として捉えることで、前向きになれる人もいるのだろう。だけど生まれ持った性質によって苦しんだり、何かをあきらめたりしたこともあったはずだ。それなのに他人が肯定的に表現することは、それまでの苦悩を軽んじることにも繋がりかねない。

杉野くんが調理台に指で触れる。そこは夏希ちゃんがケーキ作りをしていた場所だ。

「でも、どうして僕が家庭科室を訪れたとわかったんですか？」

「最初の違和感は、草村さんの写真かな」

草村さんは調理中の夏希ちゃんの写真を撮影した。そこに写ったボウルにはたっぷりの生クリームが入っていた。

無意識に違和感を覚えたのはその点だった。

生クリームは泡立てる際、オーバーランという数値が存在する。泡立てた際にどれくらいの分量が増えるかを示し、脂肪分が多いほど空気を含む力が弱まる。

クロテッドクリームを食べた際、私は生クリームに興味を抱いた。そして図書館で生クリームに関するレシピ本を借りた。その後、スーパーマーケットに立ち寄り、生クリームを購入してホイップに関する実験をしていたのだ。

四七％の動物性クリームなら、オーバーランは最大で一〇〇前後と言われている。これは泡立てる前の生クリームの量を一〇〇とした場合、二〇〇まで分量が増えることを意味する。砂糖を加えることでオーバーランは低下し、六〇くらいになるという。その場合、一〇〇の生クリームの量が一六〇になる計算だ。

そして動物性以外に、植物性クリームも売られている。コーヒーに加えるクリームとしてよく使われるが、植物性はホイップをした際の安定性が高かった。

夏希ちゃんが持参したクリームのパッケージには『純生クリーム』と書いてあった。これが牛乳の乳脂肪分だけを使用した製品に使用される表記だ。

そして植物性であれば大半は『ホイップ』と記されている。動物性のクリームを泡立てたものもホイップクリームなので、前々からややこしいと思っている。

脂肪の量でも差が出るが、植物性だとオーバーランが一二〇から二〇〇前後とされている。つまりクリームの分量が最大で三倍近くまで増加するのだ。

コンパウンドクリームは、動物性と植物性の混合品だ。

動物性の豊かな風味を保ちつつ、植物性の安定性を併せ持つため業務用として愛用されている。オーバーランの数値も動物性と植物性の中間を示すため、動物性だけよりも仕上がりの分量が増えることになる。

写真を見た瞬間、生クリームの量に違和感を覚えた。動物性クリームをホイップしても、ボウルがいっぱいになるとは考えにくかったのだ。

ケーキを食べたときは夢中で気づかなかったが、思い出してみると想像していたよりあっさりしていた。動物性の風味もあったが、植物性独特の淡泊な風味が加わり、より多く空気を含んだことで口当たりが軽くなったためだろう。

植物性クリームだけの味なら私でも気づけたかもしれない。だけどコンパウンドクリームなので、動物性の風味も感じられた。そのため違和感をやり過ごしてしまったのだ。調理部の等々力さんが同席していれば、一口で指摘していたかもしれない。

その後、私は家庭科室の冷蔵庫にコンパウンドクリームがないことを確認した。そしてゴミ箱にはコンパウンドクリームの空き箱が捨てられていた。

家庭科室でプレゼントを捜索した際は、夏希ちゃんがゴミ箱を調べていた。だから私はゴミ箱の中身を把握していなかった。

夏希ちゃんが他人のクリームを無断で使うとも考えにくい。部長から許可を取ったと考えるのが妥当だけど、夏希ちゃんはスマホを忘れている。

杉野くんは補講を受けていないため居場所がわからない。そこで杉野くん自身が家庭科室を訪れたと推測したのだ。

杉野くんが手伝うため家庭科室を訪れたなら全く変ではない。だけど最初にプレゼントを捜索した際、夏希ちゃんがその事実を隠したのは不自然だと思ったのだ。

思い返すと杉野くんの誕生日会での夏希ちゃんに対する態度に、少しだけ遠慮があった。あれは生クリームの件が影響していたのだろう。

また夏希ちゃんはガトーショコラとジャムの組み合わせが合うと答えていた。それなのに皿にはジャムが残っていた。杉野くんが付け合わせを変更した原因を、夏希ちゃんは自分のせいだと考えた。だから味を否定しにくかったのだと思われた。

「僕はコンパウンドクリームを渡した後、家庭科室からすぐに立ち去りました。そのせいでクリームの性質を説明できなかったんです」

夏希ちゃんはレシピを厳守する。二〇〇ミリリットルのコンパウンドクリームを全て使った結果、ショートケーキはクリームたっぷりに仕上がったのだ。

杉野くんが去った後、夏希ちゃんは一人で掃除をしたようだ。草村さんが撮影のため訪れたのは、その後だったのだと思われた。

夏希ちゃんはガラスの脂分を拭き残し、床の掃除も不充分だったのだろう。そのため草村さんは写真撮影の際に足を滑らせ、ぶれた写真を撮ることになった。

床に視線を落とし、私はあることに気づいた。

「掃除のために腰を屈めるよね」

「そうか。胸ポケットのプレゼントが落ちる可能性はありますね」

杉野くんが教室を見回し、目を見開いた。

「あれ、段ボールがない」

杉野くんの記憶では、校内の一斉片付けのため支給された段ボール箱が家庭科室にも置いてあったらしい。中身はガラクタばかりで、置き場所はボウルが落下した地点に近かったという。

「もしかして」

私がつぶやくと、突然ドアが開く音がした。顔を向けたけれど、家庭科室のドアは閉まっている。家庭科準備室に誰かが入ってきたのだろう。直後に家庭科室に繋がるドアが開き、夏希ちゃんが部屋に飛び込んできた。

「こっちにいたのか」

夏希ちゃんは汗だくで、肩で息をしながら両膝に手を突いた。

4

夏希ちゃんの顔は紅潮していた。かなりの距離を全速力で走り抜けても、夏希ちゃんがここまで疲れているのは見たことがない。心配になって近づくと、夏希ちゃんが背筋を伸ばして私に頭を下げた。

「さっきは突然出ていってすまなかった」

「えっ、その、夏希ちゃん？」

謝られるとは思っていなくて、とっさに返事ができない。

「結はあたしのプレゼントがほしいって思ってくれた。それなのに勝手に苛ついて、どうすればいいかわからなくなって感情のままに逃げ出したんだ」

「そんなことない。私がわがままだっただけだよ」

夏希ちゃんは私に怒って、誕生日会から去ったのだと思っていた。だけどその場から衝動的に逃げ出したというのが本当の動機らしい。

夏希ちゃんは過去に、人間関係で行き詰まると逃げ出すことが何度かあった。我を通そうとして、夏希ちゃんを追い詰めてしまった自分が恥ずかしくなる。

夏希ちゃんが奥にいる杉野くんに気づいて首を傾げた。

「ところで何でお前らが家庭科室に？　それに玉置と草村はどこなんだ」

「お二人はプレゼントを捜索中です。僕は結先輩に、ここで起きたクリームの件について説明していました。すみません、結先輩に見抜かれて全部話しちゃいました」

「さすが結だな」

夏希ちゃんの呼吸が整ってくる。ハンカチを渡そうとポケットに手を入れると、夏希ちゃんがバッグからタオルを取り出した。そして顔を拭いてから口を開いた。

「実はさっき家で千秋に叱られたんだ」

「家で？」

壁の時計に目を遣る。夏希ちゃんが教室を飛び出したのは四十分ほど前だ。夏希ちゃんの自宅まで走り続けても片道十五分以上は必要だろう。家で千秋ちゃんと会話したなら、往復はずっと走り通しだったはずだ。全身が汗だくになるのも無理はない。

「前に図書館で会ったとき、千秋は何か言いかけていたよな。あれは検査結果について、絢と鈴音に打ち明けたことを話そうとしていたんだ」

「二人とも知っていたんだ」

「秘密があることが後ろめたかったらしい」

発達障害だと伝えたことで起こる結果を、私は本でいくつも読んできた。

家族や他者との関係は変わらず良好なままだったり、発達障害の当事者が生きやすくなったりするケースもあった。

だけど理不尽な発言や無理解に苦しめられた人の声も数多く記されていた。悲しいけれど世間には他者を理解しようとせず、頭から拒絶する人がたくさんいるのだ。

固唾を呑んでいると、夏希ちゃんが頬を緩めた。

「あたしも千秋の話を聞きながら、今の結みたいな顔をしていたんだろうな。でも安心してくれ。結も知っているだろうが、あいつらの友情は続いている」

「よかった」

図書館で会ったとき、三人が親しげに笑い合っていたのを思い出す。

「あたしは千秋に、怖くなかったか聞いたんだ。そうしたら『友達だから大丈夫だと思った』って、あっさり答えたよ。絢と鈴音を心から信頼しているんだな」

夏希ちゃんが首に回したタオルの端を両手でつかんだ。

「千秋から打ち明けられた後、結と言い合いになったことを話したんだ。そうしたら溜め込んだ気持ちを伝えたほうがいいって叱られたよ。あいつは思っていたよりもずっと大人だったんだな」

夏希ちゃんが真っ直ぐに私を見つめる。誰かと正面から向かい合うのは未だに苦手だ。だけど夏希ちゃんとなら気にならなくなっていた。

「ずっと悩んでいたことがあるんだ。でも誰にも話せなかった。もしよかったら聞いてもらえるか」

「もちろんだよ」

頷くと、夏希ちゃんが目を閉じた。緊張した面持ちで胸に手を当て、深く息を吸う。夏希ちゃんの手の甲に、うっすらと切り傷の痕が残っていた。

「あたしには発達障害のグレーゾーンという診断が下った。それはあたしが、みんなと同じことができて当然って意味だと解釈した。だから診断を聞いて、もっとがんばろうって決めたんだ」

診断を受けた後、夏希ちゃんは今まで以上に努力を重ねてきた。失敗しないよう意気込む姿を見て応援していたが、同時に張り詰めた空気も感じるようになった。

「でもふいに疑問が湧いたんだ。一体どれくらい努力をすればいいんだろうって」

夏希ちゃんがタオルから手を離し、手のひらをじっと見つめた。

「みんなと同じ条件だとすると、あたしのミスは単なる努力不足になる。できて当たり前なのに、単なる甘えで失敗したことになるんだ」

「……わかります」

私の背後で杉野くんが口を開いた。振り向くと、杉野くんが顔を伏せていた。

「僕もずっと、なぜこんな簡単な計算で失敗するんだろうと悩んできました。他のみんなは当たり前にできるのに。自分に嫌気が差したとき、数学障害の存在を知りました。そのとき僕がどんな気持ちになったか、夏希先輩ならわかると思うんです」

夏希ちゃんが眉間に皺を寄せた。

「多分、気が楽になったんじゃないか」

杉野くんが微笑みを浮かべた。

「正解です。失敗の原因は、自分の努力だけじゃどうしようもない。そうわかった途端、肩の荷が下りた気分でした。人より甘えていたわけじゃないと思えてホッとしたんです」

「わかるよ」

夏希ちゃんが目を伏せて頷いた。

二人の会話を聞きながら、私は必死に頭を働かせる。

夏希ちゃんたちを追い詰めるものの正体は何なのだろう。

私も人前で緊張して何もできなくなる時期があった。だけど多くの人たちに助けられ、幸いにも最近はだいぶ落ち着いてきた。

でも生まれつきの性質で、周囲と合わせるのが極めて困難な人もいるのだ。あの辛かった状況が延々と続くのを想像すると、それだけで心が苦しくなる。

誰かと喋るのが難しかった頃、そんな私を許容してくれる人はほとんどいなかった。混乱してしどろもどろになれば笑われ、深呼吸すれば落ち着くはずだと決めつけてアドバイスをされてきた。そんなことをしても、効果なんて全然なかったのに。

誰にでもできるはずという「当たり前」が、世間では決められているらしい。それさえできない自分が、ひどい出来損ないに思えて仕方がなかった。

この世の中は大多数の人たちを基準に作られている。

だけどある領域が未発達だったり、または極端に鋭かったりする人たちがいる。そんな人たちが、今の世の中では発達障害に区分されている。

そして発達障害とされる人たちにとって、この世界はとても不親切に作られている。世間が決めた当たり前を、たまたま苦手にしている人がいるのだ。

夏希ちゃんたちはその見えないハードルのせいで苦しんでいるのかもしれない。

そんな当たり前が消えれば、夏希ちゃんたちの苦しみも少しは軽くなるはずだと思った。変わるべきなのはきっと、大多数とされる側なのだ。そしてそんな風になれば多分、私を含めたくさんの人たちも、生きることが楽になるはずだ。

すごく難しいことだし、考えが正しいかもわからない。だけど心に留めておこうと思った。そして少しでも私にできることを、これから探していくのだ。

ふいにスマホの着信音が鳴る。杉野くんがポケットからスマホを取り出し、画面を見ながら小さく手を挙げた。

「実はさっき横田先生に質問を送ったんです。今返事が来ました。先生は夏希先輩がケーキを作り終えた後くらいに、段ボール箱を家庭科室から校舎裏に運んだそうです」

「段ボール？」

眉根を寄せる夏希ちゃんに推理を説明する。プレゼントが紛れた可能性を伝えると、夏希ちゃんが目を丸くした。

「そういや学校に戻るとき、トラックが裏門に向かっていったぞ」

「もしかして回収業者かな」

ゴミの収集期限は今日だったはずだ。

直後に夏希ちゃんが駆け出した。家庭科室のドアを開け放ち、廊下に飛び出す。躍動感溢れる姿を、私はとても夏希ちゃんらしいと思った。

「僕たちも行きましょう」

杉野くんに声をかけられ、私も走り出す。廊下に出ると、先の曲がり角で夏希ちゃんが姿を消すところだった。

正面玄関を出て、校舎裏に回り込む。すると一台のトラックが裏門で停まっていた。

小型のトラックで、荷台には幌《ほろ》がなく剝き出しだ。ハザードランプが点滅し、エンジンがかかっている。言い争う声がしてトラックの正面に急ぐと、夏希ちゃんがトラックの前で仁王立ちしていた。

「頼むから段ボールを捜させてくれ」

「気の毒だが、こっちも予定があるんだ」

立ちふさがる夏希ちゃんと運転席の男性の大声が飛び交う。トラックがエンジン音を響かせ、排気ガスの臭いが漂っている。裏門から下校する人も少なくないため、騒ぎを聞きつけた生徒たちが増えていく。

私は必死に対応策を考える。一人の生徒が訴えても、回収業者の人にとっては仕事なのだ。勝手な予定変更は難しいはずだ。教師に知られたら注意されて終わりだろう。

「何をしているんだ」

大人の声に振り向くと、調理部顧問の横田先生だった。杉野くんのメールが届いたことで様子を見に来たのだろう。

運転手さんが横田先生に、夏希ちゃんが進路をふさいで邪魔をしていると報告する。すると横田先生は顔色を変え、夏希ちゃんに詰め寄った。

「何を考えているんだ。危ないだろう」

「話を聞いてくれ。捜したいものがあるんだ」

私は横田先生の元に駆け寄る。

「えっと、理由を説明します」

そこで私は、大勢の生徒の注目を浴びていることに気づいた。横田先生と業者の人からも視線を向けられている。

心臓の鼓動が激しくなり、緊張で声が出てこない。だけど夏希ちゃんは身体を張ったのだ。気力を振り絞り、状況を説明する。夏希ちゃんと杉野くんも補足してくれる。段ボールに大切なものが紛れている可能性を伝えると、横田先生は顔をしかめた。

「絶対に入っているという保証はないんだよな」

「そうですけど……」

大半の場所を捜し尽くした以上、残るは段ボール箱の中しか考えられない。だけど確実にあるとは限らないのだ。やはり手遅れなのだろうか。あきらめかけた直後、横田先生が業者さんに身体を向けた。

「申し訳ありません。どうか捜させてやってくれませんか」

折り目正しい申し出に、業者さんが困惑気味に返事をする。

「学校側が許可を出すなら構わないが、あまり時間は取れないよ」

「助かります」

横田先生に誘導され、トラックがバックする。校舎裏の駐車場の隅に止まると、エンジンが停止する。

業者さんが運転席を下り、荷台の後部にある金属の柵部分を開いた。

横田先生が運転手さんと話し合い、捜せる時間は三十分しかないと教えてくれた。次の予定があるため、それ以上の延長は難しいようだ。

運転手さんと横田先生がトラックの荷台に乗り込む。

「下ろすから、誰か受け取ってくれ」

横田先生に呼びかけられ、私は真っ先に荷台の下に立った。

「お前で大丈夫か？」

「平気です。お願いします」

私が捜したいと願い出たのだ。受け取った段ボールは重く、両腕が小刻みに震えた。だけど必死に力を込めて、トラックから離れた場所に置く。

すると遠くから玉置くんと草村さんが駆け寄ってきた。メッセージを送って呼び出していたのだ。二人に急いで説明し、段ボール箱の捜索をお願いする。

「どうかお願い。プレゼントの包装紙は青色だよ」

「わかった」

捜索を任せ、トラックの荷台の下に戻る。夏希ちゃんも荷下ろしの作業をしている。

私は段ボール箱を抱える横田先生に質問した。

「先生、あの、どうして協力してくれたんですか？」

生徒個人の遺失物の捜索に、教師が手を貸す必要なんてない。あきらめろと諭すこともできたはずだ。すると横田先生が真顔で答えた。

「俺は教師だからな。できる範囲で生徒の手助けするのが役目だ」

横田先生が慎重な手つきで段ボール箱を渡してくれる。とんでもなく重いけど、必死に腕に力を込める。そこで横田先生が苦笑を浮かべた。

「それと個人的な理由だが、荏田と落合には借りがあるだろう」

よろめきながらも、草村さんのそばに運ぶ。トラックの荷台に戻ると、段ボール箱を抱えた横田先生が目を細めた。

「だが俺が余計な真似をしなくても、二人とも立派に成長していたようだな。詳細までは知らないが、俺の耳にも届いていたぞ。あちこちで人助けをしていたんだってな」

「そんな、人助けなんて」

段ボール箱を置いて戻ると、横田先生が校舎の方角に目を向けていた。

「あれが何よりの証拠じゃないか」

「えっ？」

横田先生の視線を追うと、ジャージ姿の女子たちが走ってきた。段ボール箱の前で屈んで作業していた玉置くんが大きく手を振る。

高橋さんと常磐千香さん、そして笹森さんが、私たちのそばに走り寄ってくる。

「玉置から事情を聞いたよ。わたしたちも手伝うね」

高橋さんがジャージの袖をまくる。笹森さんは不安そうな顔で常磐さんの背後に隠れている。常磐さんが背中を押すと、笹森さんは夏希ちゃんの前までたたらを踏んだ。

「えっと、あの。その」

笹森さんは一瞬目を逸らしてから、夏希ちゃんを正面から見据えた。

「お願い、私も手伝わせて。夏希ちゃんの力になりたいの」

夏希ちゃんは目を丸くしてから、嬉しそうに笑った。

「ありがとう。手伝ってもらえて嬉しいよ」

笹森さんが目に涙を浮かべて頷く。

その直後、横田先生が手を叩いた。

「時間がないから急ぐぞ。落合は腕が限界だろう。交代して段ボールの中の捜索だ」

横田先生の指摘通り、私の腕は力が入らなくなりつつあった。

「ありがとうございます」

横田先生にお礼を言って荷台を離れる。気づかないうちに、自分を見てくれる大人がいた。その事実はとても心強いことのように思えた。

力仕事は玉置くんと常磐さんが代わってくれた。段ボール箱の近くにしゃがみ、自分にできる仕事に集中する。

段ボール箱は無地で、開けてみるまで中身はわからない。家庭科室と明らかに無関係な中身なら除外できるが、少しでも可能性があれば丸ごと捜す必要がある。

数も多いけれど、何より制限時間が短すぎる。積み直す手間も考えれば、捜索に費やせる時間はさらに減ることになる。

日が沈みかけ、辺りは夕焼けに染まっていた。空気も肌寒くなってきている。制限時間が迫るなか、草村さんが声を上げた。

「これかな?」

「それ!」

隣にいた高橋さんが指差す。夏希ちゃんが駆け寄り「間違いない」と太鼓判を押す。おそらく普段交流のないはずの草村さんと高橋さんがハイタッチをした。

夏希ちゃんの手のひらに、草村さんがプレゼントを置く。夏希ちゃんは包み込むように握りしめ、胸元に押し当てた。

そこで横田先生のかけ声が響いた。

「急いで荷物を戻すぞ!」

全員で協力し合い、段ボール箱やビニール袋を戻していく。みんなの協力がなければ、こんな短時間では見つけられなかっただろう。達成感から作業は捗《はかど》り、五分と経たずに荷台に戻すことができた。全員で業者さんにお礼を言う。業者さんは軽く手を挙げると、すぐに出発していった。

「ありがとうございました！」

夏希ちゃんの大きな声が響き渡る。トラックが去った後の校舎裏は、普段より広々と感じられた。私と夏希ちゃんは手伝ってくれた人たちに感謝を述べる。横田先生がシャツについた埃を払った。

「見つかってよかったな」

それだけ言い、校舎のほうに歩いていく。高橋さんと常磐さん、笹森さんは部活の後片付けがあるらしい。立ち去ろうとする間際、高橋さんが手を振った。

「困ったときはいつでも助けを呼んでね」

「友達のピンチには、すぐに駆けつけるから」

常磐さんがぶっきらぼうに言うと、隣で笹森さんが涙目で頷いた。

陸上部の面々が去り、校舎裏に誕生日会の参加者たちが残される。草村さんが夏希ちゃんの二の腕を指で軽く突いた。

「それじゃ誕生日会の仕上げだね」

「注目されると恥ずかしいんだが」

夏希ちゃんが照れくさそうな顔で、私にプレゼントを手渡してくれる。

「誕生日おめでとう」

「ありがとう」

青色の包装紙は丁寧に折られ、開けるのがもったいないくらいだ。テープを慎重に剝がし、包み紙を破かないよう開封する。

小さな箱を開けると、中身は髪留めだった。シンプルなバレッタに琥珀色の石がいくつか装飾してある。

「わあ、可愛い」

手のひらに載せて、色々な角度から眺める。すると石とバレッタの接触部にある接着剤が不揃いに思えた。私は夏希ちゃんに訊ねた。

「もしかして手作り？」

「最初にその石を見つけて、結に似合うと思ったんだ。それから大人向けのハンドメイドキットがあるって知ったから」

「その石、結先輩の目の色と似ていますね」

杉野くんの指摘に、夏希ちゃんが渋い顔になる。怒っているのではなく、照れているのだと思われた。夏希ちゃんが顔を逸らしながら口を開く。

「結はいつも前髪で目を隠しているだろ。綺麗なのに前からもったいないと思っていたんだ。それでこの石をつけた髪留めを前髪につけた結を見たくなって……。だけど何か理由があって隠しているなら、無理につけなくてもいいんだぞ」

小学校時代に同級生から瞳の色を揶揄《やゆ》された件は、夏希ちゃんにはまだ話していない。いつか伝えたいと思っていたけど、ずっとタイミングを逸していた。

私は手のひらで前髪を上げる。見知らぬ生徒がこちらを見たような気がして、私は固く目を閉じる。暗いから虹彩の色など判別できないはずなのに、やはりまだ視線が気になってしまう。瞳をさらけ出す不安は、心に深く根づいている。

深呼吸をしてから、髪留めをつける。手を下ろし、ゆっくりと目を開けた。

「あの、どうかな」

「似合ってるぞ」

前髪を上げただけなのに、視界が大きく広がっていた。校舎も夜空も見通しが良い。背の高い夏希ちゃんの顔がいつもよりよく見えて、真っ直ぐ私の瞳を見つめている。

草村さんが両手を合わせた。

「うん、すごく可愛い」

「目の色と同系色だから、互いを引き立て合っていますね」

杉野くんが頷いた後に、玉置くんが驚いた表情で顔を近づけてきた。

「落合の瞳ってそんなに綺麗だったのか」

「うう……」

反射的に身を固くすると、夏希ちゃんが玉置くんの腕を引いた。玉置くんは反省した様子で距離を取ってくれた。

「それじゃ一旦戻りますか」

片付けのため、家庭科準備室に戻ることにする。私と夏希ちゃんは前を歩く杉野くんたちについていく。

今までは周囲の視線が怖くて、自然と猫背になっていた。だけどいつの間にか背筋が伸びていた。髪留めにそっと指で触れる。大切な友達が褒めてくれるなら、悲しい記憶なんて簡単に塗り替えられてしまうらしい。

私の大好きなセンパイのことを思い出す。卒業以来会えていないけれど、次に顔を合わせられたら、夏希ちゃんの話をしたいと思った。この髪留めをつけながら、最高の友達ができたと伝えるのだ。

夏希ちゃんが隣で空を見上げた。

「今度は結のケーキが食べてみたいな」

「えっと、うん。がんばってみるね」

お喋りをしていると、いつの間にか先へ行く三人に引き離されていた。そこで夏希ちゃんが前触れなく駆け出した。

あっという間に背中が遠ざかる。夏希ちゃんの行動はいつだって突然だ。だけど私は隣にいたくて、全力で足を踏み出した。

懸命に両手足を動かし続ける。太陽はすっかり沈み、街灯に明かりが点いた。すぐに息が切れて、脇腹が痛くなってくる。だけどこの程度ならどうってことない。

夏希ちゃんにとっては流すくらいの勢いだったおかげで、何とか追いつくことができた。横に来た私に気づいた夏希ちゃんが目を見開く。それから嬉しそうに微笑み、少しだけ速度を落とした。

白色の光に照らされ、私たちは並びながら同じペースで走った。

参考文献

『ASD（アスペルガー症候群）、ADHD、LD 女の子の発達障害 〝思春期〟の心と行動の変化に気づいてサポートする本』宮尾益知監修、河出書房新社
『女性のADHD 健康ライブラリー イラスト版』宮尾益知監修、講談社
『発達障害に気づかない大人たち』星野仁彦、祥伝社
『社交不安障害』岡田尊司、幻冬舎
『ぼくは社会不安障害』伊藤やす、彩図社
『発達障害グレーゾーン』姫野桂、扶桑社
『大人の発達障害 グレーゾーンの人たち 健康ライブラリー』林寧哲・OMgray事務局監修、講談社
『マギー キッチンサイエンス―食材から食卓まで』Harold McGee、香西みどり監訳、北山薫・北山雅彦訳、共立出版株式会社
『新版 お菓子「こつ」の科学 お菓子作りの「なぜ？」に答える』河田昌子、柴田書店
『パン「こつ」の科学 パン作りの疑問に答える』吉野精一、柴田書店
『カリカリベーコンはどうして美味しいにおいなの？ 食べ物・飲み物にまつわるカガクのギモン』Andy Brunning、高橋秀依・夏苅英昭訳、化学同人

解　説

大矢博子

ほろ苦い。甘酸っぱい。

青春を形容するときによく使われる表現である。

だがよく考えてみれば、これは元来、食べ物の味を表す言葉だ。ほろ苦いチョコレート。甘酸っぱい苺《いちご》。なぜそれがこんなにも青春の描写に似合っているのだろう。

それはおそらく、青春が料理に似ているからではないだろうか。

本書『放課後レシピで謎解きを　うつむきがちな探偵と駆け抜ける少女の秘密』は、二〇一六年に刊行された『スイーツレシピで謎解きを　推理が言えない少女と保健室の眠り姫』の姉妹編である。物語も登場人物も完全に独立しているのでどちらから読んでも差し支えないが、共通項も多いのでまずは前作から紹介しておこう。

『スイーツレシピで謎解きを』の主人公は、私立高校に通う引っ込み思案の少女・沢村《さわむら》菓奈《かな》。彼女には吃音《きつおん》があって、人と話すのが苦手だった。だが校内で同級生の作ったチョコレートを巡る事件が起き、その真相を見抜いた彼女は辿々《たどたど》しい言葉で懸命に伝えようとする。それをきっかけに菓奈の世界が少しずつ広がっていく――という青春ミステリの連作だ。

すべての短編にスイーツが登場し、そのレシピが謎解きのヒントになるという構成を持っているのが特徴。吃音のため誤解を招いたりからかいの対象になったりすることに悩み、それを誰にも「話す」ことができないという〈ほろ苦さ〉。それでも友だちのために懸命に一歩を踏み出そうとする菓奈を友人たちがときに優しく、ときに自然にフォローする〈甘酸っぱさ〉。そこにミステリとしてのテクニカルな仕掛けが加わり、〈ほろ苦さ〉でコーティングされた〈甘酸っぱさ〉のスポンジにとてつもないサプライズが埋め込まれているという、贅沢《ぜいたく》なケーキのような作品だった。

連作の最後に「おまけ」と題された章がある。その章で登場するのが、本書『放課後レシピで謎解きを』の主人公のひとり、落合結《おちあいゆい》である。

ということで、やっと本書の話だ。お待たせしました。

物語は、結が高校二年生の春から始まる。親しい先輩だった菓奈たちの代が卒業し、わずかな友人ともクラスが離れ、現在の結にはクラスに気心の知れた友人がいない。彼女は、文中の言葉を借りれば「極度のあがり症」で、人と会話することに大きなプレッシャーを感じてしまう。そのためひとりでいることが多かった。

本書にはもうひとり主人公がいる。結と同じクラスの荏田夏希《えだなつき》だ。夏希は結と正反対でまったく物おじせず、真正面から他人にぶつかるタイプ。直情径行の度が過ぎて、これまたクラスで浮いた存在になっている。

夏希と結が交互に視点人物を務めながら、校内の事件を解決していくという連作である。彼女たちが出会うのは、調理部の実習で彼女たちの班だけパンが膨らまなかった事件、写真部のサクランボの数が合わなかった一件、お茶会のマドレーヌが消えた謎、牛乳寒天が固まらなかった原因、陸上部で現金が消えた騒ぎ、好きだったはずのアップルパイが突然食べられなくなった理由、などなど。現金紛失の他、終盤には子どもがいなくなるという大きな事件を扱う回もあるが、基本的には食べ物がらみの〈日常の謎〉である。思い立ったら即行動の夏希が半ば暴走気味に情報を集め、結はその後ろをあわあわとついていきながらも真相を見抜くという役割を担っている。

つまりは、スイーツや料理に彩られた女子バディものの青春ミステリ、である。

だが、その表現から連想されるようなキラキラした物語を想像すると、背負い投げを食らうことになる。なぜか。本書にはさまざまな味わい方があるが、それをひとつずつ見ていこう。

本書の魅力としてはまず、ミステリの面白さが挙げられる。前作に引き続き、料理のレシピに謎解きのヒントが潜んでいるケースが多いのだが、これがまあ、「ええっ、その食べ物って、その調理法って、そうなの!?」と驚くことばかりなのだ。

料理に馴染《なじ》みがなければ（あるいは、あっても）知らないような情報が満載なので、結の向こうを張って真相を見抜くというのは、人によっては難しいかもしれない。だがそれは決して本格ミステリの面白さを減じるものではない。なぜなら、その料理の何がどう真相にかかわっているか詳細はわからなくても、このあたりにポイントがあるぞというヒントが極めて巧妙に埋め込まれているから。手がかりを見抜くカタルシスはちゃんと用意されているのである。

さらに、自分がこれまで何も考えずに食べてきたさまざまなスイーツや料理の、驚くような科学的側面に触れることができるというのも大きい。あの味にはこんな秘密があったのか、あの工夫にはそんな意味があったのか——これこそ日常に潜む謎であり、実生活での謎解きに触れられるのである。面白くないわけがない。おそらくこれから料理やお菓子を見る目が変わるはずだ。

ふたつめの魅力は、もちろん青春小説として出色だということ。結も夏希も、最初はひとりだった。それを望んだわけではないが、仕方ないと思っていた。なぜなら私は人と話せないから。空気を壊してしまうから。人の気持ちがわからないから。過去の失敗が彼女たちを臆病にさせ、ひとりでいることを選択していたのだ。

しかしふたりが出会い、数々の事件に向き合う過程で、ひとりずつ友だちが増えていく。この趣向は『スイーツレシピで謎解きを』と同じだ。今回特に注目願いたいのは、ひとりでいることを選んでいたふたりが謎解きに乗り出すのは常に「相手のため」「他人のため」であるということ。自分が不利になるだけなら、自分が損をするだけなら、彼女たちは動かなかった。けれど夏希が疑われるのは嫌だ、結が傷つくのは嫌だという思いが、彼女たちを「苦手」に立ち向かわせるのである。それは結果として、事件に関わった人をも救うことになる。そんな彼女たちの姿勢が、周囲をも変えていく。そして周囲が変わることで、彼女たち自身もまた変わっていく。なんと幸せな化学反応だろう。

化学反応、と書いた。これこそが料理である。牛乳に寒天を入れれば固まる。小麦粉に重曹を入れて加熱すれば膨らむ。キュウリに塩を振れば浸透圧で水気がしみ出るし、切ったリンゴにレモン水をかければ変色を防げる。人も同じだ、とこの物語は告げている。塩味が必要なときもあるし、甘さを足したいこともある。固いものを柔らかくしたいときもあるし、逆に正体のないものに形を与えたいこともある。そういうとき、自分はどんな材料を持っているのか、どんな調味料なら合うのか、試行錯誤しながら関係を作っていく。だからこの物語は料理がモチーフなのだ。

そしてこの化学反応は、友だち関係だけにとどまらない。本書の大きなテーマには、ある社会問題が隠されている。ネタバレになるので具体的には書けないが、例えばこう考えてみていただきたい。砂糖は甘い、というのは万人が認める事実ではあるが、では甘くなければ砂糖と認められないのだろうか？　どれくらい甘ければ砂糖と呼べるのだろうか？

常識という名の決めつけ。普通という言葉が孕《はら》む暴力性。それがこの物語の最大のテーマであり、同時に最大の魅力なのだ。

砂糖にもさまざまな種類があり、それぞれ使いどころが異なる。ケーキを作るのに使う砂糖と、煮物に合う砂糖は違う。上白糖では綿菓子は上手《うま》く作れないし、アイスコーヒーに角砂糖を入れても溶けない。さらには、砂糖ではなく塩を少し入れることで甘さが引き立つこともある。人も同じだ。人はみんな違って、それぞれに得意なことや苦手なことがあって、それぞれに生きていく方法がある。得意なことで人を助け、苦手なことは助けてもらって、そうして日々を培っていくことの尊さ。それがこの物語には詰まっているのである。

読み終わったとき、あなたはこの物語の〈ほろ苦さ〉と〈甘酸っぱさ〉の本当の意味を知るだろう。それは最高の後味として、いつまでも胸の中に残るに違いない。

前作の『スイーツレシピで謎解きを』が未読なら、順番は問わないので、ぜひ本書と併せてお読みいただきたい。「なるほど、この話に出てきたあれは、この人のことか」

とにやりとできる場面もあるし、個人の問題・社会の問題ともにシリアスなテーマが描かれるのも本書と共通している。併せて読むことで、味わいはさらに深いものになるはずだ。

——それはそれとして、この解説を書くのに前作と本作を何度も読み返し、そのたびに登場するスイーツが食べたくなって、結果として体重と血糖値にかなりの危機感を覚えるはめになってるんですけど？　この作品の甘味にはなかなかの毒性があるぞ。どうかご注意を。

（おおや・ひろこ　書評家）

本書は、以下に掲載された作品を加筆・修正したオリジナル文庫です。

初出
第一話　膨らまないパンを焼く
「小説すばる」二〇一八年五月号
第二話　足りないさくらんぼを数える
「web集英社文庫」二〇一九年十二月
第三話　慣れないお茶会で語らう
「web集英社文庫」二〇二〇年二月
第四話　固まらない寒天を見逃す
「web集英社文庫」二〇二〇年五月
第五話　落ちない炭酸飲料を照らす
「web集英社文庫」二〇二〇年七月
第六話　食べられないアップルパイを訪ねる
「web集英社文庫」二〇二〇年九月
第七話　熟していないジャムを煮る
「web集英社文庫」二〇二一年二月
最終話　かけがえのない誕生日ケーキを分け合う
「web集英社文庫」二〇二一年四月

本文デザイン／西村弘美
本文イラスト／しまざきジョゼ

友井羊の本

スイーツレシピで謎解きを
推理が言えない少女と保健室の眠り姫

高校生の菓奈は人前で喋るのが苦手。だって、言葉がうまく言えない「吃音」があるから。ある日、同級生が作ったチョコが紛失して……。隠し味満載の、スイートな連作ミステリー。

集英社文庫

集英社文庫　目録（日本文学）

堂場瞬一　凍結捜査
堂場瞬一　社長室の冬
堂場瞬一　共謀捜査
堂場瞬一　宴の前
堂場瞬一　ボーダーズ
童門冬二　全一冊 小説 上杉鷹山
童門冬二　明日は維新だ
童門冬二　全一冊 小説 直江兼続《なおえかねつぐ》 北の王国
童門冬二　全一冊 小説 蒲生氏郷《がもううじさと》
童門冬二　全一冊 小説 新撰組
童門冬二　全一冊 小説 伊藤博文 幕末青春児
童門冬二　異聞 おくのほそ道
童門冬二　全一冊 小説 立花宗茂
童門冬二　全一冊 小説 吉田松陰
童門冬二　上杉鷹山の師 細井平洲
童門冬二　巨勢入道河童 平清盛
童門冬二　小説 田中久重 明治維新を動かした天才技術者
童門冬二　大岡忠相 江戸の改革力 吉宗とその時代
童門冬二　渋沢栄一 人間の礎
戸賀敬城　結果を出す男はなぜ「服」にこだわるのか？
十倉和美　犬とあなたの物語 犬の名前
豊島ミホ　夜の朝顔
豊島ミホ　東京・地震・たんぽぽ
戸田奈津子　スターと私の映会話！
戸田奈津子　字幕の花園
冨森駿　宅飲み探偵のかごんま交友録
冨森駿　宅飲み探偵のかごんま交友録2
友井羊　スイーツレシピで謎解きを 推理が言えない少女と保健室の眠り姫
友井羊　放課後レシピで謎解きを うつむきがちな探偵と駆け抜ける少女の秘密
伴野朗　三国志 孔明死せず
伴野朗　呉・三国志 長江燃ゆ一 孫堅の巻
伴野朗　呉・三国志 長江燃ゆ二 孫策の巻
伴野朗　呉・三国志 長江燃ゆ三 孫権の巻
伴野朗　呉・三国志 長江燃ゆ四 赤壁の巻
伴野朗　呉・三国志 長江燃ゆ五 荊州の巻
伴野朗　呉・三国志 長江燃ゆ六 巨星の巻
伴野朗　呉・三国志 長江燃ゆ七 夷陵の巻
伴野朗　呉・三国志 長江燃ゆ八 北伐の巻
伴野朗　呉・三国志 長江燃ゆ九 秋風の巻
伴野朗　呉・三国志 長江燃ゆ十 興亡の巻
ドリアン助川　線量計と奥の細道
鳥海高太朗　天草エアラインの奇跡。
永井するみ　ランチタイム・ブルー
永井するみ　欲しい
永井するみ　グラニテ
永井するみ　義弟
長尾徳子　僕達急行 A列車で行こう
長尾徳子 桑原裕子・原作　ひとよ

集英社文庫

放課後《ほうかご》レシピで謎解《なぞと》きを　うつむきがちな探偵《たんてい》と駆《か》け抜《ぬ》ける少女《しょうじょ》の秘密《ひみつ》

2022年２月25日　第１刷　　定価はカバーに表示してあります。

著　者　友井《ともい》　羊《ひつじ》

発行者　徳永　真

発行所　株式会社　集英社
東京都千代田区一ツ橋2-5-10　〒101-8050
電話　【編集部】03-3230-6095
【読者係】03-3230-6080
【販売部】03-3230-6393（書店専用）

印　刷　株式会社広済堂ネクスト

製　本　株式会社広済堂ネクスト

フォーマットデザイン　アリヤマデザインストア　　マークデザイン　居山浩二

ISBN978-4-08-744356-1 C0193